W0024108

Das Buch

Viveka hat es satt. Jeder um sie herum darf sündigen – nur sie muss brav sein und sich immer vorbildlich verhalten. Denn sie ist Pastorin in einem kleinen schwedischen Vorort. Eigentlich ist es hier schön und idyllisch. Doch die alten Damen in ihrer Gemeinde halten Viveka auf Trab. Bei den wöchentlichen Kaffeekränzchen wird gelästert, was das Zeug hält. Viveka reicht es. Sie beginnt, unter ihrem Pastorinnengewand T-Shirts mit rebellischen Aufschriften zu tragen. Mann und Kinder schickt sie kurzerhand in den Urlaub in die nordschwedische Pampa, um sich alleine von ihren Alltagspflichten zu erholen.

Endlich Friede, Freude, Mittsommer? Weit gefehlt. Eine ihrer Kaffeekranzdamen wird vergiftet. Viveka hat schon einen Verdacht. Aber vielleicht liegt sie auch ganz falsch, denn man weiß nie, was in einem anderen Menschen vorgeht. Besonders nicht in alten Damen.

Die Autorin

Annette Haaland wurde 1965 geboren. Sie unterrichtet Religion, Philosophie und Schwedisch an der Bromma Folghögskola. Sie arbeitet außerdem selbst als Pastorin. *Pastorin Viveka und das tödliche Kaffeekränzchen* ist ihr Debütroman.

Annette Haaland

PASTORIN VIVEKA UND DAS TÖDLICHE KAFFEEKRÄNZCHEN

ROMAN

Aus dem Schwedischen
von Katrin Frey

Ullstein

Besuchen Sie uns im Internet:
www.ullstein-taschenbuch.de

Deutsche Erstausgabe im Ullstein Taschenbuch
1. Auflage Oktober 2016

Titel der schwedischen Originalausgabe: *Pastor Viveka och tanterna* (Albert Bonniers Förlag, Stockholm)
Umschlaggestaltung: ZERO Media GmbH, München
Titelabbildung: © Emma Graves/www.emmagraves.co.uk; Blumen unten links: © shutterstock/picturepartners; Blumen oben links: © shutterstock/Zadiraka Evgenii; Straßenszene mit Kirche: © shutterstock/Patryk Kosmider; Hund: © shutterstock/Ermolaev Alexander; Baum: © shutterstock/Johannes Kornelius; Lila Blumen rechts: © shutterstock/AN NGUYEN; grüne Hecke: © shutterstock/Sirapob; rotes Haus: © shutterstock/almgren; alte Frau mit Stock gebeugt laufend: © shutterstock/Voronin76; alte Frau frontal mit Pfanne und gehobenem Arm: © shutterstock/Volodymyr Baleha; alte Frau von hinten mit gehobenem Arm: © shutterstock/Ruslan Guzov; Fahrrad mit Frau: © shutterstock/Stephane Bidouze
Satz: LVD GmbH, Berlin
Gesetzt aus der Janson
Druck und Bindearbeiten: CPI books GmbH, Leck
Printed in Germany
ISBN 978-3-548-28843-7

Für meinen Vater, der wusste,
wie man Märchen erzählt.

1

Kaum ist man ein paar Schritte auf dem geharkten Sandweg gegangen, befindet man sich in einer anderen Welt. Außerhalb der normalen Welt. Einer Welt voller Faulbäume, Fliederbüsche und niedlicher Holzhäuser. Wenn man die Ohren aufsperrt, hört man Stockholm in der Ferne, aber diese Geräusche dringen nicht wirklich bis hierhin vor.

Pastorin Viveka kommt hierher. Jeden Tag. Ihr Haus ist klein und rot, und an seine sonnenwarme Wand kann man sich anlehnen und seine Gedanken schweifen lassen. Hier in der Kleingartenkolonie versteckt sie sich. Vor den Kindern, ihrem Ehemann Pål und den Mitgliedern der freikirchlichen Gemeinde in Enskede. Ja, besonders vor den Gemeindemitgliedern. Denn Pastorin Viveka hat die Nase ein wenig voll. Wenn sie noch einmal gezwungen ist, nachsichtig über die giftige Kritik der bösartigen Selma zu lächeln, sich Åkes Ausführungen über das Kirchendach anzuhören oder sich für irgendjemandes angsterfülltes Privatleben zu interessieren, wird sie wahrscheinlich schreien. Vielleicht ist das eine Art von verspäteter Krise anlässlich ihres vierzigsten Geburtstags. Ziemlich verspätet. Etwa sieben Jahre. Unter ihrer Pastorinnenbluse trägt sie mittlerweile T-Shirts mit Aufdrucken. Heute steht »Hör auf zu jammern« drauf. Bei einem persönlichen Gespräch hatte sie neulich »Und DU bemitleidest dich SELBST?« an. Und für die Sitzung des Kaffeekomitees nächsten Samstag hatte sie bereits »Ihr könnt mich alle kreuzweise« ausgewählt.

Es sieht ja sowieso keiner. Nicht, dass sie die Menschen nicht mögen würde. Im Gegenteil. Sie liebt sie. Wirklich.

Aus einer gewissen Distanz.

2

Wenn Viveka wüsste, dass sich nur wenige Meter von ihr entfernt, in der Laube von Doris Nilsson, ein ganzer Haufen Gemeindemitglieder versammelt hat. Die Kolonie ist für die Tanten alles andere als fremdes Gebiet, im Gegenteil. Die Glanzzeiten dieser Kleingärten liegen zwar nun schon eine ganze Weile zurück, und Doris liegt seit einigen Jahren im Pflegeheim, aber in ihrer Laube finden hin und wieder heimliche Zusammenkünfte statt. Regelrechte Untergrundaktionen. Heute zum Beispiel veranstaltet das Kaffeekomitee hier ein inoffizielles Meeting. Doch sie sind fast alle da. Am Kopfende des Tisches, im einzigen Lehnstuhl, thront Viola Skott, die schönste Frau in Enskede und Besitzerin des schönsten Hauses in Enskede, in einem Kostüm und einem mit ihrer Augenfarbe harmonierenden hellblauen Hut und einer großen braunen Handtasche auf dem Schoß. Was selbstgebackene Ochsenaugen angeht, ist sie mittlerweile die unangefochtene Königin der Gemeinde. Gegenüber von Viola hat die bösartige Selma Platz genommen, die ihren Rollator immer griffbereit hat. Niemand hat so eine spitze Zunge wie Selma. Aber bei den Ochsenaugen musste sie sich geschlagen geben. Violas Ochsenaugen schmecken am leckersten, daran führt kein Weg vorbei.

Neben Selma sitzt Edna. Sie hat eine Sorgenfalte auf der Stirn. Es sieht jedenfalls so aus. Da mit den Jahren einiges an Falten zusammengekommen ist, lässt sich das nicht so ohne weiteres einordnen. Edna ist achtundneunzig Jahre alt und die Älteste in der Kirche. Bei der Sitzung ist noch eine ganze Reihe von weiteren Tanten anwesend. Das Thema des Tages erhitzt die Gemüter. Es ist wichtig.

Selma räuspert sich und ergreift das Wort.

»Herzlich willkommen allerseits. Wie ihr wisst, tritt das Kaffeekomitee nächsten Samstag in der Kirche zusammen, und wir haben uns jetzt hier versammelt, um zu besprechen, wie wir auf den Vorschlag der Pastorin reagieren wollen, beim Kirchenkaffee Obst anzubieten.«

Lautstarkes Schnauben beim Wort Obst. Die alten Tanten strecken sich und sehen plötzlich zwanzig Jahre jünger und bedeutend frischer aus. Obst! Die Pastorin redet ständig vom Obstessen. Ihrer Meinung nach ist es unheimlich gesund, Obst zu essen und Wasser zu trinken. Obst und Wasser bei einem Kirchenkaffee, der den Namen nicht verdient hätte! Als wäre es nicht schon schlimm genug, dass man jetzt auch Tee statt Kaffee trinken kann, wenn man möchte. Es gibt Grenzen.

»Meiner Ansicht nach überschreitet das die Grenze«, sagt Selma.

Sie blinzelt die Anwesenden an. Sehen kann sie nicht besonders gut, aber ihr Gehör funktioniert einwandfrei.

»Es gibt ja auch Saft«, sagt jemand. »Für die Kinder.«

»All die Jahre haben wir für das Reich Gottes gebacken«, sagt Selma. »Das war nicht immer leicht.«

»Nein, wirklich nicht.« Die Tanten nicken.

»Manchmal waren wir überarbeitet, aber für den Kirchenkaffee haben wir trotzdem gebacken«, sagt Selma.

»Und es gab immer sieben Sorten Gebäck«, sagt eine.

»Ganz genau, sieben Sorten, ungeachtet der Umstände.«

»Unser Kirchenkaffee hat immer höchsten Standards genügt.« Viola rückt ihren Hut zurecht. »Er war der Stolz unserer Gemeinde.«

Die Tanten denken nach. Violas Worte haben Gewicht.

»In den vergangenen Jahren hatten wir manchmal mit finanziellen Engpässen zu kämpfen. Einige von uns hatten viele Kinder zu versorgen, aber gebacken haben wir trotzdem«, sagte Selma.

Viola stimmt ihr zu.

Nun ist es allerdings so, dass sowohl Viola als auch Selma nicht nur nicht viele Kinder, sondern gar keine haben. Finanzielle Engpässe hatten sie auch nie. Viola ist gerade dabei, ihr Haus für über neun Millionen schwedische Kronen zu verkaufen.

»Wir haben dem Kirchenkaffee einen würdigen Rahmen verliehen«, sagt Viola.

»Genau. Ganz genau.«

Selma fährt fort: »Es war nicht immer leicht, aber unsere Leidenschaft und unser unermüdliches Streben nach dem Reich Gottes haben uns angetrieben. Deshalb haben wir gebacken. Und jetzt schlägt die Pastorin vor, es sollte auch Obst geben. Die Pastorin setzt unsere Leistung herab. Das ist eine Geringschätzung unseres lebenslangen Einsatzes!«

Edna Åströms Falte ist tiefer. Es ist eindeutig eine Sorgenfalte.

»Aber«, sagt Edna, eine der sanftmütigen Tanten, die Edna mit der langen Liste all derjenigen, für die sie betet. »Wir dürfen nicht vergessen, dass nicht alle Menschen gleich sind. Haselnussmakronen zum Beispiel verträgt nicht jeder. Manche sind dagegen allergisch.«

Darüber denken die Tanten einige Sekunden lang nach. Es muss was mit Ednas Gebeten zu tun haben. Die sind geradezu außergewöhnlich. Sie helfen.

Doch Selma rümpft die Nase: »Allergisch. Neumodischer Kram. Heutzutage hat jeder eine Allergie. Der Urenkel von Anna-Lisa Karlsson verträgt keine Milch. Habt ihr schon mal so einen Unsinn gehört? In unserer Kindheit war kein Mensch allergisch.«

Edna versucht es noch einmal: »Einige haben aber Probleme mit ihrem Gewicht. Vielleicht sollten wir auf sie Rücksicht nehmen. So gesund ist Kuchen ja nun nicht.«

Einige geben Edna recht. In einer Kirchengemeinde sollen sich schließlich alle willkommen fühlen.

»Was heißt schon gesund!«, schnaubt Selma. »Es wird eben gegessen, was auf den Tisch kommt. Und falls jemand Bewegung braucht, kann er gerne helfen, in der Kirche sauberzumachen und die Fenster zu putzen.«

Daraufhin beschließen sie, sich dem Vorschlag der Pastorin zu widersetzen. Schließlich kann die Pastorin nicht einfach ankommen und alles verändern.

3

Seufzend trinkt Viveka ihren Kaffee aus. Dann sammelt sie ihre Sachen ein. Die Pflicht ruft, sie kann nicht den ganzen Tag hier sitzen. Heute wollte sich ohnehin keine richtige Ruhe einstellen. Irgendein Hindernis steht im Weg, aber sie weiß nicht genau, welches. Vielleicht diese lästigen lauten Krähen, die sich am Gartentor versammelt haben. Viveka mag Krähen nicht. Krähen bringen Unglück, hat ihre Großmutter immer gesagt. Nicht, dass Viveka abergläubisch wäre, aber etwas Unheimliches haben die Vögel auf jeden Fall an sich. Wenn sie in der Nähe des Hauses lärmen, ist mit einer Todesnachricht zu rechnen, sagte Großmutter. Also, es ist nicht so, dass Viveka daran glauben würde. Sie schließt die Laube ab und hängt sich ihre Tasche um. Als sie ihr Fahrrad durch das Gartentor schiebt, fliegen die Krähen erbost auf.

Viveka beschließt, bei der Buchhandlung vorbeizufahren. Abbe ist da.

»Hallo, Vicky, hast du in letzter Zeit jemanden erlöst?«

Abbe ist um die fünfundvierzig und hat sich seinen toten Hund auf den rechten Oberarm tätowieren lassen. Er ist der Einzige, der sie Vicky nennt. Und der attraktivste Buchhändler Stockholms ist er wahrscheinlich auch. Trotz Hund.

»Wenn, dann dich.«

Abbe lacht. Er ist kein Mitglied der Enskeder Freikirche. Er bezeichnet sich als Atheist, aber er unterhält sich gerne mit Viveka.

Viveka wirft einen verstohlenen Blick auf seine Tattoos. Abbe trägt immer ärmellose T-Shirts. Wahrscheinlich, damit sein Hund immer präsent ist. Oder weil er vielleicht der Meinung ist, er habe hübsche Oberarme, und damit hätte er in dem Fall vollkommen recht.

In Abbes Schaufenster sitzt ein Hund aus Porzellan. Das einen Meter große Tier ist in der Porzellanfabrik Hutschenreuther in Deutschland hergestellt worden und sieht genau wie Blixten aus. Abbes Hund hieß Blixten. Das weiß Viveka. Jeder, der Abbe kennt, weiß es. Blixten scheint seine große Liebe gewesen zu sein. Offenbar war Blixten Freund und Bruder, seine Mutter und sein Vater gleichzeitig.

Abbe macht den Eindruck, als wäre es ihm in seiner Familie nicht richtig gutgegangen, denkt Viveka. Es wirkt so einsam, wenn das, was einem im Leben am liebsten war, ein Hund ist.

»Möchtest du einen Kaffee?«

»Ich weiß nicht. Eigentlich wollte ich nur das Buch abholen, das ich bestellt habe.«

Die Buchhandlung ist kaum breiter als die Eingangstür. Bücher bis unter die Decke. Rechts die aktuellen

Taschenbücher, um finanziell zu überleben, hat Abbe gesagt. Die linke Seite ist seinen Favoriten vorbehalten und einer großen Abteilung über Hunde. Was Hundebücher betrifft, ist Abbes Buchhandlung die bestsortierte in Stockholm. Hinten gibt es eine kleine Küchenzeile, in der die Espressomaschine den meisten Raum einnimmt. Wenn man mit Abbe Kaffee trinkt, muss man sich entweder an das Regalbrett mit den Büchern über den englischen Mastiff lehnen oder mit dem Stuhl so nah an Abbe heranrücken, dass man die Schnurrbarthaare seiner Tätowierung studieren kann.

»Natürlich trinkst du einen Kaffee. Komm schon. Wenn wir über den Sinn des Lebens reden, fällt es unter Arbeitszeit. Der Sinn des Lebens besteht darin, so zu leben, dass man nicht zum Raubbau an der Natur oder zur ungerechten Verteilung von Ressourcen beiträgt. Das Wichtigste ist, dass man Nein sagt und sich der Konsumgesellschaft bewusst verweigert. Man muss sich für eine Seite entscheiden. Allen kann man es nicht recht machen.«

Was für eine attraktive Haltung, denkt Viveka. So radikal. Manchmal ist es einfacher, radikal zu sein. Niemand kann dem Herrgott und dem Mammon dienen.

»Darum geht es übrigens auch in dem Buch, das du mir bestellt hast.«

»Bonhoeffer, wer ist das eigentlich?«

»Er war ein deutscher Pfarrer, der während des Zweiten Weltkriegs im Widerstand war.«

»Aha. Und was sagt er zur Konsumgesellschaft?«

»Er wurde mal gefragt, ob Gott wolle, dass man seinen gesamten Besitz verkauft, bevor man ihm nachfolgt. Jesus hat ja zu einem reichen Mann gesagt: ›Verkaufe alles, was du hast, verteile es unter den Armen … und dann folge mir nach.‹ Darf man gar nichts behalten?, hat jemand Bonhoeffer gefragt. Er sagte: ›Doch, darf man, aber es ist schwieriger.‹«

»Man darf, aber es ist schwieriger, das ist ja wunderbar. Vollkommen richtig.«

Abbe versinkt in seinen Gedanken über die bessere Gesellschaft.

»Stimmst du mir nicht zu?«, fragt er.

»Doch, in gewisser Weise schon.«

»Wieso nur in gewisser Weise?«

»Es ist nicht so einfach. Wenn man zum Beispiel Kinder hat. Man will ja, dass sie das Gleiche bekommen wie andere Kinder.«

Sie hat die kürzlich gekauften Fahrräder im Sinn. Zweimal 7000 Kronen, damit Olle und Otto, ihre zehnjährigen Zwillinge, genauso schöne Räder haben wie ihre Freunde. Und das eine ist gerade gestohlen worden. Da es nicht abgeschlossen war, erstattet die Versicherung nichts. Ihre beiden Töchter Cajsa und Felicia, elf und dreizehn Jahre alt, haben übrigens auch teure Räder bekommen. Der Diebstahl erscheint ihr fast wie eine Strafe, weil sie so materialistisch waren.

»Das kann ich eventuell noch verstehen«, sagt Abbe. »Aber das ganze Geld, das ihr Frauen in Klamotten und Schminke investiert. Ich verstehe einfach nicht, wieso ihr diese Branche unterstützt.«

Viveka stimmt ihm zu. Andererseits macht es Spaß, sich hübsch zu finden. Auch wenn Pastorinnen sich das vielleicht nicht zum Ziel setzen sollten, wollen schließlich alle hübsch aussehen. Plötzlich hat sie Lust, Abbe zu fragen, in welchen Typ Frau er sich verliebt. In die Gestylten? Oder steht er eher auf das Gegenteil? Die letzte Frau, mit der sie Abbe gesehen hat, beim Maifeuer, schien mit der Kosmetikindustrie nicht gerade auf Kriegsfuß zu stehen. Und auch nicht mit der Plastischen Chirurgie. In der Theorie kann man Frauen ja leicht nach bestimmten Gesichtspunkten beurteilen, aber was man sexy findet, ist eine ganz andere Frage, denkt Viveka. Sie selbst hat es bei näherer Überlegung satt, immer so normal auszusehen mit ihrer normalen Jeans, ihren normalen Turnschuhen und den normalen langen Haaren, die seit ihrer Kindheit immer gleich lang, gleich glatt und gleich mittelblond waren. Manchmal bekommt sie Lust auf etwas richtig Vulgäres. Künstliche Nägel oder tiefe Ausschnitte. Farbige Spitzenunterwäsche. Das wäre vielleicht noch besser als die T-Shirts mit den Aufdrucken.

»Das hier kannst du doch zu deiner Arbeitszeit zählen«, sagt Abbe, als sie ihren Kaffee ausgetrunken hat.

»Ich werde darüber nachdenken.«

»Wir sehen uns, Vicky«, sagt er, als sie die Hand auf die Klinke legt.

»Bestimmt«, sagt Viveka.

4

Der nächste Tag ist ein Donnerstag, und Viveka sitzt in ihrem Büro in der Kirche und versucht, eine Predigt zu schreiben. Sie soll von der Dreieinigkeit handeln, aber sie bekommt es nicht hin. Was spielt es eigentlich für eine Rolle, ob man an die Dreieinigkeit glaubt, wenn es keinen Einfluss auf das eigene Leben hat? Das hat sie irgendwo gelesen, und es ist wahr. Die Kirche hat immer großen Wert darauf gelegt, dass man an das Richtige glaubt. Aber das Wichtigste müsste doch sein, welche Konsequenzen es hat. Viveka ist in einer Freikirche in Jönköping aufgewachsen, der Stadt mit den meisten Freikirchen in Schweden, sie weiß also, wie die Leute denken. In der Freikirche hat man im Grunde immer über die Konsequenzen gesprochen. Man soll es dem Leben eines Menschen anmerken, dass er Christ ist. Die Freikirchen sind ja einst von Menschen gegründet worden, die ihren Glauben ernst nehmen wollten, Menschen, die eine Entscheidung gefällt hatten. Christ sein bedeutet, ein Leben zu leben, das von der Liebe zu Gott und anderen geprägt ist. Man soll versuchen, Gott immer ähnlicher zu werden, und daran muss man ständig arbeiten. Das ist schön, wirklich. Und die Freikirchen haben viel Gutes bewirkt. Überall auf der Welt gibt es Schulen und Krankenhäuser, die von Kirchengemeinden gegründet wurden. Doch das Ganze kann auch zu einer gewissen Selbstherrlichkeit führen. Man glaubt, besser zu sein als andere. Jedenfalls scheinen andere zu glauben, die Freikirchlichen hielten sich für bessere Menschen.

Nachdem sie ihre misslungene Predigt gelöscht und einige Telefonate geführt hat, beschließt Viveka, sich für eine Weile in die Kleingartenkolonie zu verziehen. Åke hat angerufen, um mit ihr seine neueste Idee für das Kirchendach zu besprechen. Sie mag Åke, und sie wünscht ihm wirklich nur das Beste, aber während des ganzen Gesprächs hatte sie das Gefühl, keine Luft zu bekommen. Sie hat vorgeschlagen, einen Profi mit den Arbeiten zu beauftragen, egal, was es kostet, aber Åke stellt sich quer. Er möchte die Reparaturen am liebsten selbst durchführen, aber die Gemeinde kann schließlich keinen Dreiundachtzigjährigen auf einem steilen und lebensgefährlichen Dach herumklettern lassen. Als sie draußen ist, schielt sie nach oben. Von hier unten sieht alles okay aus, aber vor der Wahrheit lassen sich die Augen nicht verschließen. Viveka weiß, dass der Zustand des Kirchendachs katastrophal ist. Auf dem Kirchturm sitzen die Krähen. Schon wieder diese unglückseligen Krähen! Sie scheinen sie fast zu verfolgen. Viveka kann die Stimme ihrer Großmutter hören: Wenn die Krähen auf dem Kirchturm sitzen, wird jemand aus der Gemeinde sterben. So ist es.

Als sie bei den Kleingärten angekommen ist, denkt sie, dass es deswegen so schwierig ist, Pastorin einer Freikirche zu sein, weil man für wirklich alles verantwortlich ist. Jedenfalls kommt es ihr so vor. Angefangen von Predigten, Beerdigungen, Trauungen und Andachten über Hausbesuche, Kinder- und Gesprächsgruppen bis zur Homepage, dem Kopierer und der Hörschlinge muss sie auch noch den Kirchenkaffee vorbereiten, Klopapier besorgen und, wie bereits erwähnt, einen Handlungsplan für das undichte Kirchendach entwerfen. Und, was am schwierigsten ist, sie hat das Gefühl, für das Leben der Menschen verantwortlich zu sein. All diejenigen, die in ihrem Büro sitzen und von ihren Problemen erzählen, manche größer als andere, das ist ein bisschen so, als würden sie all ihre Sorgen Viveka aufhalsen, und dann ergreifen diese fremden Sorgen von Vivekas Leben Besitz.

Jetzt im Sommer, wenn alle aufs Land fahren, findet in der Kirche zwar nicht mehr so viel statt, nächsten Sonntag endet das Kinderchorjahr, und im Juli feiern sie nicht einmal Gottesdienst, aber sie hat trotzdem den Eindruck, nicht entkommen zu können. Sie trägt schließlich immer noch die Verantwortung für das Leben dieser Menschen.

Zumindest müsste sie es doch verdient haben, eine Weile hier an der Laubenwand zu sitzen. Sie hat kein schlechtes Gewissen und schämt sich nicht einmal dafür, dass alles, was mit der Laube zu tun hat, heimlich vor sich geht. Der Einzige, der von ihrer Laube weiß, ist Henry, ein Gemeindemitglied. Er hatte ihr den Tipp gegeben, dass hier eine Laube frei war. Zuerst sollte es eine Überraschung für die Familie werden, aber als der Vertrag unter Dach und Fach war, hat sie ihre Meinung geändert. Dieser Ort gehörte ihr. Nur ihr. Es war ein Glück gewesen, dass sie die Laube übernehmen konnte. Die Kolonie ist unheimlich klein, es gibt nur dreiundvierzig Häuser. Sie ist von dem großen Schrebergartengebiet übriggeblieben, das in den Sechzigern dem Dalens Krankenhaus weichen musste. Als der riesige Klinikkomplex gebaut werden sollte, wurden die meisten Lauben und Kleingärten zerstört. Die Kleingärtner hatten drei Wochen Zeit, ihre Lauben abzureißen und zu verbrennen. Und als ob das nicht schlimm genug wäre, wurde letztendlich gar nichts aus dem Großkrankenhaus, und das Gelände lag sieben Jahre brach, bis man auf die Idee kam, dort Wohnungen zu bauen.

Viveka denkt an das Glück, das sie mit der Laube hatte. Sie besitzt jetzt eine Oase. Das idyllische Gamla Enskede mit seinen schönen alten Häusern und den herrlichen Gärten ist zwar an sich schon eine Oase, die noch dazu nicht weit entfernt von Stockholms Zentrum ist. Aber ihre Laube ist auch ein Versteck, ein notwendiges Versteck. Sie hat kein schlechtes Gewissen, aber sie fragt sich, was wohl passieren wird, wenn Pål merkt, dass das von Großmutter geerbte Geld weg ist. Möglicherweise merkt er das jedoch gar nicht.

Das Problem ist wahrscheinlich, dass sie es so satthat, nett zu sein. Sie hat sogar schon angefangen, darüber nachzudenken, ob es wirklich gut ist, nett zu sein. Ist es gut, zu jemandem freundlich zu sein, nur weil man nett sein möchte? Wenn die Menschen nett zu mir sind, denkt Viveka, will ich doch, dass sie das sind, weil sie mich mögen. Ist es gut, so zu tun, als würde man jemanden mögen, der einem eigentlich auf die Nerven geht? Schwindelt man ihn dann nicht an? Vielleicht sollte ich Åke einfach ohne Umschweife sagen, dass ich keine Ahnung vom Kirchendach habe und auch nicht der Meinung bin, dass es zu meinen Aufgaben gehört, mich mit Kirchendächern auszukennen. Allerdings würde er mir wahrscheinlich sowieso nicht zuhören.

Dann taucht Henry auf. Henry ist einer der wenigen Menschen, die ihr nie zum Hals heraushängen. Er nervt nicht.

»Hallo, Henry, ich dachte, du willst Fußball gucken.«

Henry hilft nicht nur in der Kirche mit und kümmert sich um Vivekas Garten, er ist auch der Beschützer aller alten Tanten und hingebungsvolles Mitglied des Heimatvereins und des SV Enskede.

»Das ist doch morgen. Außerdem interessiert es mich nicht, weil es nicht toll gelaufen ist.«

»Du brauchst bestimmt einen Kaffee.«

»Da sage ich nicht Nein.«

Henry hustet und brummt was von Fußball. Mittlerweile hustet er ziemlich oft.

»Also beim Fußball lernen Anfänger als Erstes, das Tor zu verteidigen. Nicht wahr? Das Tor verteidigen. Das lernt man zuerst. Und der Torwart steht einfach nur da, als der Ball reingeht. Und guckt zu.«

Viveka interessiert sich so gut wie gar nicht für Fußball.

»Wie läuft es denn mit den vielen alten Tanten?«, fragt sie.

»Es ist nicht leicht, sie alle zufriedenzustellen, aber ich schaffe es einigermaßen«, sagt Henry mit einem Funkeln im Auge.

»Übrigens, wie kommt denn Viola mit dem Verkauf ihres Hauses voran?«

»Es fällt ihr ziemlich schwer. Das ist verständlich, sie hat ja ihr ganzes Leben dort verbracht, und ihr Vater hat es eigenhändig gebaut. Ich habe auch überlegt zu verkaufen, aber ich weiß nicht. Viele denken jetzt darüber nach. Wir sind einfach zu alt für die ganze Arbeit.«

»Warum hat Viola eigentlich nie geheiratet?«, fragt Viveka.

Sie hat Viola noch nie danach gefragt.

Henrys Blick hat plötzlich etwas Wehmütiges an sich.

»Tja. Es gab einige, die Viola heiraten wollten. Aber sie musste sich um Thorvald Skott kümmern, ihren Vater, und hatte alle Hände voll zu tun.«

»War das nicht ein wenig zu viel verlangt?«

»Sie wollte es so. Viola hat ihren Vater vergöttert.« Henry betrachtete den Flieder.

»Für ihren Vater hätte Viola alles getan. Aber es war nicht leicht, mit diesem Mann zu leben«, fuhr er fort.

»Nein, bestimmt nicht. Er war ziemlich streng und konservativ.«

»Ach, du ahnst es nicht! Er hat sogar Leute aus der Gemeinde ausschließen lassen.«

Henry wirkt erbost.

»Du weißt wahrscheinlich, dass er der erste Bauunternehmer in Enskede war. Skott hatte das Glück, einige der besten Grundstücke von Gut Enskede kaufen zu können. Er hat die Doppelhäuser im Lindeväg gekauft. Diese Häuser waren das Projekt seines Lebens, aber es ist alles den Bach runtergegangen, weil die Sprengungen und der Transport des Materials zu teuer wurden. Es endete mit dem Konkurs von Herrn Skott.«

Henry weiß alles über Enskede, diesen Stadtteil, der es auch gewöhnlichen Arbeitern ermöglichen sollte, die dunklen Slums des Kapitalismus gegen ein eigenes Gärtchen einzutauschen.

»Skott hat sich nie erholt«, sagt Henry. »Die Frau hatte die Nase voll und ist nach Amerika gezogen. Viola wollte nicht mit und hat ihrer Mutter nie verziehen. Soweit ich weiß, hatten sie keinen Kontakt mehr.«

»Was hatten denn diejenigen angestellt, die aus der Gemeinde ausgeschlossen wurden?«

»Eine Frau war untreu gewesen.«

»Aha.«

»Sie musste in aller Öffentlichkeit um Entschuldigung bitten. Eine andere hat ein außereheliches Kind bekommen.«

Das klingt wirklich grauenhaft, denkt Viveka. Es war zwar eine andere Zeit, aber trotzdem.

»Aus irgendeinem Grund waren Skott vor allem Frauen ein Dorn im Auge, die sich nicht gut benahmen«, sagt Henry.

Die sich nicht gut benahmen oder versuchten, so gut es ging zu leben und ihr Glück zu finden, denkt Viveka.

»Und was war mit ihm selbst? Er war doch auch getrennt. Seine eigene Frau hat sich aus dem Staub gemacht.«

Vielleicht war Skott im Grunde deswegen so wütend und streng.

»Soweit ich weiß, haben sie sich nicht formal scheiden lassen. Sie sind einfach getrennte Wege gegangen.«

Viveka denkt an Viola, die ihrem Vater zuliebe nie geheiratet hat. Es stimmt schon, jeder Mensch hat seine eigene Geschichte und seine dunklen Geheimnisse. Viveka bekommt, wie gesagt, einiges zu hören. Aber nicht alle wollen reden. Einige beißen lieber die Zähne zusammen, vor allem die ältere Generation. Viola spricht nicht oft über ihre Vergangenheit. Doch mit zunehmendem Alter ist sie ein wenig offener geworden. Selma ist eine Frau, die nie über ihre Gefühle redet. Und Edna, die für alle anderen betet, scheint überhaupt keine nennenswerten Probleme zu haben. Aber das ist natürlich unwahrscheinlich.

»Warum hat Selma eigentlich nie geheiratet?«, fragt Viveka.

»Gute Frage.« Henry sieht sie mit unschuldigen blauen Augen an. »Selma versucht es übrigens immer noch. Am Wochenende hat sie mich in ihre Hütte auf Vindöga eingeladen.«

»Pass gut auf dich auf.«

»Ich glaube nicht, dass ich mitfahre.«

»Du gibst Selma einen Korb? Dann musst du wirklich auf dich aufpassen.«

Henry lacht.

»Wir werden sehen. Ich rufe sie heute Nachmittag an.«

Viveka fragt sich, wieso die Damen immer um Henrys Gunst werben. Wegen seiner blauen Augen? Am Geld kann es nicht liegen, denn er hat keins. Vielleicht kann er zuhören. Auf jeden Fall behält er Geheimnisse für sich. Sie findet, dass Henry schlapp aussieht. Und sein Husten macht ihr auch Sorgen.

»Mit diesem Husten solltest du mal zum Arzt gehen, Henry.«

»Klar, ich war gerade auf dem Weg dorthin.«

Er steht auf.

»Gehst du, wenn ich den Arzt erwähne?«

»Ich muss Selma anrufen. Mach's gut.«

Leicht vornübergebeugt wandert Henry los. Er ist so etwas wie ein Vater für mich, denkt Viveka. Oder ein Opa. Ihr Papa lebt nicht mehr. Er ist vor zehn Jahren an Krebs gestorben. Mit fünfundsechzig. Trotzdem hatte sie noch lange das Gefühl, sie bräuchte nur zum Hörer zu greifen und ihn anzurufen. Hätte sie sich dazu entschlossen, wäre er sofort ans Telefon gegangen und hätte wie früher ausgiebige Diskussionen mit ihr geführt. Papa hörte ihr immer zu. Das hatte er schon getan, als sie klein war. Er fand, dass sie klug war und sich interessante Gedanken über Gott machte.

Vielleicht bin ich deswegen Pastorin geworden, denkt Viveka.

Als Henry weg ist, denkt Viveka weiter über Freundlichkeit nach. Die wichtigste Aufgabe einer Pastorin besteht darin, freundlich zu sein. Nett sein ist sogar noch wichtiger als Kaffee trinken und Kuchen essen. Viveka ist, soweit sie sich erinnern kann, immer nett gewesen. In ihrer Kindheit in Jönköping hat sie jeden Tag mit Lena Olsson gespielt, nur um nett zu sein. Sie spielte ihrer Mutter zuliebe Klavier, obwohl sie viel lieber Gitarre gelernt hätte. Sie nahm Deutsch in der Schule, obwohl sie mehr Lust auf Französisch hatte. Sie ging auf Sprachreise, obwohl sie lieber zu Hause geblieben wäre. Nicht zuletzt versuchte sie, besonders nett zu sein, als ihre Eltern sich scheiden lassen wollten, aber offenbar nicht nett genug, denn das Ganze endete trotzdem mit Scheidung. Danach war ihr klar, dass sie es nie schaffen würde. Sie würde niemals gut genug sein, musste sich aber darum bemühen. Allerdings studierte sie nicht in Jönköping, sondern in Stockholm. Dort hat sie wenigstens ein bisschen rebelliert. Sie hat nichts Atemberaubendes angestellt, aber immerhin. Besser als nichts, denkt sie.

Und in letzter Zeit ist ihr also die Lust am Nettsein vergangen. Vielleicht sollte ich Ingeborg mal wieder besuchen, denkt Viveka. Sie hat sich schon lange nicht mehr mit Ingeborg, ihrer Mentorin und Seelsorgerin, unterhalten. Ingeborg ist Pastorin im Ruhestand und der klügste Mensch, der Viveka je begegnet ist. Allerdings ist sie wahrscheinlich vollauf mit Menschen beschäftigt, denen es noch schlechter geht als mir, überlegt sie.

5

Der Freitag beginnt im Schoß der Familie mit einem Streit um die einzige Toilette sowie dem Versuch, gemeinsam zu frühstücken. Alle sitzen am Küchentisch, auf dem verschiedene Frühstücksflocken aufgereiht sind. Olle kippelt mit dem Stuhl. Er ist mit dem Essen fertig und will aufstehen. Oder ist es Otto? Manchmal kann Viveka sie nicht unterscheiden. Sie sind gleich groß, haben beide glattes rotblondes Haar, Sommersprossen und diesen total unbekümmerten Gesichtsausdruck, der nur Zehnjährigen vorbehalten ist. Cajsa isst Kellog's Special K Red Fruit. Sie gehört irgendwie einer anderen Art an als die Zwillinge. Vom Aussehen her ähnelt sie Pål. Dunkel und ernst, sie hat sich für diese Cornflakes entschieden, weil sie so viele Nährstoffe enthalten. Ihre große Schwester Felicia, genannt Feli, isst fast nichts, weil sie das Gefühl hat, zu dick zu sein. Viveka wirft einen besorgten Blick auf ihren tiefen Teller, in dem ein paar Müsliflocken in fettarmer Milch herumschwimmen. Feli ist eine strahlende Schönheit, vielleicht nicht gertenschlank, aber bezaubernd mit ihrem dicken weizenblonden Haar.

Und dann ist da noch Pål. Ihr Mann. Ihr schöner Mann. Ihr begabter Mann. Aber auch ihr zerstreuter Mann. Ihr ungeheuer nerviger Mann. Ihr Mann, der manchmal so *besessen* von bestimmten Dingen ist, dass er alles andere vergisst, zum Beispiel einzukaufen. Und wenn er einkauft, dann lauter unwichtige Sachen und nicht das, was sie brauchen. Oder er staubsaugt überall, nur nicht da, wo es wirklich nötig ist. Der nicht daran denkt, die Wäsche aus der Maschine zu nehmen, bevor sich die Nachbarn ärgern, die als Nächste dran sind. Viveka erinnert sich daran, wie es am Anfang war, es ist ziemlich lange her. Wie lange eigentlich? Jetzt ist es jedenfalls anders. Viveka und Pål haben sich bei einem Filmwochenende kennengelernt. Im Zita-Kino. Pål hatte gerade eine Phase, in der er sich nur für existentielle Filme interessierte. Es wurde »Heaven« von Tom Tykwer gezeigt. Während der anschließenden Diskussion bezeichnete Viveka den Filippo im Film als eine Art Christusfigur. Pål fand das spannend, und sie setzten das Gespräch bei einem Glas Wein fort. Das war toll. Sogar mehr als toll, es war magisch. Pål war der schönste, intelligenteste und faszinierendste Mann, den Viveka je getroffen hatte. Kurz darauf beschlossen sie, von nun an alle Filme zusammen zu sehen.

Påls Begeisterung für Filme hat angehalten, er ist inzwischen studierter Filmwissenschaftler, interessiert sich aber seit langem für russische Filme. Und Viveka lehnt dankend ab, wenn Pål einen Film mit ihr anschauen will. Sie hat sich ausgeklinkt, nachdem sie sich drei Stunden lang durch »Andrej Rubljow« gequält hat, einen russischen Schwarzweißfilm, der im Mittelalter spielt. Die ganze Handlung ist ein einziges Elend, und die Figuren sind nicht zu unterscheiden, weil sie alle die gleichen Bärte tragen.

Nicht, dass Pål noch fragen würde, ob sie was zusammen gucken sollen.

Seine Filmbesessenheit hat sich inzwischen zu einem festen Bestandteil seines Lebens entwickelt, denn er schreibt eine Doktorarbeit über die Symbolik des Wassers bei Tarkowski.

Während Pål den Kulturteil von *Dagens Nyheter*

liest, mampft er ein Brot und bringt brummend seinen Widerspruch zum Ausdruck.

Es kommt die Frage auf, ob der Fahrraddiebstahl Olles, Ottos oder die Schuld eines anderen (mit Sicherheit Letzteres!) ist, ob ein neues Rad angeschafft wird (selbstverständlich), was es kosten soll (mindestens 7000 Kronen), ob die Zwillinge den Betrag selbst bezahlen müssen oder ob sie ihn von der Urlaubskasse oder der Autokasse abzweigen.

»Bist du damit einverstanden, Pål?«, fragt Viveka.

Sie ist sich nicht sicher, ob er überhaupt zugehört hat.

»Das ist schon in Ordnung«, sagt er.

Sie ist immer noch unsicher, ob er zugehört hat.

Freitags hat Viveka frei. Wenn die anderen weg sind, könnte sie etwas Schönes machen und sich entspannen. Stattdessen sitzt sie in dem geblümten Sessel in der Küche und betrachtet mit finsterem Blick ihre Beine und Füße. Ganz zu schweigen von den Armen. Der geblümte Sessel ist einer ihrer Lieblingsplätze in der Wohnung. Man kann darin sitzen, während das Licht durch die herrlichen Fenster zum Park hereinfällt, und auf richtig gute Gedanken kommen. Doch heute kann sie nur an ihre Blässe denken. Ganz plötzlich erscheint es ihr ausgeschlossen, so blass zu bleiben, wie sie ist. Die Lösung kann nur das Solarium sein. Eigentlich mag sie das Sonnenstudio nicht, weil sie überzeugt davon ist, dass es schädlich ist. Man liegt da und spürt förmlich, wie sich die Hautzellen unnatürlich schnell teilen. Außerdem sollte eine Pastorin nicht eitel sein. Eine Pastorin soll für andere da sein, anstatt sich mit der Farbe ihrer Beine zu beschäftigen, denn das ist hirnverbrannt. Ich muss Ingeborg anrufen, denkt sie und beschließt, trotzdem ins Eriksdalsbad zu gehen. Da haben sie bestimmt eine Sonnenbank.

Auf dem Weg zum Eriksdalsbad kommt sie an der Vorschule Hummel vorbei, und dort ist Julius. Julius wohnt im selben Haus wie Viveka. Mit einem Rattenschwanz von Kindern hinter sich rennt er auf sie zu.

»Hallo, Viveka!«, rufen die Kinder. »Gehst du zur Arbeit? In der Kirche?«

Das ist auch so eine Sache, wenn man Pastorin ist. Jeder kennt einen. Zumindest, wenn man in derselben Gegend wohnt und arbeitet, einer Gegend, in der sich viele Kinder an Gemeindeaktivitäten beteiligen.

»Nein, heute nicht.«

»Meine Mutter sagt, man kann nicht wissen, ob es Gott gibt«, sagt Julius.

Julius erzählt ständig, was seine Mutter sagt.

»Das stimmt. Wissen kann man es nicht. Aber man kann es glauben.«

»Stimmt auch wieder. Und ich glaube es. Denn weißt du was? Ich habe mir ein Fahrrad zum Geburtstag gewünscht. Und dann habe ich es bekommen. Willst du wissen, wie viele Gänge es hat? Vierundzwanzig!«

»Toll, Julius. Vierundzwanzig Gänge sind wirklich super.«

»Ja. Tschüs, Viveka.«

»Tschüs, bis bald.«

»Bis bald, Viveka«, schreien alle Kinder und rennen weiter.

Das Eriksdalsbad hat ein ultramodernes Solarium. Man wirft keine Münzen ein, sondern man muss Chips kaufen. Viveka mag es nicht, dass sich die Frau an der Kasse, die, nebenbei gesagt, ungeheuer braun aussieht, in ihren Bräunungsprozess einmischt. Die Frau will wissen, wie lange sie auf die Sonnenbank will. Viveka hingegen möchte nicht, dass von diesem Vorgang überhaupt jemand etwas mitbekommt. Das Ganze ist ihr peinlich, und sie bereut es jetzt schon.

Sie wird über die hohe Effizienz des Solariums informiert.

»Am besten fangen Sie mit zehn Minuten an«, sagt die brutzelbraune Frau, während sie Viveka mit Kennerblick mustert.

Viveka erhält einen Chip, geht rein und schließt hinter sich ab. Endlich ein bisschen Anonymität. Was soll jetzt noch schiefgehen? Es braucht ja niemand zu wissen. Außer der Frau an der Kasse, die sie eventuell schon mal irgendwo gesehen hat, wie sie vage vermutet. Sie wischt die Liegefläche supersorgfältig ab, steckt den Chip in den Schlitz und legt sich auf die Sonnenbank. Es ist eine unheimlich moderne Sonnenbank. Sie sieht vollkommen anders aus als bei ihrem letzten Besuch. Aber der ist auch schon ziemlich lange her. Wahrscheinlich fünfzehn Jahre.

Der obere Teil der Sonnenbank lässt sich nicht herunterziehen, wie sie das in Erinnerung hat. Vermutlich muss man auf einen Knopf drücken. Sie probiert alle Knöpfe aus. Nichts passiert. Sie probiert alle noch einmal aus. Nichts passiert. Das Solarium läuft mittlerweile, und deshalb sollte sie wohl lieber die Augen zumachen, aber dann findet sie den Schalter nie. Es gibt einfach keinen Knopf, weder sicht- noch unsichtbar, den sie noch nicht gedrückt hat.

Nun sind von zehn Minuten Bräunungszeit vier vergangen. Es gibt keinen Schalter, nicht unten, nicht oben, nicht an den Seiten und nicht hinten.

Jetzt sind fünf Minuten vergangen. Sie könnte die Frau an der Kasse um Hilfe bitten, aber bei näherem Überlegen ist das vollkommen ausgeschlossen. Wenn sie sagt, dass die Sonnenbank nicht funktioniert, bekommt sie vielleicht einen neuen Chip. Nee, das kommt wirklich nicht infrage.

Als von der Bräunungszeit noch vier Minuten übrig sind, legt sie sich bei geöffneter Haube hin. Vielleicht werde ich ja wenigstens am Rücken etwas braun.

Auf dem Fahrrad fällt ihr ein Satz von Ingeborg ein: Man kann sich auf tausend Arten selbst verachten.

Das hier muss eine davon gewesen sein.

Als sie an der Buchhandlung vorbeiradelt, guckt Abbe heraus.

»Hallo, Vicky. Kaffee?«

Abbe soll auf keinen Fall wissen, dass sie im Solarium war. Denn das wäre wirklich Wasser auf seine gebetsmühlenartigen Thesen über Frauen und Konsum. Hat die brutzelbraune Frau an der Kasse sie nicht an die Tante erinnert, die er manchmal im Schlepptau hat?

»Kaffee, du weißt schon. Was Pastorinnen so trinken«, verdeutlicht Abbe.

»Ich glaube, das geht nicht.«

»Hallo? Ich muss dringend erweckt werden! Hab ich dir schon gesagt, dass mich deine Ansprache beim Maifeuer total beeindruckt hat?«

»Danke.«

»Ich liebe diese Novelle, von der du erzählt hast. Von dem Boot in seinem Garten. Wie war das noch mal?«

»Jedes Jahr im Frühling legt an einem Abend ein Boot in seinem Garten an. Es ist beladen mit all seinen Träumen.«

»Genau. Und wenn er rausgeht, begegnet er ihnen. Das gefällt mir. Das Frühjahr ist die Zeit, in der man das Gefühl hat, seine Träume verwirklichen zu können. Daran muss man glauben dürfen.«

Anschließend trinken sie Kaffee und sprechen über ihre Träume. Sie hat nicht das Gefühl zu arbeiten, aber ich habe natürlich auch frei heute, denkt Viveka.

Nach einer Weile betritt Vivekas Nachbar Orlowski die Buchhandlung. Orlowski ist ein Erfinder mit zerzaustem grauem Haar, der im Park auf und ab zu wandern pflegt, während er über neue Ideen nachdenkt.

»Oh, zwei meiner Lieblingsmenschen«, sagt Orlowski. »Welch ein Glück, dass ich euch getroffen habe! Ich lese gerade diesen Artikel hier über den freien Willen. Ein Experiment des amerikanischen Neurologen Benjamin Libet deutet darauf hin, dass wir einen freien Willen haben. Er hat die elektrischen Signale untersucht, die den chemischen Signalen vorangehen, mit denen unsere Motorik gesteuert wird. Er hat Folgendes herausbekommen: Bevor einem bewusst wird, dass man im Begriff ist, etwas Bestimmtes zu tun, hat das Gehirn bereits damit angefangen. Daraus lässt sich schließen, dass wir keinen freien Willen haben. Aber andererseits kann der Prozess auch unterbrochen werden, und diesem Abbruch selbst geht kein elektronisches Signal voraus. Wir scheinen also keinen freien

Willen zu haben, wenn wir eine Handlung beginnen, können uns aber frei entscheiden, sie zu unterbrechen. Was sollen wir nun glauben?«

»Ich für meinen Teil bin Determinist«, sagt Abbe.

»Determinist«, schnaubt Orlowski. »Weil dir die Phantasie fehlt. Und du, Viveka?«

»Daran kann man sich die Zähne ausbeißen.«

»Libet bringt seine Entdeckung übrigens mit Religion in Verbindung. Seiner Meinung nach muss etwas anderes die Handlung unterbrechen, wenn dem Abbruch kein elektrisches Signal vorangeht. Etwas, das nicht messbar ist, ein geistiger Aspekt, vielleicht die Seele.«

Sie stürzen sich in die Diskussion. Abbe kocht Kaffee, und plötzlich ist der halbe Nachmittag um. Ein ausnehmend schöner Nachmittag, findet Viveka, als sie sich auf den Weg macht.

6

Ihr nächstes Ziel ist der Waldfriedhof, der König unter den Friedhöfen, wo die Toten im Schutz der Kapelle des Glaubens, der Hoffnung und des Heiligen Kreuzes sowie des großen schwarzen Granitkreuzes, das einst ein anonymer Spender gestiftet hat, in Frieden ruhen können. Um ein bisschen Bewegung zu bekommen, spaziert sie rasch durch die Parkanlage. Sie sieht vielleicht durchschnittlich aus und ist nicht so aufgebrezelt wie Abbes Frauen, aber dick will sie auch nicht werden. Einen Spaziergang für die Seele macht sie auch noch. Es ist friedlich und schön hier. Die Gartenanlagen und die Architektur des Waldfriedhofs sind bewusst so gestaltet worden, dass sie eine heilende Wirkung auf den Menschen haben. Allein das macht das Gelände einzigartig. Wo sonst auf der Welt gibt es, fast mitten in der Großstadt, eine quadratkilometergroße Fläche, die nur für die Seele da ist. Man braucht den Friedhof nur zu betreten und die Kapelle, das Kreuz, die Hügel und die Weite nur zu sehen, um andächtig zu werden. Möchte man noch einen Schritt weitergehen, kann man zum Meditationshain hinaufwandern, dort sitzen und im Schatten schöner Trauerulmen auf alles hinunterblicken. Die Stufen, die zum Meditationsplatz hinaufführen, werden nach oben hin übrigens immer niedriger. Je müder man wird, desto leichter soll der Weg sein. Möchte man sich dennoch sportlich betätigen, kann man zum Beispiel den Lichtblicksweg entlangwandern und über das Leben nachdenken, während das Licht zwischen den geraden und ernsten Kiefernstämmen hindurchscheint. Wer seiner Phantasie freien Lauf lassen möchte und dafür einen richtig guten Rückzugsort sucht, kann den Wald erforschen. Dort gibt es Orte für jede Stimmung.

Im Vorbeigehen begrüßt sie Flaschen-Frasse, der in den Papierkörben am Eingang wühlt. Flaschen-Frasse ist nicht obdachlos, er bessert mit dem Flaschenpfand nur seine Rente auf. Damit er sich den Hund leisten kann. Der heißt Berta, wird aber meistens Dicke Berta genannt. Ein Zwergschnauzer, dessen Bauch mitunter auf dem Boden schleift. Daher ist die Hündin permanent auf Diät. Nicht wegen des Aussehens, hat Frasse ihr erklärt, sondern weil so ein Hängebauch unpraktisch ist.

Viveka wendet sich nach links und entscheidet sich für den weiten Weg. Es kann nicht schaden, sich vor dem gemütlichen Freitagabend ein paar Kalorien abzutrainieren. Immer diese Gemütlichkeit am Freitagabend. Tacos! Sie kann das Zeug schon nicht mehr sehen. Aber die Kinder lieben es. Außerdem ist es eins der Gerichte, die Pål zubereiten kann. Sie überlegt, sich ein T-Shirt mit der Aufschrift »Mein nächster Mann soll kochen können« zuzulegen.

Mittlerweile befindet sie sich irgendwo mitten auf dem Friedhofsgelände. Das Licht, das zwischen den Kiefern hindurchfällt, ist wunderschön. Die Bäume bilden eine Art Säulenhalle.

Viveka blickt die Allee hinunter. Etwa hundert Meter entfernt von ihr befindet sich das Grab von Baumeister Thorvald Skott. Genau da steht eine alte Tante. Reglos steht sie da und guckt Viveka an. Es ist eine Tante im Kostüm, die einen Hut und unterm Arm eine Handtasche trägt. Sie sieht so ähnlich aus wie die von Viola. Viveka will Viola gerade Hallo zurufen, da ist sie schon verschwunden. Seltsam. Sie war zwar ein Stück entfernt gewesen, aber gestanden hat dort bestimmt jemand. Jetzt ist sich Viveka nicht mehr ganz sicher. Vielleicht war es auch Einbildung. Sie geht jetzt jedenfalls nach Hause. In raschem Tempo. Flaschen-Frasse steht nicht mehr am Eingang. Sie kann ihn nirgendwo entdecken.

Nach ein paar hundert Metern auf dem Sockenweg kommt sie am sonnengelben Haus von Edna vorbei. Edna besitzt ein Enskedehäuschen, Küche und Wohnzimmer unten, oben zwei Schlafzimmer. Dieser Haustyp war einer der ersten in Enskede. In einer Seitenstraße wohnt Viola in ihrem etwas vornehmeren Haus. Es ist ja logisch, dass der Baumeister persönlich das schönste Haus bekommen sollte. Viele der älteren Gemeindemitglieder wohnen in derselben Ecke. Vor dem Haus von Henry steht der Kastenwagen von Immobilienmakler Benny Falk. Wahrscheinlich haben die meisten in Enskede ihre Häuser, genau wie Viveka und Pål, durch Falk vermittelt bekommen. »Falks Maklerfirma« steht in großen Lettern auf dem Auto. Und in etwas kleinerer, verschnörkelter Schrift: »Es ist nie zu spät, nach Hause zu kommen.« Benny Falk arbeitet sogar am Freitagabend, stellt sie fest, bevor sie von einer Wolke aus Tacoduft umhüllt wird.

Und dann ist Freitagabend in Gamla Enskede. Viveka, Pål, Feli, Cajsa, Olle und Otto sitzen in der Küche und essen Tacos. Sie sprechen über ihre für Mittsommer geplante Reise nach Kiruna. Viveka schweigt zu den Tacos, bereut aber insgeheim, dass sie auf dem Heimweg keinen Abstecher zur Würstchenbude gemacht hat. Sie überlegt, ob Abbe wohl gut kochen kann und hat so das Gefühl, dass er in diesem Augenblick ein Dreisternemenü aus dem Ärmel schüttelt.

In einer anderen Wohnung sitzt Selma auf ihrem grünen Samtsofa mit den Tatzenfüßen. Sie hört P1 und löffelt genüsslich einen Becher Milchreis von Risifrutti. Es ist ein Mysterium, wie sie dieses verhältnismäßig moderne Produkt mit ihren schlechten Augen überhaupt im Kühlregal entdeckt hat.

Ist Selma traurig oder froh? Schwer zu sagen. Sie ist vor allem sie selbst, das ist ihr am liebsten.

Henry guckt Fußball und ist mit der Gegenwart rundum zufrieden. An die Vergangenheit denkt er nicht zurück.

Abbe hat den Versuch aufgegeben, eine Dose Gulaschsuppe aufzuwärmen, und plaudert in der Pizzeria auf eine Blondine mit Silikonbrüsten ein.

Åke sitzt auf seiner kleinen Terrasse und überlegt, wie sie das mit dem Kirchendach machen sollen.

Im schönsten Haus von Enskede denkt Viola über ihr Leben nach und fragt sich, wieso alles so gekommen ist. Ihr graut vor dem Verkauf des Hauses. Auf keinen Fall darf sich jemand negativ über ihr Haus äußern, das Haus, das ihr Vater gebaut hat.

Auf dem Dach von Violas Haus sitzen die Krähen.

Die meisten Menschen in Gamla Enskede verbringen ihren Freitagabend, als könnte nichts Böses geschehen. Und diese Zuversicht braucht man nahezu, um überhaupt leben zu können.

7

Die Sitzungen des Kaffeekomitees finden immer am ersten Samstag im Monat um elf Uhr statt und beginnen mit Kaffee und sieben Sorten Gebäck. Viveka mustert die Runde der alten Tanten, die im Gemeindesaal um den Tisch herumsitzen. Viola, frisch vom Friseur, trinkt ihren Kaffee mit größter Eleganz. Viveka zwingt sich, Viola freundlich anzulächeln, und erhascht einen Blick in diese blauen Augen, von denen Männer einst weiche Knie bekommen haben sollen. Doch, Viveka kann sich gut vorstellen, dass es wahr ist. Violas Augen erinnern noch immer an den Sommer, diesen feinen und kurzen nordischen Sommer. Der vorbei ist, bevor man ihn eingefangen hat. Alles an Viola strahlt etwas Kostbares und schwer Greifbares aus, das einem leicht entgleitet. Außer der großen braunen Handtasche, die sie wie immer auf ihrem Schoß platziert hat. Ich frage mich, was sie da drin hat, denkt Viveka.

Viola hat Ochsenaugen mitgebracht, falls irgendjemand zufällig vergessen haben sollte, dass ihre am besten schmecken.

Edna hat die Bibel auf den Tisch gelegt. Möchte sie ein paar gutgewählte Worte daraus vorlesen? Viveka versucht, ihre Stimmung einzuschätzen, aber dem steht die Sache mit den Falten im Weg. Sie erschweren die Interpretation.

Die bösartige Selma hat ihren Rollator in Reichweite und knabbert an einem finnischen Zuckerplätzchen. Violas Ochsenaugen übersieht sie geflissentlich, das ist Viveka schon öfter aufgefallen. Obwohl Selma so gut wie nichts sieht, unterlaufen ihr in der Welt des Gebäcks keine Fehltritte.

Die Sitzung ist ungewöhnlich gut besucht. Tante Agnes ist da, und Svea Johansson ist aus Skarpnäck gekommen. Elvira, die Viveka seit Jahren in keinem Gottesdienst gesehen hat, lässt sich blicken und sogar Dagny Lund. Dagny war mit dem ehemaligen Pastor der Freikirche in Enskede verheiratet. Pastor Lund hat fünfzehn Jahre hier gearbeitet, dann wurde er krank und starb. Dagny will natürlich, dass alles so bleibt wie zu Lunds Zeiten. Und damals gab es wohl kein Obst.

Viveka trinkt Kaffee und lässt sich noch einmal von

Edna und Viola von dem wirren Zeug erzählen, dass Pastor Lund damals plötzlich geredet hat. Als sie ein bestimmtes Lied singen sollten, sagte er: »Jetzt schließen wir die Augen und singen: ›Herr, öffne unsre Augen‹.« Die Tanten giggeln in sich hinein. Viola gibt noch mal die schöne Geschichte von dem Kurs über Vogelstimmen zum Besten, den Åke ankündigen wollte. Man hatte ihm einen Zettel mit einem Tippfehler in die Hand gedrückt. Der Kurs »Jauchzet und frohlocket! Vögeln im Frühling« finde jeden Donnerstag im Mai statt. Die Tanten lachen sich kaputt, nur Edna wirkt etwas verlegen. Für einen Moment vergisst Viveka, sich Sorgen wegen der Sitzung zu machen, und genießt es einfach, den Menschen beim Plaudern zuzusehen. Sie bekommt immer gute Laune, wenn alle in ihrer Kirche glücklich und zufrieden sind. Nach einer Weile wird ihr jedoch von den Keksen übel. Ein oder zwei Plätzchen verträgt sie meistens, aber sieben Sorten bekommt sie niemals runter. Die heilige Zahl sieben. In der Bibel gilt die Sieben als Zahl mit besonderer Kraft, und sie ist ein Symbol für Vollständigkeit und Ganzheit. Sie bedeutet, dass man etwas lückenlos und gründlich erledigt. Doch, das kann man von unserem Gebäckverzehr mit Fug und Recht behaupten, denkt Viveka. Nicht, dass irgendjemand die Symbolik der Sieben bewusst wäre. Viveka hat ein Vanillekipferl und einen Mürbeteigtaler verspeist. Hoffentlich merkt niemand, dass sie nur zwei genommen hat. Sie hält sich an die trockenen Kekse ohne Marmelade, weil die ihr nicht ganz so süß und ekelerregend erscheinen.

Die anderen nehmen noch nach.

Viveka erahnt den Widerstand gegen die Obstidee.

Natürlich. Manchmal geht ihr der demokratische Geist, der in dieser Gemeinde herrscht, auf die Nerven. Jeder, wirklich jeder Beschluss wird diskutiert und gemeinsam gefällt. Alle dürfen ihre Meinung sagen. Und dann wird über die kleinste Entscheidung abgestimmt. Das ist natürlich gut. Supergut, sagt sich Viveka. Es ist nur manchmal so ermüdend. Viveka ist klargeworden, dass es heute um das Obst und nichts anderes gehen wird, obwohl sie eigentlich viel wichtigere Dinge zu besprechen haben. Zum Beispiel müssten sie eine Liste derjenigen zusammenstellen, die noch bereit sind, bei Beerdigungen den Kaffee auszuschenken. Einige sind langsam zu alt dafür, und die Jüngeren in der Gemeinde sind zu beschäftigt, weil sie tagsüber arbeiten.

Doch nun wird es Zeit anzufangen. Viveka steht auf und überprüft das Mikro.

»Hört ihr mich?«, fragt sie.

Einige der Tanten sind auf die Hörschlinge angewiesen, und die funktioniert nicht immer. Es kommt darauf an, wer an dem Apparat herumgeschraubt hat.

»Ja, wir hören dich«, stellen die Tanten fest.

Ein Problem weniger, immerhin.

»Dann begrüße ich euch zur heutigen Sitzung. Schön, dass so viele gekommen sind. Das sagt eine Menge über das Engagement in unserer Gemeinde aus, und es zeigt auch, wie viel Wert wir auf Demokratie und gemeinsame Beschlüsse legen.«

Bis jetzt stimmen die Tanten ihr zu.

»Wir müssen heute einige wichtige Dinge besprechen.«

»Lasst uns doch mit dem Obst anfangen«, sagt Viola.

»Ja, mit dem Obst.« Die anderen nicken.

»Wir halten das mit dem Obst für keine gute Idee«, sagt Selma. »Obst hat beim Kirchenkaffee nichts zu suchen. Es gab noch nie Obst, und es ist auch nicht üblich.«

»Verstehe«, sagt Viveka. »Aber macht es denn so große Umstände?«

»Zu Zeiten von meinem Mann, Pastor Lund, gab es bei uns kein Obst«, sagt Dagny.

»Wir müssen auch an unseren Ruf denken«, sagt Viola. »Der Kirchenkaffee war immer eine Zierde unserer Gemeinde. Stellt euch vor, es besucht uns jemand, beispielsweise von der Söderkirche oder Philadelphia, wo sie sieben Sorten und kein Obst haben. Wie peinlich.«

Viveka unternimmt einen Versuch: »Sieben Sorten sind großartig, ich weiß euer Engagement wirklich zu schätzen, aber sieben Sorten Plätzchen zu essen bekommt nicht allen. Was ist so falsch an ein bisschen Obst? Dann hat jeder die Wahl.«

Aufgeregtes Gemurmel bricht aus. Viveka hört Worte wie »undankbar« und »traurig« heraus.

»Wir haben unser Leben lang gebacken«, sagt Viola.

»Ja, das haben wir«, stimmen die anderen ein.

»Ich zum Beispiel habe Ochsenaugen gebacken.« Viola presst die Lippen zusammen.

»In guten und in schlechten Tagen, immer haben wir gebacken.«

»Ja!«

»Wir haben gebacken, um das Evangelium zu verkünden«, sagt Selma. »Aus Liebe. Und jetzt ist das plötzlich nichts mehr wert. Die Pastorin zieht unser

Lebenswerk in den Dreck und würdigt es herab. Eine Sache noch, die ich eigentlich gar nicht ansprechen wollte. Ich habe immer geglaubt, ich würde mal in dieser Gemeinde beerdigt werden, in dieser Kirche, der ich mein Leben gewidmet habe, sollte mein Leben auch enden, aber der Gedanke, dass es auf meinem Beerdigungskaffee Obst geben könnte, bringt mich um den Verstand. Die Pastorin hat mir die Hoffnung genommen, in Frieden zu sterben. Das kann doch nicht sein, das ist doch bitter.«

Die Stimmung ist aufgewühlt. Dagny Lund scheint zu weinen. Viola sieht mit ihrer verkrampften Kiefermuskulatur und den geballten Fäusten aus, als würde sie gleich einen Anfall bekommen.

»Das Rezept stammt von meinem Vater«, zischt sie. »Die Ochsenaugen meines Vaters waren köstlich.«

Edna klopft ihr besänftigend auf die Schulter. Aus irgendeinem Grund gibt der Lautsprecher plötzlich ein langgezogenes schrilles Pfeifen von sich. Es ist schrecklich kompliziert, das Ding zum Schweigen zu bringen.

»Okay«, sagt Viveka ratlos, als der Ton endlich wieder normal funktioniert.

Alle sehen sie erwartungsvoll an.

Selma macht ein Gesicht, als hätte sie sich schon lange nicht mehr so amüsiert.

Du willst also Krieg, denkt Viveka.

Dann fällt ihr Blick auf die anderen. Tante Agnes, Elvira, Svea aus Skarpnäck, Viola und die übrigen Tanten. Sie wirken eher betrübt als trotzig. Und Edna, Edna blättert fieberhaft in der Bibel, vermutlich sucht sie eine aufmunternde oder versöhnliche Stelle zum Vorlesen. Mitten in der ganzen Aufregung überkommt

Viveka plötzlich ein zärtliches Gefühl für diese sanftmütige und fromme Tante mit all ihren Gebeten und guten Wünschen. Sie denkt, dass neue Ideen eben Zeit brauchen. Vor allem in der Kirche. Man denke nur an Galileo Galilei. Als er versuchte, das heliozentrische Weltbild zu beweisen, traf er auch auf ungeheuren Widerstand. Unter Androhung von Folter zwang man ihn, seiner Überzeugung, die Erde kreise um die Sonne, abzuschwören. Die Kirche akzeptierte erst Generationen später, dass die Erde nicht das Zentrum des Universums ist. Insofern kann man verstehen, dass es etwas dauert, bis sich die Leute an Obst beim Kirchenkaffee gewöhnen.

»Dann einigen wir uns darauf«, sagt Viveka in bemüht verbindlichem Ton, »erst mal so weiterzumachen wie bisher.«

Sie hat den Gedanken zumindest gesät. Er muss nur noch etwas wachsen.

Die Tanten wirken erleichtert. Alle außer Selma, die ein wenig enttäuscht zu sein scheint, weil sich das Problem so leicht lösen ließ.

Viveka wirft Selma einen wütenden Blick zu und setzt sich wieder.

Unter der Pastorinnenbluse trägt sie ihr brandneues T-Shirt mit der Aufschrift »Sterbehilfe legalisieren«.

8

Am Sonntag ist »Gottesdienst für alle«. Die Kinderchöre sind dabei, denn es ist gleichzeitig ihr Abschlussfest vor den Sommerferien. Viveka trifft in letzter Minute ein. Neben ihrem Beitrag zum Kuchenbuffet bringt sie zehn Thermoskannen Kaffee mit, die sie am Morgen gekocht hat, nachdem ihr mitgeteilt worden war, dass die Kaffeemaschine der Gemeinde kaputt ist. Die Torte mit der Schicht aus selbstgemachtem Marzipan hat eine diffus rötliche Farbe und sieht überhaupt nicht wie eine rosa Prinzessinnentorte aus. Die Kirche ist voller aufgeregter Kinder, Eltern, Geschwister, Omas, Cousinen und so weiter. Vivekas erster Gedanke ist: Kein Bock. Kein Bock, all diese Erwartungen zu erfüllen. Doch sie reißt sich zusammen. Die Mama von Julius sagt, dass der Kuchen superlecker aussieht.

Dann beginnt der Gottesdienst, und alle singen »Nun kommt die Blütezeit«. Die Kinderchöre singen Gospel. Es swingt, und alle wiegen sich und klatschen laut. Viveka ist gerührt vom Anblick der vielen Kinder, die sie seit Jahren kennt und beobachtet. Dann hält sie die Predigt. Sie pfeift auf die Dreieinigkeit und predigt stattdessen über Psalm 23, »Der Herr ist mein Hirte«.

»Psalm 23 ist einer der bekanntesten und beliebtesten Psalmen der Bibel, aber wenn man mal genauer über ihn nachdenkt, ist seine Bedeutung nicht mehr ganz so offensichtlich. Wollen wir wirklich einen Hirten haben, der uns leitet? Und ist es uns überhaupt recht, mit Schafen verglichen zu werden?«

Alle lachen. Die Predigt wird gut.

Beim Kirchenkaffee gibt es eine regelrechte Tortenschlacht. Die Eltern haben gebacken, und es gibt bestimmt zehn verschiedene Sorten, Erdbeere, Schokolade, Baiser mit Zitronencreme, Espressotorte, Käsekuchen, einen mit Moltebeeren und sogar eine hausgemachte Schwarzwälder Kirschtorte. Und daneben Vivekas Torte, die aussieht wie Blob, der Schrecken ohne Namen. Mit einem großen Brownie mit Blaubeermousse auf dem Teller hält Viveka Ausschau nach einem freien Platz. Wieder ist sie gerührt, als sie sich zwischen den vielen Menschen umsieht. Sie hört, wie Julius Henry fragt:

»Wie alt bist du eigentlich, Onkel Henry?«

Wo sonst in Stockholm unterhalten sich alte Männer fröhlich mit Kindern, neunzigjährige Damen mit sechzehnjährigen Jungs, Parteivorsitzende mit Krankenpflegern, Rockstars mit Steuerberatern, und Eritreer, Russen, Roma und Leute aus Småland mit alten Knackern, die ihr Leben lang im Stadtteil Söder gewohnt haben, ja, wo, wenn nicht beim Kirchenkaffee, denkt Viveka.

Ja, alles ist gelungen. Aber sie ist trotzdem vollkommen am Ende.

Den Nachmittag widmet die Familie den notwendigen Fahrradkäufen. Das Geld wird zu Påls Erstaunen und Enttäuschung vom Autokonto abgezwackt. Er behauptet, von diesem Beschluss noch nie gehört zu haben, und möchte lieber für ein Elektroauto sparen. Als würden sie nicht schon viel zu viel Geld für die beiden Autos ausgeben, die sie bereits besitzen. Feli sagt, dass die Zwillinge immer viel teurere Sachen bekommen als sie und Cajsa.

»Das stimmt gar nicht«, sagt Viveka.

Obwohl sie ein schlechtes Gewissen hat. Feli hat recht.

»Dafür habt ihr beide ein eigenes Zimmer. Olle und

Otto müssen sich eins teilen«, versucht Viveka es noch einmal.

Feli sieht sie skeptisch an.

Dann putzen sie die Wohnung, und anschließend gehen die Zwillinge zum Spielen nach draußen und finden einen Papagei. Es ist ein süßer kleiner grüner Papagei mit gelber Brust, der gefährlich nah an der Fahrbahn an einem Zaun entlangspaziert. Als Otto die Hand ausstreckt, klettert er erfreut den Arm hinauf und nimmt auf seiner Schulter Platz. Dort sitzt er nun, während die anderen tausend Vorschläge machen, wie man dem Tier etwas Gutes tun könnte, und wollen, dass es mal auf ihren Schultern sitzt. Viveka ist kein übermäßiger Fan von Vögeln, und Papageien können ja sogar beißen. Dieser hier macht allerdings einen ganz gemütlichen Eindruck. Zutraulich und sozial.

»Ihr habt doch gefragt, ob er den Leuten in dem Haus dort gehört?«, fragt Viveka.

»Na klar. Wir haben geklingelt, aber sie waren nicht zu Hause. Dürfen wir ihn behalten?«

Pål, der bereits Papageien googelt, hat herausgefunden, dass es ein senegalesischer Papagei ist.

»Senegalesische Papageien sind sehr anhänglich, können aber nicht besonders gut sprechen«, sagt Pål.

»Wir behalten ihn, wir behalten ihn«, schreien die Zwillinge.

Feli bemüht sich, einen desinteressierten Eindruck zu machen, aber Viveka merkt, dass sie den Vogel eigentlich spannend findet.

»Papageien können sechzig Jahre alt werden«, sagt Pål.

»Hoffen wir's«, sagt der Papagei.

»Er kann sprechen«, schreien die Kinder.

»Hoffen wir's«, sagt der Papagei.

»Wir behalten ihn! Er könnte Pippi heißen.«

Das mit den Haustieren ist ein heikles Thema. Sie haben es schon mit diversen versucht. Erst vor einer Woche hatten sich die Kinder einen Hamster erquengelt, einen Zwerghamster, weil Zwerghamster ja so klein sind. Ein Zwerghamster ist schließlich ein winziges Tier. Alle dachten, es würde schon gehen. Sie suchten sich einen dicken und lebhaften Hamster mit hübschen Streifen und einen riesigen Luxushamsterkäfig mit verschiedenen Ebenen und Türmchen aus. Der Hamster wurde spontan auf den Namen Karlsson getauft. Auf der Rückfahrt sagte Pål, sie dürften Karlsson auf keinen Fall aus dem Käfig holen, bevor sie zu Hause waren. Aber gucken dürfte man doch bestimmt, fanden die Zwillinge. Und vorsichtig streicheln, fand Cajsa. Und doch entkam Karlsson aus dem Käfig, sprang in den Fußraum und verschwand durch ein Loch unter der Fußmatte irgendwie im Motorraum. Und daraus ist er nicht wieder hervorgekrochen. Jedenfalls bis jetzt nicht. Es ist nicht zu fassen, wie ein so dicker Hamster wie Karlsson durch ein so kleines Loch schlüpfen konnte, eine Öffnung wie die, in der die Vordersitze fixiert werden, aber er hat es geschafft. Katastrophe! Die Kinder haben versucht, ihn mit Essen und Süßigkeiten wieder hervorzulocken, und es hat fast den Anschein, als wäre er nachts aus dem Loch gekommen, um zu essen, aber gezeigt hat er sich bis jetzt jedenfalls nicht.

Und nun also ein Papagei.

Viveka muss an die Krähen denken. Krähen und

Papageien. Erinnert das nicht an einen Film von Hitchcock? »Die Vögel«, einer der wenigen Horrorfilme, die Viveka gesehen hat. Pål würde die Analogie vermutlich gefallen. Sie ist drauf und dran, den Gedanken auszusprechen, als ihr einfällt, dass sie Pål nichts von den allgegenwärtigen Krähen erzählt hat. Mittlerweile erzählt sie Pål vieles nicht.

»Also, Pippi hat doch einen Besitzer«, sagt Viveka.

»Hoffen wir's.«

»Und das muss jemand aus der Umgebung sein, denn fliegen kann sie anscheinend nicht«, sagt Viveka.

In dem Augenblick flattert Pippi quer durch die Küche und lässt sich auf Påls Schulter nieder.

»Er kann fliegen.«

»Er kann fliegen und sprechen.«

Pål findet eine Seite, wo nach entlaufenen Tieren gesucht wird. Ein senegalischer Papagei hat sich auf einem Baum in Åkersberga wieder eingefunden. Er kann »Hello« sagen, will aber nicht runterkommen. In Enskede wurde kein Papagei vermisst gemeldet.

Am Ende landet Pippi in dem riesigen und bisher ungenutzten Hamsterkäfig. Er bekommt eine Stange und wirkt zufrieden.

In dem Moment klingelt das Telefon. Es ist Ingvar, der Vorsitzende der Gemeinde.

»Viola ist tot«, sagt er.

»Wirklich?«

»Ja. Ihre Nachbarin hat sie in der Küche gefunden.«

»Aber ... Sie wirkte doch überhaupt nicht krank.«

Nur alt, denkt Viveka. Dass Alte sterben, ist nichts Ungewöhnliches. Viveka ist es gewohnt, dass Menschen sterben. Es ist traurig, aber auch natürlich.

»Weißt du, woran sie gestorben ist?«

»Sie hatte irgendwas am Herzen, aber ich wollte dich eigentlich fragen, ob du mal zur Nachbarin fahren könntest? Es hat sie hart getroffen.«

Den Rest des Abends verbringt Viveka bei der Nachbarin, die wieder und wieder erzählt, wie sie hereinkam, um sich Zucker auszuleihen, und Viola auf dem Küchenfußboden lag.

»Sie sah so unheimlich aus. Sie war so ganz anders als sonst. Es wäre sie gar nicht sie selbst.«

»Wenn man stirbt, verändert man sich«, sagt Viveka. »Dann ist ja nur noch der Körper übrig. Etwas fehlt. Etwas ist nicht mehr da.«

»Ja, so ist es. Aber sie sah so unheimlich aus.«

9

Am nächsten Tag bekommt Viveka Besuch von der Polizei. Das ist merkwürdig. Sie weiß zwar, dass immer polizeiliche Ermittlungen angestellt werden, wenn jemand unerwartet zu Hause stirbt, aber warum eine Vernehmung nötig sein soll, kann sie nicht begreifen. Trotzdem empfängt sie Kommissarin Pernilla Kron in ihrem Pastorinnenbüro.

»Nehmen Sie Platz. Möchten Sie einen Kaffee oder etwas anderes zu trinken?«

Pernilla Kron lehnt den Kaffee dankend ab und mustert Viveka schweigend. Sie betrachtet das Bücherregal und den gerahmten Spruch: »Gott findet einen eigenen Weg zum Herzen jedes Menschen.«

»Waren Sie schon mal hier in der Kirche?«, fragt Viveka, in erster Linie, um irgendwas zu sagen.

»Nein.«

Es wird still.

Pernilla Kron liest die Weisheit: »Bekämpft das Böse mit dem Guten«, die ebenfalls an der Wand hängt.

»Das ist vielleicht nicht besonders kirchlich«, sagt Viveka.

Warum um alles in der Welt habe ich das gesagt, fragt sie sich. Eigentlich plappert sie nur so vor sich hin, um die Stimmung etwas aufzulockern.

»Nein, das kann man wirklich nicht behaupten.«

Pernilla Kron ist eine Dame, die nicht lächelt, stellt Viveka fest. Oder was heißt schon Dame, eher eine gestandene Frau um die fünfzig mit Lederhose, Stachelfrisur und Piercing in der Augenbraue, neben der sich normale Frauen mit Jeans und Pferdeschwanz erbärmlich proper und gut gelaunt vorkommen, obwohl sie überhaupt keine gute Laune haben.

»Nun, ich bin ja wegen des Todes von Viola Skott hier.«

»Ach, ja.«

»Wir haben Grund zu der Annahme, dass sie keines natürlichen Todes gestorben ist.«

»Was meinen Sie damit?«

»Wir vernehmen ihr engeres Umfeld, und das scheint in ihrem Fall wohl die Gemeinde gewesen zu sein. Wir glauben nämlich, dass sie ermordet wurde.«

Genau in diesem Moment fällt Vivekas Blick auf ein T-Shirt, das sie über die Rückenlehne ihres Schreibtischstuhls geworfen hat. Sie hat es auf der Sitzung des Kaffeekomitees getragen. Es ist das mit der Aufschrift:

»Sterbehilfe legalisieren«. Sie starrt das T-Shirt an. Nicht auszudenken, dass sie es getragen hat, als sie Viola zum letzten Mal begegnet ist. Das ist wirklich furchtbar. Und in Anbetracht von Violas Tod auch so unpassend.

»Ermordet also«, sagt Kron.

»Ermordet!«

Völlig verwirrt glotzt Viveka die Kommissarin an. Ermordet. Viola ist ermordet worden.

»Aller Wahrscheinlichkeit nach wurde sie vergiftet.«

In Vivekas Kopf geht alles durcheinander. Viola wurde ermordet. Aber … Sie kann die Augen nicht von dem T-Shirt abwenden. »Sterbehilfe legalisieren«. Das ist ungeheuer peinlich und unpassend, um nicht zu sagen schlicht und einfach anstößig. Hat Pernilla Kron es gesehen? Wie konnte sie so dumm sein, es dorthin zu legen? Sie passt doch sonst so gut auf, dass niemand ihre T-Shirts sieht. Aber in letzter Zeit hatte sie ein bisschen zu viel um die Ohren. Man kann nicht den ganzen Text lesen, aber ein paar Buchstaben sieht man eben doch.

Sie gibt sich einen Ruck, reißt den Blick endlich von dem Schreibtischstuhl los und versucht, sich auf die Fragen der Kommissarin zu konzentrieren.

»Wie gut kannten Sie Viola?«

Pernilla Kron stellt tausend Fragen, aber die meisten sind von der Art, die Viveka nicht beantworten kann. Viveka ist zum Schweigen verpflichtet. Sie weiß viel über Menschen, unerträglich viel. Aber nichts davon gibt in diesem Fall konkrete Anhaltspunkte, jedenfalls hat sie das Gefühl.

Am Ende wirkt Pernilla Kron vorerst zufrieden. Abgesehen davon, dass Viola ermordet wurde, hat Viveka eigentlich nichts erfahren. Vergiftet.

Als Kron weg ist, wirft Viveka das T-Shirt in die Mülltonne.

10

Viola, die (einst) schönste Frau Enskedes und Besitzerin von Enskedes (mittlerweile verkauftem) schönsten Haus, liegt unter einem Armvoll Rosen und Lilien vor Viveka in einem hellbraunen Sarg aus Edelholz. Sicherheitshalber hat Viveka den Namen auf dem Sarg doppelt und dreifach kontrolliert. Man will schließlich nicht die falsche Person beerdigen.

Viola ist also tot. Nicht nur tot, sondern ermordet. Tatsächlich, jemand hat Viola umgebracht! Sie ist zwar schon alt gewesen, aber trotzdem.

Viveka wirft einen verstohlenen Blick in Richtung derjenigen, die sich angeschlossen haben. Henry wirkt mitgenommen, singt aber an der Seite von Åke, der, wenn auch in der völlig falschen Tonart, so tapfer schmettert wie in alten Zeiten, aus vollem Halse »Tag für Tag«. Åke kann nichts dafür. Er ist taub. Die Brüder Erlandsson, die eine große Gärtnerei hatten, sind hier. Viveka wusste gar nicht, dass sie noch leben. Ihr fällt wieder ein, dass die beiden in ihrer Jugend angeblich beide um Viola geworben haben sollen. Genau wie eine ganze Reihe von anderen.

Ganz hinten sitzt Abbe. Obwohl er Atheist ist, taucht er hier hin und wieder auf. Warum er allerdings ausgerechnet heute da ist, versteht sie nicht. Benny Falk, der Immobilienmakler, sitzt in derselben Kirchenbank. Der Heimatverein ist auch gekommen und hat eine ganze Reihe belegt. Und natürlich die Tanten, mit Selma an der Spitze. Selma sitzt nicht auf dem Kirchengestühl, sondern auf ihrem Rollator. Vermutlich um zu zeigen, dass sie die neuen Bänke nicht akzeptiert. Besonders traurig sieht Selma nicht aus. Sie hat Viola nie richtig gemocht. Die beiden haben schließlich um die besten Ochsenaugen konkurriert. Außerdem hat Henry ihr Viola vorgezogen, und darüber wird Selma niemals hinwegkommen. Die Tanten räuspern und husten sich durch das Lied. Das Gehuste ist schrecklich mittlerweile.

Vielleicht hat einer von denen hier Viola ermordet, denkt Viveka plötzlich. Ihr Gedanke jagt ihr einen Schauer über den Rücken. Sie sieht sich um. Was hat sie denn auf diese Idee gebracht?

Verwandte sind offenbar nicht da.

Auf einmal ertappt sich Viveka bei dem Gedanken, dass es ohne Viola mit dem Kirchenkaffee jetzt viel einfacher wird. Dann schämt sie sich. Viola hat viel Gutes getan. Sie hat sich um ihren Vater gekümmert. Sie war schön, hatte ein schönes Haus und einen schönen Garten. Ja, und sie hat sich sehr für die Spendensammlung für Äthiopien eingesetzt. Sie hat sich für vieles engagiert. Im Nachhinein steht Viola als wunderbarer Mensch da, der sich liebevoll für andere aufgeopfert hat.

Der Tod wirft einen versöhnlichen Schimmer auf das Leben der Menschen. Als wäre es leichter, sie zu mögen, wenn sie tot sind.

Beim Abschied betrachtet Viveka all die Blumen und Kränze, die den Sarg umgeben. Eine Trauerschleife sticht hervor. »Rest in peace, Mr And Mrs Sandstrom.« Wer kann das sein? Eine weitere Schleife erregt Vivekas Aufmerksamkeit. Hier ist ein Kirchenlied zitiert worden: »Doch die Blume, die zur Ruhe geht, geht bald im ewgen Frühling auf, und was hier schwach gesät, das lässt du stark erblühn.« Unter dem Zitat steht: »Ruhe in Frieden, wünscht der Kleingartenverein Dalen.« Viveka wusste nicht, dass Viola Verbindungen zum Kleingartenverein hatte. Aber der Text passt, denkt sie. Viola ist schließlich ein Blumenname.

Dann ist Beerdigungskaffee mit Krabbenbrötchen, Prinzessinnentorte, Kaffee und Reden, und dann ist alles vorbei. Sie haben nach allen Regeln der Kunst von Viola Abschied genommen.

Trotzdem fühlt es sich überhaupt nicht wie auf einer normalen Beerdigung an, denn Viola ist ermordet worden.

11

»Es ist vollkommen unfassbar«, sagt Viveka in ihrem Kleingarten zu Henry.

Sie trinken Kaffee, und die ersten Pfingstrosen blühen. Henry ist tieftraurig. Sein Gesicht sieht ungewöhnlich bekümmert aus.

»Dass sie tatsächlich ermordet wurde«, fährt Viveka fort. »Ermordet! Wer bringt eine alte Dame um, die sowieso bald stirbt?«

Alles an Henrys Gesicht ist ein Beweis für die Schwerkraft. Außer seinen blauen und normalerweise fröhlichen Augen. Doch das übliche Blitzen fehlt. Und es scheint, als hätte sich sein Gesicht noch nicht richtig entfaltet. Er mochte Viola. Wahrscheinlich am liebsten von allen.

»Was sagt denn die Polizei?«, fragt er.

»Die sagen fast nichts. Herzstillstand. Aber keine natürliche Ursache, so viel haben sie verraten. Irgendwie von außen hervorgerufen. Sie wurde vermutlich vergiftet.«

Irgendein bösartiger Mensch hat also eine wehrlose alte Dame aus ihrer Gemeinde ermordet. Eine Dame, die keiner Fliege etwas zuleide getan hat, zumindest kaum einer, und generell im Leben wenig unternommen hat, außer ihr Leben lang am selben Ort zu wohnen und sich um ihr Haus und ihren alten Vater zu kümmern.

»Was hatte eigentlich Benny Falk auf der Beerdigung zu suchen?«, fragt Viveka Henry. »Kannte er Viola?«

»Soweit ich weiß, nicht. Aber wenn du willst, kann ich ihn mal fragen. Falk kommt am Wochenende zu mir, um mein Haus zu schätzen.«

»Dann musst du saubermachen und alles ein bisschen aufhübschen, Henry.«

»Dafür habe ich keine Zeit. Zu viel Fußball im Moment. Heute Abend spielt die A-Mannschaft auf unserem Platz gegen Haninge, morgen kommt Schweden gegen England im Fernsehen, und wenn wir nicht rausfliegen, geht es am Wochenende weiter. Am Donnerstag trifft sich der Heimatverein.«

Henry scheint andere Dinge im Kopf zu haben und sich zumindest aktiv am gesellschaftlichen Leben zu beteiligen. Plötzlich bekommt er einen Hustenanfall. Als dieser abgeklungen ist, wirkt Henry noch älter und elender.

»Ich muss jetzt gehen. Ich will noch zum Schuster am Gullmarsplan.«

»Tja, du. Mach es gut.«

»Du auch. Pass gut auf dich auf.«

Wer jemanden ermordet, ist wahrscheinlich böse, denkt Viveka. Aber was ist das eigentlich, das Böse? Kann ein Mensch regelrecht böse sein? Und was meinen wir in dem Fall damit? Vielleicht beginnt das Böse, wenn einem etwas egal wird. Gleichgültigkeit ist böse. Vielleicht ist es böse, unter der Pastorinnenbluse T-Shirts mit Aufdruck zu tragen. Ist das Böse etwas anderes als die Abwesenheit des Guten? Gibt es eine böse Macht? Der Glaube an eine böse Macht hat viel angerichtet. Und es spielt so viel Aberglaube mit. Und Angst. Wir haben die Tendenz zu dämonisieren, was wir nicht verstehen und nicht kontrollieren können. Doch das geht total nach hinten los. Dafür gibt es zahllose haarsträubende Beispiele. Und deshalb schaffen wir das Böse sicherheitshalber lieber gleich ab.

12

Eine Woche nachdem sie Pippi gefunden haben, ist ihr neuer Mitbewohner immer noch da. Es ist ein außergewöhnlich unsympathischer Montagmorgen, und Viola ist ermordet worden. Cajsa kann ihre Schultasche nicht finden und kommt schließlich drauf, dass sie sie am Freitag in der Tennishalle vergessen hat. Viola ist also ermordet worden, und aus irgendwelchen unerklärlichen Gründen sind die Milch und das ganze Brot alle. Die Kinder müssen aufgetaute Hotdog-Brötchen essen.

»Wir hassen aufgetaute Hotdog-Brötchen, die sind schleimig«, beklagt sich Otto.

»Superschleimig«, sagt Olle.

»Könnt ihr mal aufhören, immer einer Meinung zu sein?«, zischt Viveka. »Ihr seid ja wie Fix und Foxi.«

»Sie sind wirklich schleimig«, sagt Feli. »Ich esse nichts zum Frühstück.«

Viveka hat den Kindern nicht erzählt, dass Viola ermordet worden ist. Irgendwie will sie es nicht sagen. Sie unterliegt der Schweigepflicht, aber die gilt ja nicht für so was. Sie ist verwirrt. Wenn sie nichts sagt, ist es zumindest ein bisschen so, als wäre es nicht passiert. Sie will Tod und Vergiftung nicht in ihrer Küche haben. Und wer wird heutzutage überhaupt noch vergiftet? So richtig? Kommt das nicht vor allem in Märchen vor? Oder in Krimis.

»Aufgetaute Hotdog-Brötchen werden euch schon nicht umbringen«, sagt Viveka.

»Hoffen wir's«, sagt Pippi.

Abgesehen davon, dass Pippi »hoffen wir's« sagen kann, hat sich zu Påls Entzücken herausgestellt, dass er verschiedene elektronische Geräusche imitieren kann, zum Beispiel Alarmanlagen. Pål und Pippi haben sich gesucht und gefunden. Es ist großartig, dass sich Pippis Fähigkeiten mit Påls neuestem Spezialinteresse decken, er interessiert sich nämlich für Alarmanlagen von Autos. Pippi sitzt auf Påls Schulter, während sie gemeinsam auf Forschungsreise gehen. Pål beschließt, heute nicht zur Arbeit zu gehen, damit Pippi nicht allein zu Hause ist. Normalerweise macht er einen Riesenaufstand, wenn er mal seine Arbeit verpasst, denkt Viveka.

An einem Morgen wie diesem ist sogar das Büro in der Kirche ein Zufluchtsort. Viveka denkt an Viola. Viola, die jetzt tot ist. Viola, die vergiftet wurde. Viveka sucht einen Anhaltspunkt. Wer kann so etwas getan haben? Erstens: Wer wollte Viola loswerden? Zweitens: Wer vergiftet jemanden?

Ein Gemeindemitglied, das Viveka noch nie gesehen hat, fragt telefonisch, ob es mal im Kirchenbuch nachsehen könnte, wann der Bruder seines Großvaters in die Gemeinde eingetreten ist. Er hieß Tage Erlandsson und ist vor zehn Jahren gestorben. Viveka stellt fest, dass das Kirchenbuch verschwunden ist. Seltsam! Es steht immer an derselben Stelle im Regal, und nur sie nimmt Eintragungen darin vor. Das mit dem Kirchenbuch wird ziemlich genau genommen. Sie als Gemeindevorsitzende ist dafür verantwortlich, dass alles korrekt vermerkt wird, und die Angaben sind teilweise vertraulich. Eigentlich muss das Kirchenbuch weggeschlossen werden, aber Viveka war der Meinung, auf dem obersten Regalbord im Gemeindebüro wäre es sicher. Jetzt ist es weg.

»Ach, und was ist Ihrer Meinung nach Viola Skott zugestoßen?«, fragt der Mann am anderen Ende der Leitung.

Viveka denkt, dass er in Wirklichkeit deswegen angerufen hat. Um über Viola zu sprechen.

»Kannten Sie Viola gut?«, will Viveka wissen.

»Sie war eine gute Freundin meines Großonkels.«

»Ich kann leider keine Spekulationen über ihren Tod anstellen«, sagt Viveka. »Aber vielleicht haben Sie ja eine Idee.«

»Ich glaube, es hat was mit der Vergangenheit zu tun«, sagt der Mann.

Mit der Vergangenheit hat doch alles zu tun, denkt Viveka, nachdem sie aufgelegt hat. Ein Schauer läuft ihr über den Rücken.

Es ist still in der Kirche an diesem Vormittag. Von außen dringen nur entfernte Geräusche herein, Schulklassen, die vorübergehen, Hunde, die aufeinandertreffen, ein wütender Autofahrer. Normalerweise findet sie es beruhigend, der Welt da draußen aus der Distanz zu lauschen, aber heute geht es ihr auf die Nerven.

Sie beschließt, einen Spaziergang zu machen.

Gamla Enskede wäre nicht Gamla Enskede ohne die Häuser, denkt Viveka, während sie den Handelsväg hinunterspaziert. Sie sind die Könige in Enskede. Sie sind die Helden hier, hätten ihre Zwillinge gesagt. Jedes Haus ist eine Welt für sich, die mit den schlichten Holzfassaden und den schönen alten Fenstern genau wie die verwinkelten mit den überbordenden Veranden. Eine Veranda ist Vivekas großer Traum im Leben. Leider ist er nicht leicht umzusetzen, wenn man in einer Wohnung wohnt. Sie stellt sich oft vor, wie schön es auf einer überdachten Veranda wäre. Dank des Dachs könnte man sogar Polstermöbel aufstellen und vielleicht auf einem gemütlichen kleinen Sofa sitzen und in

Ruhe eine Tasse Kaffee trinken oder sich mit guten Freunden über das Leben unterhalten, bis es dunkel wird, oder sich bei Regen auf einer Wolldecke ausstrecken. Manchmal ist sie ein bisschen verbittert über all die wunderbaren Veranden und Häuser, von denen sie in Gamla Enskede umgeben ist. Doch vor allem wundert sie sich, wie schön es hier ist. Jedes Haus bildet eine eigene Welt voller Schönheit, ringsherum verwilderte Gärten, ein Labyrinth aus Gassen und dort, wo man es am wenigsten erwartet, tauchen plötzlich versteckte Parks auf. Wie Lichtungen im Wald. Viveka liebt ihren Stadtteil. Es ist, als hätten ihr die Häuser etwas zu sagen, als wollten sie ihr etwas über die vielen Menschen, die hier mal gelebt haben, und alles, was hier passiert ist, erzählen, all die Geschichten und Schicksale, Gedanken, Träume, Gefühle, Verwicklungen und Verzweiflungstaten. Über all diejenigen, die hier gehofft, gekämpft, geliebt und gehasst haben.

An der Kreuzung von Handelsväg und Margaretaväg trifft Viveka Selma. Sie hat richtig schlechte Laune.

»Ich war schon überall und hab nach Milchreis von Risifrutti gesucht, aber er ist überall ausverkauft, kannst du dir so was vorstellen? Mit einem Rollator und Rückenschmerzen kann man nicht unendlich viele Geschäfte abklappern, es gibt wirklich Grenzen! Ich war schon bei Ica in Dalen und ICA in Svedmyra.«

Viveka hat das Gefühl, Selma helfen zu müssen, aber nun ist sie schon so nah am Konsum, dass sie Selma empfiehlt, es dort zu versuchen.

Sie fragt sich, was Selma wohl über Violas Tod denkt, aber da Selma das Thema nicht anspricht, lässt Viveka es ebenfalls bleiben.

Viveka biegt links ab in den Margaretaväg und setzt ihren Spaziergang fort. Plötzlich steht sie vor Violas Haus. Es ist eins der schönsten hier. Es verbirgt seine vornehme Schönheit hinter Kastanien und rotblättrigem Spitzahorn, seine engsten Freunde sind Rosen und Päonien. Es hat eine gewisse Ähnlichkeit mit Viola. Sie liebte ihren Garten und ihre Blumen.

Violas Haus ist eines von denen mit Veranda. Es hat sogar einen Turm. Dort hat Viola immer ihre Kräuter getrocknet. Viveka gehört zu denjenigen, die mal durch das schmiedeeiserne Gartentor treten und Garten und Haus von innen sehen durften. Sie kann vom Springbrunnen, dem Kräutergarten und den vielen Blumen hinterm Haus berichten, von den traumhaften Kachelöfen mit Blumenmuster und dem ganz besonderen Licht im Haus. Sie ist aber keine von denen, die rumerzählen, wie es bei anderen aussieht. Auch das ist Teil der Schweigepflicht, hat sie das Gefühl.

Außerdem halten diese Häuser nicht immer, was sie versprechen. Das weiß niemand so genau wie Viveka. Sie strahlen Idylle aus, aber hinter der Fassade verbergen sich Trauer, Krankheit und dunkle Geheimnisse.

In Violas verrammeltem Haus herrscht momentan Stille, aber Viveka weiß, dass die Polizei immer noch nach Spuren sucht. Sie wollen herausfinden, warum Viola vergiftet neben einem kaputten Wasserglas in der Küche lag.

Außer dem von Viola sehen alle Häuser in der Straße gleich aus. Wahrscheinlich hat Violas Vater sie gebaut.

Viveka hat Hunger, aber dann fällt ihr ein, dass sie überhaupt nichts zu essen im Haus haben. Sie muss wohl noch zu BEA. BEA ist der ICA-Supermarkt am

Svedmyraplan, wo ganz Enskede Lebensmittel und andere Sachen einkauft. Im Keller haben sie dort nämlich alles, was das Herz begehrt. Was es bei BEA im Keller nicht gibt, gibt es gar nicht. Nicht, dass sie besondere Lust hätte einzukaufen. Vielleicht sollte sie sich auch den Luxus eines gemütlichen Mittagessens im Wirtshaus Enskede gönnen. Das Restaurant ist richtig gemütlich. Sie haben zünftige Gerichte, ein phantastisches Salatbuffet mit verschiedenen Bohnensalaten und Dips, und zum Kaffee, von dem man übrigens so viele Tassen trinken darf, wie man will, bekommt man ein Haferbällchen mit Kokos. Vielleicht bekommt sie sogar einen Tisch auf der Terrasse, in einer Ecke. Dort kann sie die Ruhe genießen, ganz langsam essen und den Vögeln lauschen. Genau das braucht sie. Ruhe und ein ordentliches Mittagessen.

Ihr kommt in den Sinn, dass die Buchhandlung das ganze Wochenende so verlassen gewirkt hat. Ob Abbe was passiert ist? Er scheint ja keine richtigen Angehörigen zu haben, mit denen er in engem Kontakt steht. Obwohl Abbe groß und stark aussieht, hat er etwas Verletzliches an sich. Etwas unheimlich Zartes. Viveka hat einen siebten Sinn für so etwas. Vielleicht sollte sie mal vorbeigehen und nachschauen, ob bei ihm alles in Ordnung ist. Das gehört zwar nicht zu ihren Aufgaben, aber seltsam ist es schon. Wenn sie es sich genau überlegt, ist es noch nie vorgekommen, dass die Buchhandlung das ganze Wochenende geschlossen war.

13

An diesem Tag ist auf den Straßen noch eine weitere Person unterwegs, nämlich der Immobilienmakler Benny Falk. Während er seinen Kastenwagen durch den verwinkelten Månhornsgränd lenkt, denkt er über die Häuser und andere Dinge nach. Benny Falk ist ein Mann, der sich vor allem darum bemüht, Vertrauen zu gewinnen. Daran denkt er. Es ist nämlich sein größter Wunsch im Leben. Möglicherweise hängt dieser Wunsch damit zusammen, dass man als Immobilienmakler mehr Geld verdient, wenn man einen vertrauenerweckenden Eindruck macht, aber es ist nicht nur deswegen. Nein, Vertrauen zu gewinnen ist ein Ziel, das er sich schon in der Kindheit eingeprägt hat. Er kann jederzeit seinen Ehrfurcht gebietenden und auch ein wenig furchteinflößenden Vater vor sich sehen. Meistens kam sein Vater sonntags nach dem Mittagessen auf das Thema zu sprechen, beim Nachtisch, wenn man bereits Hoffnung geschöpft hatte, man dürfe bald aufstehen. Falk hat sich schon öfter gefragt, ob er es absichtlich gemacht hat. Weil er sah, wie es in den Beinen der Kinder kribbelte. Aber das Thema war wichtig, das hat Falk ja auch verstanden. Vertrauen zu gewinnen ist für einen richtigen Mann das Allerwichtigste.

Doch nun hat Falk ein Problem. Muss man alles über ein Haus erzählen, wenn man es verkauft? Die Antwort lautet: Ja. Aus Prinzip. Aber gibt es nicht hin und wieder trotzdem Gründe, von seinen Prinzipien abzuweichen, um ein gutes Ergebnis zu erzielen? Gibt es dafür denn nicht einen Begriff?, überlegt Falk. Während er auf gut Glück durch die Straßen kurvt, fragt er sich, wie viel das Haus im Månhornsgränd, das mit den vielen Fenstern, wert sein könnte. Das mit dem Abweichen von einem Prinzip hat etwas mit Ethik zu tun. Entweder man lässt sich von einem Prinzip leiten. Oder man hat eher die Folgen seines Tuns im Blick. Oder man hat eine gute Idee. Wie war das noch mal? Er jedenfalls hatte ja wirklich eine gute Idee. Und das Ergebnis ist in gewisser Weise auch gut. Aber darf man von einem wichtigen Prinzip abweichen, zum Beispiel, dass man immer das Vertrauen der Menschen gewinnen muss? Obwohl man ja möglicherweise trotzdem ihr Vertrauen gewinnt, solange sie nicht wissen, dass man sich nicht an sein Prinzip gehalten hat. Plötzlich wird Falk übel. Und wie! Heiß ist ihm auch. Im Kastenwagen ist es heute total stickig. Er fährt auf den Parkplatz vor dem Reitstall vom Wirtshaus Enskede und stellt den Motor aus. Die Pferde blicken von den spärlichen Grashalmen auf und starren ihn neugierig und freundlich an. Er sitzt nur da und atmet. Seine Frau hat recht, er sollte Sport machen und nicht nur Auto fahren. Er fühlt sich überhaupt nicht fit. Die Pferde haben etwas Tröstliches an sich. Vielleicht sollte er mit Reiten anfangen. Dieser Gedanke ist ihm wahrhaftig noch nie gekommen! Anfangen zu reiten! Herrgott noch mal! Was ist bloß mit mir los, fragt sich Falk. Hat man mit zweiundsechzig etwa eine zweite Lebenskrise?

14

Åke sitzt auf der Terrasse seines kleinen grünen Hauses im Krokväg und grämt sich über das Kirchendach. Er betrachtet seinen frischgestrichenen Tischlerschuppen und sein Gästehäuschen. Es ist ein gutes Gefühl, einen so guten Tischlerschuppen und ein Gästehäuschen in derselben grünen Farbe wie das Haupthaus zu haben. Nicht, dass er jemals Gäste hätte, die bei ihm übernachten. Wenn die Kinder, also seine Töchter vorbeikommen, bleiben sie höchstens ein paar Stunden. Hin und wieder macht er sich Gedanken darüber, dass Maj und er nur Mädchen bekommen haben. Aber es sind gute Mädchen, freundlich, und sie stehen mit beiden Beinen auf der Erde. Man kann stolz auf sie sein, auch wenn sie es oft eilig haben. Er erinnert sich an die Zeit, als Maj noch lebte, seine Maj mit dem glockenhellen Lachen und den wachen Augen. So hatte sie jedenfalls gelacht, als sie jung war. Vielleicht hat sie mit zunehmendem Alter und Ernst immer weniger gelacht. Aber ihre Augen blieben gleich. Åke denkt, dass das, was er mit Maj hatte, sehr gut war. Außerordentlich gut. Es ist nicht selbstverständlich, etwas so Schönes zu erleben. Er will irgendetwas tun, um ihr Andenken in Ehren zu halten. Er weiß nur nicht so recht, was. Was sie zusammen hatten, soll jedenfalls niemand in den Dreck ziehen. Vielleicht sollte er den Anstrich des Gästehäuschens noch mal ausbessern, aber er kann sich nicht dazu aufraffen. Zu Majs Zeit hatten sie viel Besuch, und manchmal hat jemand im Gästehäuschen übernachtet. Ihm gefiel das. Er war gern derjenige, der alles reparierte und in Ordnung hielt. Maj hingegen unterhielt sich mit den Leuten, knüpfte Kontakte und sorgte dafür, dass sich Gäste bei ihnen wohl fühlten. Doch er hatte auch seinen Anteil daran. Aber als Majs Beitrag wegfiel, wurde seiner irgendwie auch witzlos. Außerdem höre ich ja nichts, denkt er. Ich höre nicht, was die Leute sagen. Das ist ungünstig, wenn man Besuch empfangen möchte. Missmutig starrt er auf die dicke Anleitung für die beiden Hörgeräte, die vor ihm auf dem Tisch liegen. Er war in der Praxis und hat sich neue besorgt. »Senso Diva XM« heißen sie. Seine Hörassistentin hat ihm erklärt, wie sie funktionieren, aber Åke hat nicht ganz begriffen, was sie meinte. Sie sind angeblich das »Nonplusultra« unter den Hörapparaten und verfügen laut Handbuch über »innovative und elaborierte Funktionen zur Gewährleistung von Hörfähigkeit und optimaler Kommunikation«. Das klingt doch gut, denkt Åke. Aber die Anleitung wirkt ungeheuer kompliziert. Er liest sich durch, wie man die Batterien einsetzt, wie man die Geräte ein- und ausschaltet und wie man sie im Ohr befestigt. Es ist leichter, wenn man das Ohr oben etwas langzieht, steht da. Åke sucht den Abschnitt über die Regelung der Lautstärke heraus, denn die ist normalerweise das Problem. »Sollten Sie eine Distortion bemerken, kontaktieren Sie Ihren Audiotherapeuten«, steht da. Distortion, was ist das denn? Und einen Audiotherapeuten hat er nicht. Er gibt es auf.

Aber mich nützlich machen, indem ich Sachen repariere, kann ich auf jeden Fall, sagt er sich. In der Kirche und so. Und dass dort viele Reparaturen anstehen, sollten sich alle hinter die Ohren schreiben! Um die Kirche hat sich Åke sein Leben lang gekümmert. Er trauert den alten Zeiten nach. Früher gab es Arbeitstage, und alle kamen. Die Herren mähten den Rasen, lackierten Fensterrahmen und wechselten Dachpfannen aus. Die Damen machten sauber, bohnerten die Böden und kochten das Mittagessen. Alles Wichtige wurde erledigt, und sie hatten es nett zusammen. Doch das war gar nichts im Vergleich zu der Zeit, als die Kirche gebaut wurde. Da haben sich die Menschen engagiert! Als sie beschlossen, die Kirche zu errichten, waren sie nur fünfzehn Familien. Im April 1911 begannen die Bauarbeiten, und im Dezember desselben Jahres war die Kirche fertig. Alle haben dazu beigetragen. Eine der jungen Frauen aus der Gemeinde ging immer zu Fuß von Enskede zur Orchesterprobe in Södermalm, anstatt mit der Straßenbahn hinzufahren. Auf diese Weise sparte sie jedes Mal zehn Öre, die in den Bau der Kirche flossen. Nicht, dass Åke dabei gewesen wäre, als die Kirche erbaut wurde, ganz so alt ist er auch nicht, aber er hat davon gehört. Damals herrschte noch der richtige Geist. Jetzt hat er das Gefühl, dass niemand versteht, worauf es ankommt. Die Pastorin hört nicht richtig zu. Die jüngeren Männer gucken so nervös und fahrig, wenn er vom Dach anfängt. Und vielleicht ist das auch eigentlich nicht weiter schlimm, denn Åke kann sich kaum vorstellen, dass sie Ahnung von Dacharbeiten haben. Als das Dach zuletzt neu gedeckt wurde, das war 1968, hat Åke alles alleine gemacht, und zwar wirklich gut, denn schließlich hat das Dach über vierzig Jahre gehalten. Wenn diese pingelige Pastorin nicht so einen Bammel hätte, dass er vom Dach fällt, könnte er das heute auch noch. Aber eine Firma von außen lässt er da auf keinen Fall dran! Åke muss unbedingt eine Lösung für das Problem finden. Jedenfalls vermisst er die echte Gemeinschaft. Was hat denn eine Gemeinde sonst für einen Sinn? Eine Gemeinde ist eine Gruppe von Menschen, die etwas gemeinsam tun. Wir Alten sind einfach zu alt, denkt Åke. Wir ziehen uns besser zurück.

So wie Viola.

Etwas Besseres hätte sowieso nicht passieren können.

15

Abbe sortiert seine Bücher und denkt darüber nach, dass er vor allem will, dass alles richtig ist. Er will ein richtiges Leben. Aber irgendwie bekommt er das nicht hin. Je mehr er sich bemüht, desto falscher wird es. Er wäre ja gerne ein Idealist, aber ist er das wirklich? Zum Beispiel wohnt er in einem teuren Stadtteil, zwar in einem kleinen Raum hinter der Buchhandlung, aber immerhin. Das Zimmer ist natürlich gut geeignet, wenn mal eine von den Frauen anbeißt, die in seine Buchhandlung kommen, ja, es ist geradezu ein richtiges Liebesnest. Als übermäßigen Idealisten zeichnet es ihn wahrscheinlich nicht aus. Im Gegenteil. Aber was soll man machen? Richtige Frauen gibt es ja nicht. Solche, die das Leben ernst meinen. Die Einzige, die ihm einfällt, ist die Pastorin. Und die ist verheiratet, mit diesem Angeber, der ständig über Elektroautos redet.

Er will, dass alles richtig ist, aber es klappt einfach nicht. Bei einem wie ihm war noch nie alles richtig.

Vielleicht irgendwann mal in dunkler Vorzeit, aber daran kann er sich natürlich nicht erinnern. Und dann war es so, wie es eben war. Tage und Anna waren ja nicht seine richtigen Eltern. Er hat vergessen, wann er es erfahren hat und von wem, aber er hat es immer gewusst. Hat es gespürt. Und zu spüren bekommen. Sein Zuhause fühlte sich nicht wie ein richtiges Zuhause an. Als würde er eigentlich woanders hingehören. Aber wessen Kind ist er? In Wirklichkeit? In letzter Zeit guckt er sich öfter alte Tanten an. Im Grunde könnte jede davon seine Mutter sein. Viola Skott zum Beispiel. Vielleicht war sie seine Mutter. Allerdings ist sie tot.

Abbe schließt den Laden ab und geht ins Bett. Er kann einfach nicht mehr. Er denkt, dass das einzig wirklich Richtige in seinem Leben sein Hund ist, Blixten.

»Hast du das gehört, Blixten? Du warst das einzig Richtige in meinem Leben«, sagt er zu dem Porzellanhund.

Aber so was zu denken deprimiert ihn nur noch mehr. Er liegt auf dem ungemachten Bett und überlegt, ob er sich die Flasche Johnny Walker holen soll.

Viveka steht vor Abbes Buchhandlung. Der Laden sieht wirklich verwaist aus. Das Rollo an der Tür ist runtergezogen. Sie klopft mehrmals an und will gerade gehen, als die Tür scheppert. Da steht Abbe vor ihr, halb nackt und ungekämmt.

»Oh, entschuldige! Hast du geschlafen?«

»Äh, fast.«

»Bist du krank?«

»Krank? Nee.«

»Aha. Na, ich wollte nur mal gucken, ob auch nichts passiert ist.«

Abbe grinst.

»Das ist doch das Problem. Dass nichts passiert.«

Sie möchte fragen, warum der Laden zu ist, aber das geht sie vielleicht nichts an. Er kratzt sich am Bauch.

»Willst du einen Kaffee?«

»Danke, aber …«

Sie kann es sich nicht verkneifen, einen Blick auf Abbes hammerartig trainierten Bauch zu werfen.

»Nein danke, ich wollte gerade Mittag essen gehen.«

»Mittag essen. Ach so. Na dann.«

Das Ganze ist irgendwie peinlich.

»Ich bin ja froh, dass es dir gutgeht. Wir sehen uns ein andermal.«

Viveka dreht sich um und will gehen.

»Ich könnte dich ja begleiten«, sagt Abbe.

Sie gehen in Richtung Wirtshaus. Abbe hat ein T-Shirt mit der Aufschrift »Save a virgin. Do me instead« angezogen. Auf dem von Viveka steht »Wenn ich alt bin, werde ich eine fiese fette Schlampe«, aber das sieht man ja nicht, weil sie es unter ihrer Pastorinnenbluse trägt. Sie freut sich richtig darauf, eine fiese fette Schlampe zu werden. Fies wird sie sein, weil sie dann alles sagt, was sie wirklich denkt, fett wird sie, indem sie alles isst, worauf sie Appetit hat, und sich gestattet, aus allen Nähten zu platzen, und in eine Schlampe verwandelt sie sich, indem sie sich in enge Klamotten zwängt und hemmungslos mit attraktiven Männern flirtet.

16

Benny Falk sitzt im Auto und versucht, sich darüber klarzuwerden, was er eigentlich denkt. Wie war das noch mal, eine Handlung kann gut sein, wenn etwas Gutes dabei herauskommt? Ja, ein gutes Ergebnis, fragt sich nur, für wen. Für ihn. Und für eine alte Dame, die jetzt sowieso tot ist. Man kann auch sagen, eine Handlung ist gut, wenn sie die Folge eines guten Prinzips ist. Doch ein solches Prinzip könnte an und für sich auch im Widerspruch zu einem anderen guten Prinzip stehen. Falk ist nicht nur übel, er hat auch das Gefühl, seine Brust würde zusammengeschnürt. Ihm ist wirklich schwindlig. Plötzlich donnert etwas gegen das Auto. Ein Schrei ist zu hören. Ein Schrei und dann ein langgezogenes Heulen. Wankend steigt er aus. Vor dem Kühlergrill liegt eine alte Dame unter ihrem Rollator. Sie sieht aus, als wäre sie angefahren worden. Falk begreift überhaupt nichts. Er stand doch. Alles dreht sich. Das Geheul schneidet ihm wie ein Messer in den Kopf. Dann übergibt er sich.

»Wie geht es Ihnen eigentlich?«

Eine Stimme von weit her. Ein Gesicht.

Falk spuckt und spuckt. Auf den Bürgersteig, seinen Wagen und auf diese freundliche Person, die wie die Pastorin aussieht. Dann kommt der Rettungswagen. Die Pastorin steht neben ihm. Sagt, sie habe seine Frau angerufen und die Lage unter Kontrolle. Dass es Selma auch gutgeht. Wer ist Selma? Wahrscheinlich die heulende Dame. Die Dame sitzt auf der Bordsteinkante und wird von einem Mann betüddelt, der mal zum Friseur müsste. Sie kreischt, es sollte verboten werden, Autos einfach auf dem Bürgersteig zu parken, wo sie rechtschaffenen älteren Menschen im Weg stehen, die keine guten Augen mehr haben.

»Sie ist gegen Ihr Auto gelaufen«, sagt die Pastorin. »Sie sieht schlecht.«

Die Pastorin sieht aus wie ein Engel. Er spricht es aus:

»Sie sehen aus wie ein Engel.«

Vielleicht bin ich tot, denkt Falk.

Viveka selbst ist auch ziemlich durcheinander. Zuerst dachte sie, Falk hätte Selma angefahren. Und das wäre ihre, also Vivekas Schuld gewesen. Wenn sie Selma geholfen hätte, ihren Milchreis von Risifrutti zu finden, wäre das nicht passiert. Während Viveka 112 anrief, rannten sie und Abbe auf das Auto zu. Wie sich herausstellte, war Selma zwar erbost, aber unverletzt. Falk hingegen ging es richtig schlecht. Der Krankenwagen musste ihn anstelle von Selma mitnehmen.

Um Selma kümmert sich jetzt Abbe. Sie ist tief gekränkt und schäumt vor Wut. Nicht so sehr, weil ihr ein Auto im Weg stand, sondern wegen der Art, wie man sie beim Konsum behandelt hat. Dort gibt es den Milchreis von Risifrutti nämlich auch nicht. Im Konsum hat man ihr gesagt, es sei nicht Sinn der Sache, dass man unendlich viel Milchreis auf einmal kauft, und wenn sie nicht schon so oft da gewesen wäre und nicht so viele gehamstert hätte, dann wären jetzt vielleicht noch welche da.

»Und da habe ich gesagt: Ist das hier ein Lebensmittelgeschäft, oder nicht? Aber es ist ja kein Wunder, beim Konsum bekommen natürlich alle gleich viel Risifrutti, ganz egal, ob es ihnen schmeckt. Das ist doch eure sozialistische Philosophie. Hier soll keiner froh werden, nein, alle sollen gleich unglücklich sein.«

Am Ende wurde Selma offenbar aufgefordert, den Laden zu verlassen. Nun war sie unterwegs zu McDonald's in Årsta, denn wenn sie ihr Risifrutti schon nicht bekommt, will sie wenigstens einen Big Mac haben. Abbe sagt, dass sie ihren Big Mac natürlich haben soll.

Also essen sie bei McDonald's in Årsta zu Mittag. Viveka nimmt Salat, und Selma und Abbe bestellen sich je ein Big-Mac-Menü. Keine Stille, keine Ruhe, kein Vogelgezwitscher, sondern ein Kindergeburtstag am Nachbartisch. Viveka hat ihre vollgekotzte Pastorinnenbluse in eine Einkaufstüte gesteckt, findet aber immer noch, dass sie stinkt. Falks Frau, die glaubt, Viveka wollte ständig über den Zustand ihres Mannes auf dem Laufenden gehalten werden, ruft dreimal an. Offenbar war ihr Mann unterzuckert und hatte niedrigen Blutdruck. Seine Frau ist so dankbar. Viveka ist ein Engel, wirklich ein Engel.

Sie bringen Selma nach Hause. Mittlerweile ist sie richtig vernarrt in Abbe und klammert sich geradezu an seinen Arm, während sie Viveka mehr oder weniger ignoriert.

Am Ende sagt Abbe vor der Buchhandlung:

»Du, Vicky, dieses T-Shirt, das du anhast. Ich muss sagen, dass ich mich richtig darauf freue, dass du alt wirst. Vor allem auf die Schlampe. Vicky, die alte Schlampe. Hm. Wir sehen uns. Danke für das nette Mittagessen.«

17

Viveka sitzt nicht wie sonst vor ihrer Laube, sie liegt dort auf der Bank und hat die Augen geschlossen. So hatte sie sich ein entspanntes Mittagessen eigentlich nicht vorgestellt. Und am Gartentor beratschlagen diese lauten Krähen irgendwas. Sie sind Viveka schon eine ganze Zeit nicht mehr aufgefallen, aber jetzt sind die lästigen Viecher offenbar mit ganz neuer Kraft zurückgekehrt.

Ich kann nicht mehr, denkt sie. Ich kann mich einfach nicht mehr um alte Tanten kümmern. Ich kann mich nicht mehr um Immobilienmakler kümmern. Ich kann nicht mehr neben Kindergeburtstagen bei McDonald's sitzen. Ich kann die Krähen nicht mehr aushalten. Ich halte es nicht mehr aus, vollgekotzt zu werden, und VOR ALLEM halte ich es nicht mehr aus, ein Engel zu sein!

Sie döst eine Weile.

Plötzlich hört sie jemanden hallo rufen. Henry. Sie mag Henry zwar, zieht aber trotzdem in Erwägung, so zu tun, als wäre sie nicht da. Dann bekommt sie ein schlechtes Gewissen.

»Hallo, ich bin hinten!«

Eigentlich ist es etwas merkwürdig, dass Henry hier so selbstverständlich ein und aus geht, als ob die Laube ihm gehörte, während ihre eigene Familie noch nicht mal von ihrer Existenz weiß. Aber darüber mag sie sich jetzt nicht den Kopf zerbrechen. Manchmal ist das Leben ein wenig seltsam, und das darf es auch sein.

Das Leben ist kein schnurgerader Pfad, der einen zur Klarheit und hinauf auf den Gipfel der Rechtschaffenheit führt. Eher im Gegenteil, denkt sie. Und vielleicht ist das auch gut so. Jedenfalls wenn man sein Leben lang so vorbildlich war wie sie.

»Ach, hier bist du«, sagt Henry.

»Ja, hier bin ich.«

Henry sieht noch schlechter aus als sonst.

Sie trinken Kaffee.

»Ich verstehe nicht, warum es keine einzige Spur von dem Mörder zu geben scheint«, sagt Viveka.

»Die Polizei sagt uns vielleicht nicht alles.«

»Nein, natürlich. Aber man hat auch nicht den Eindruck, dass Morde an Dreiundachtzigjährigen höchste Priorität haben.«

Eine Weile sitzen sie schweigend da. Es ist einfach so vollkommen unwirklich, dass ein MORD geschehen sein soll. Man denkt doch, so etwas würde man nie erleben müssen. Und wo ein Mord stattgefunden hat, gibt es einen Mörder, und der Gedanke ist fast noch schlimmer. Solange es einen Mörder gibt, ist wahrscheinlich niemand sicher. Ein Gefühl von Bedrohung schleicht sich ein. Viveka will gar nicht daran denken.

»Wie läuft es denn mit der Schätzung deines Hauses?«, fragt sie Henry.

Henrys Haus ist der Traum jeden Maklers: klassischer Stil von Anfang des vorigen Jahrhunderts, zeittypische Architektur, Sprossenfenster, Dachgauben, Dielen und was so alles in diesen Annoncen steht. Ausbaufähiger Dachboden, offener Kamin und ein Gusseisenherd in der Küche. Der historische Charme ist erhalten geblieben. Es gibt natürlich einen gewissen Renovierungsbedarf, aber viel Potential. Viveka schwebt mit ihren Gedanken davon. Die Häuser in Enskede. Ach, wenn man doch ein großes Haus, ein richtig großes Haus hätte, in dem man auf Entdeckungsreisen gehen kann. Ein Haus mit vielen zusätzlichen Zimmern, in denen man Menschen unterbringen kann, die kein Zuhause haben. Wo man sich um sie kümmern und dafür sorgen kann, dass es ihnen gutgeht. Menschen ein Leben in Gemeinschaft bieten. In diesen Bahnen hat sie schon oft gedacht. Aber manchmal, wenn sie an die Wohnung denkt, in der sie mit ihrer Familie wohnt, findet sie es auch gut, wie es ist. Es entsteht eine besondere Gemeinschaft, wenn man mit anderen Menschen unter einem Dach lebt. Mit guten Menschen, die füreinander da sind. Es gibt Kraft, sein Leben mit dem von anderen zu verbinden. Zumindest hat sie das früher gedacht. Mittlerweile fühlt sie sich in Wahrheit am wohlsten in ihrem heimlichen Garten mit der kleinen Laube. Dem Häuschen, von dem niemand weiß. Hierher kommt niemand und drängt sich auf, hier kann sie denken, was sie will. Und ein großes Haus könnten sie sich in Gamla Enskede sowieso niemals leisten. Henrys Haus ist zwar klein, aber er wird trotzdem Millionen dafür bekommen. Nicht, dass Viveka Henry das Geld nicht gönnen würde, aber trotzdem. Irgendjemand müsste protestieren. Wir sollten den Immobilienmarkt boykottieren. Apropos, die Häuser sind Helden, denkt sie, vielleicht sind sie wirklich die Helden in unserem Leben. Und nicht wir selbst. Vielleicht hat das Böse damit zu tun. Weil man sich von etwas beherrschen lässt, das man eigentlich ablehnen müsste.

»Ich habe den Termin mit Falk verschoben«, sagt Henry.

»Ach. Warum denn?«

»Ich hatte eine Eingebung.«

»Eine Eingebung.«

»Ja. Ich glaube einfach, ich sollte den Wert des Hauses jetzt nicht schätzen lassen. Irgendetwas sagt mir, dass ich noch warten sollte.«

»Hat Thorvald Skott dein Haus gebaut?«

»Aber sicher. Er hat viele Häuser hier gebaut.«

»Ja, das hast du erzählt.«

»Edna, ich und viele andere wohnen in Häusern von Skott.«

»Er hat nach seinem Konkurs wieder angefangen zu bauen, oder?«

»Ja, er hat mehrere Versuche unternommen. Später hat er kleinere Brötchen gebacken, aber ich war zufrieden mit meinem Haus.«

»Dein Haus ist sehr schön.«

»Doch, doch. Aber Skott hat noch eine große Enttäuschung erlebt, weißt du, mit dem Krankenhaus in Dalen. Also, dem Großkrankenhaus. Skott sah die Möglichkeit, auf dem Grundstück zu bauen. Er hatte Beziehungen. Doch dann haben ihm die Krankenhauspläne einen Strich durch die Rechnung gemacht. Die Menschen mussten ja ihre Lauben abreißen, und deswegen waren viele wütend. Skott hingegen war besonders enttäuscht, aber aus ganz anderen Gründen.«

Viveka würde ihn gerne fragen, woher er das alles weiß, aber in dem Moment muss er wieder so fürchterlich husten.

Sie betrachtet Henrys runzliges Gesicht. Henry heißt Henry, weil seine Mutter eine Schwäche für den Schauspieler Henry Fonda hatte. Henry hat sogar viel Ähnlichkeit mit Henry. Die muss er jedenfalls gehabt haben, als er jünger war. Viveka hat zwar nur eine vage Vorstellung von Henry Fondas Aussehen, aber er war bestimmt ein eleganter, fast schöner Mann mit intensivem Blick. So in etwa müsste Henry in seinen besten Tagen auch ausgesehen haben, denkt Viveka. Jetzt wirkt er allerdings, um ehrlich zu sein, ein wenig gerupft.

Sie denkt daran, wie traurig es ist, dass Menschen alt werden.

»Also, jetzt muss ich los. Tschüs, Viveka. Pass auf dich auf«, sagt Henry.

Viveka schaut ihm hinterher und hat plötzlich das starke Gefühl, dass einem Menschen nur geliehen werden. Man darf sie nicht für immer behalten.

18

Zehn Schritte hinter der Pforte liegt ein Paar Schuhe auf dem Sandweg. Die Schuhe liegen da einfach in der Morgensonne. Zwei Schuhe, nicht mehr und nicht weniger. Es sind schwarze Herrenschuhe in Größe 44, ein Modell, das der Schuhmacher am Gullmarsplan für gewöhnlich Herren verkauft, deren Schuhe sich nicht mehr reparieren lassen. Die Schuhe haben hier irgendwie nichts zu suchen. Ein Paar herrenlose Herrenschuhe passt nicht auf den Sandweg. Schuhe sollen nicht so daliegen, ganz allein, als ob ihr Besitzer die Kontrolle verloren hätte.

Die Krähen sind da. Sie krächzen und machen einen höllischen Lärm.

Viveka ist gekommen, um noch ein Buch zu holen,

bevor sie zur Kirche geht. Sie sieht die Schuhe sofort. Sie kennt sie. Viveka sieht sich um. Sie geht zu ihrem Gartentor. Schlägt die Hand vor den Mund. Dann schreit sie.

»Nein!«

Sie rennt hin und wirft sich neben den leblos wirkenden Mann, der mit dem Gesicht im Gras liegt.

»Nein, nein, nein!«

Sie versucht, ihn umzudrehen, streicht ihm die Haare aus dem Gesicht, spürt, wie kalt er ist, spürt aber keinen Puls, überhaupt keinen Puls.

Viveka sitzt neben dem Mann. Sitzt einfach da. Ihre Lippen bewegen sich, als würde sie beten. Dann geht sie langsam davon.

19

Viveka kann nicht singen. Ihre Stimme bricht. Sie hat den Namen auf dem Sarg doppelt und dreifach kontrolliert. Henry Persson. Nun muss sie bald die Grabrede halten. Die Kirche ist voll. Der Heimatverein und der SV Enskede kloppen sich mit dem Tantenclub um die Plätze. Der Tote ist schließlich Henry.

Nach dem Lied richten sich alle Blicke auf Viveka. Was wird sie sagen? Weiß sie etwas über Henrys Tod, das die anderen nicht wissen? Ist Henry etwa auch ermordet worden? Offenbar ist, genau wie bei Viola, sein Herz stehengeblieben. Doch, Henry ist bestimmt auch ermordet worden. Ganz Enskede spricht darüber. Es werden Vermutungen und Spekulationen angestellt. Dass sein Herz genauso zum Stillstand gekommen ist wie ihres, sagt doch einiges. Unheimlich ist das, wenn zwei Menschen ermordet werden. Und beide waren Mitglieder der freikirchlichen Gemeinde in Enskede. Die Kirche ist voll wie selten. Man will doch dabei sein und hören, was so geredet wird, und ob jemand weiß, was passiert ist. Und natürlich Abschied nehmen von Henry. Er war ein guter Mann.

Viveka liest ein Gedicht:

»Ein Mensch nimmt nicht viel Platz auf Erden ein. Weniger als ein Baum im Wald.«

Sie räuspert sich. Es ist eine schwere Beerdigung.

»Doch die Lücke, die er hinterlässt, kann eine ganze Welt nicht ausfüllen.«

Ein paar Worte von der Dichterin Ingrid Arvidsson. Viveka klammert sich an Gedichte. Über Henry könnte man viele schöne Dinge sagen, persönliche, warmherzige Worte, aber sie schafft es nicht und hält sich lieber an die Worte von anderen.

»Aber den Schlüssel zu diesem Raum überlasse ich nicht dem Tod. Er gehört mir. Und ich werde mit meinem eigenen Schlüssel die Kammern des Glücks und die Säle der Erinnerung aufsuchen, in denen unser Leben aufgezeichnet ist … Wo ich deine leichten Schritte, dein Lachen nachhallen höre.«

Pastor Eyvind Skeies Worte. Während sie spricht, weicht ihre Trauer dem Zorn, der sich allmählich in ihr ausbreitet. Zorn über Henrys Tod. Als sie bei: »Von Erde bist du genommen, zu Erde sollst du werden«, angekommen ist, hört sie sich selbst sagen:

»Wir werden denjenigen, der das getan hat, kriegen. Hörst du, Henry?«

Die Gemeinde scheint verwirrt. Dieser Satz ist in

diesem Zusammenhang ungehörig. Doch was heißt das schon? Heutzutage werden sogar Menschen ermordet. Man muss die Pastorin verstehen, sie hat es auch nicht leicht. Übrigens sieht sie anders aus als sonst bei Beerdigungen. Normalerweise trägt sie da eine adrette Hochsteckfrisur, aber heute hängen ihre Haare ungekämmt den Rücken hinunter, und den Talar hat sie auch nicht ordentlich geknöpft. Aber wie gesagt, es ist nicht leicht für sie. Es ist vielleicht kein Wunder, dass sie etwas seltsam wirkt, aber es kommt natürlich darauf an, *wie* seltsam sie ist. Es gibt Grenzen. Man wird sehen, wie sich die Dinge entwickeln.

Das Abschiednehmen dauert lange. Die Leute stehen der Reihe nach eine Weile am Sarg und verabschieden sich von Henry. Die meisten legen eine Rose ab. Zum Schluss sind es so viele, dass sie runterfallen. Sogar Selma wirkt mitgenommen. Ja, Henry war wahrscheinlich einer der wenigen Menschen, die Selma wirklich mochte, denkt Viveka, als sie anstandshalber versucht, Selma ein paar Treppenstufen hinaufzuhelfen. Selma wedelt Vivekas Hand weg und ergreift stattdessen die von Åke.

Dann singen sie »Bleib bei mir«, ein Lied, das Henry geliebt hat. Das soll mal auf meiner Beerdigung gesungen werden, hat er immer gesagt. »Der Tod hat keinen Stachel mehr«, singen sie. Wie schön, diese Zeile hat Viveka auch schon immer gefallen. Aber stimmt das?, fragt sie sich jetzt. Vielleicht bei einem normalen Tod. Wenn eine Person stirbt, nachdem sie sich mit ihrem Schicksal versöhnt hat und lebenssatt und im Glauben an ihren Erlöser, wie man so schön sagt, ruhig einschläft. Friedlich und schön. Aber das hier? »Nun ist der Mensch gerettet und Satan angekettet.« Kann man das unter diesen Umständen wirklich so sagen?

Beim Leichenschmaus wollen viele etwas sagen. Mit zitternder Stimme erzählen viele von Henrys Einsatz und Hingabe. Als es um Henry als Fußballer geht, wird sogar gelacht. Es ist allgemein bekannt, dass Henry trotz seiner Begeisterung für diesen Sport selbst kein besonderes Talent dazu hatte. Dann kommt Sten Bengtsson, der Vorsitzende des Heimatvereins, nach vorne. Er findet, dass sie einen Gedächtnisfonds in Henrys Namen gründen sollten. Das Geld soll für die Erforschung von Enskede und seinen Bewohnern genutzt werden. In diesem Punkt sind sich alle einig. Alle wollen sich beteiligen.

»Und als Erstes«, meint Sten, »sollten wir herausfinden, wer das getan hat. Das war dein bester Satz, Viveka. Dass wir denjenigen kriegen, der das getan hat. Das Beste, was du jemals gesagt hast.«

Auch darüber wird gelacht, weil alle wissen, dass Sten Bengtsson normalerweise keinen Fuß in die Kirche setzt und Viveka vermutlich auch noch nie hat predigen hören.

Viveka sitzt da und denkt an Henrys Bemerkung: »Selma versucht es übrigens immer noch.« Das hat er gesagt, als sie sich über die unverheirateten Tanten in der Kirche unterhielten. Ihr Blick wandert zu Selma, die Prinzessinnentorte isst. Wäre es denkbar, dass Selma ihre größte Konkurrentin, Viola, aus dem Weg geräumt hat? Und nun schließlich … Henry. Wäre es denkbar, dass sich Selma an Henry gerächt hat, weil er nicht mitkommen wollte nach Vindöga? In dem

Moment, als Viveka dieser Gedanke durch den Kopf geht, hebt Selma den Kopf und starrt sie an. Selma kann ja nicht weit sehen, aber in diesem Moment hat es den Anschein, als würde sie alles sehen, sogar Vivekas geheimste Gedanken. Wie um es zu bestätigen, lächelt sie. Viveka läuft ein Schauer den Rücken hinunter.

20

Wieder eine polizeiliche Vernehmung. Heute trägt Pernilla Kron massenhaft Silberringe. An jedem Finger, in den Ohrläppchen und in den Augenbrauen trägt sie Ringe, und die Haare sind pechschwarz gefärbt. Pernilla Kron sieht aus wie eine Frau, die schon einiges erlebt hat, sowohl am eigenen Leib als auch bei anderen. Sie wirkt auf eine Art wütend, die zu sagen scheint: Versuch bloß nicht, dich hier einzuschleimen. Du machst mir nichts vor. Solche wie dich kenne ich.

Pernilla Kron scheint eine Frau zu sein, die kein Bedürfnis hat, nett zu sein, eine Frau, die nicht das Bedürfnis hat, von anderen nett gefunden zu werden, denkt Viveka. Wenn man ihr etwas schon in der Kindheit eingebimst hat, dann das: wie wichtig es ist, nett zu anderen zu sein und zu ihrem Wohlbefinden beizutragen. Als Pastorin hat sie noch stärker das Gefühl, das gehöre zu ihren Aufgaben. Allerdings hat sie in letzter Zeit öfter gedacht, dass sie sich auf diese Weise manchmal in eine schwache Position bringt, dass derjenige, der sich bemüht, der es immer wieder versucht und auf andere zugeht, in einer schwächeren Position ist als das Gegenüber, das sich entspannt zurücklehnt und dem anderen die Initiative überlässt. Wer sich zurücklehnt, entscheidet, ob die Anstrengung sich lohnt und ob die manchmal etwas ungeschickten und lächerlichen, aber gutgemeinten Versuche, Gespräche und so etwas wie Gemeinschaft entstehen zu lassen, akzeptiert oder abgelehnt werden.

Pernilla scheint es jedenfalls nicht für nötig zu halten, irgendeine nette Konversation zu betreiben, und dass Viveka es trotzdem versucht, gibt ihr das Gefühl, ein unbedarftes Mädchen vom Land zu sein. Was sie vielleicht auch ist. Allerdings nicht so naiv, wie Pernilla vermutlich glaubt. Pernilla ist eine von denen, die sich für was Besonderes halten, weil sie mehr Elend als die meisten gesehen haben, aber ich weiß mindestens genauso viel über die Schattenseiten des Lebens und menschliches Leid, denkt Viveka zornig.

Viveka ärgert sich über Pernilla Kron, und die nächste Bemerkung macht die Sache nicht besser:

»Sie sind also Freikirchenpastorin«, sagt sie.

Sie betont das Wort »Freikirche« auf eine bestimmte Weise, denkt Viveka. Als wäre das an sich schon verdächtig. Sie hätte genauso gut sagen können: Sie sind also mit Knut Fossmo aus Knutby befreundet, dem perversen Freikirchenpastor, der unter anderem für die Anstiftung zum Mord an einer seiner Ehefrauen lebenslänglich bekommen hat. Sie sind also so eine, die andere gerne manipuliert und umbringt. In Pernillas Augen ist Viveka immer noch naiv, aber das macht sie verdächtig. Pernilla kann sich jeden Moment nach vorne beugen und zischen: You have the right to remain silent. Everything you say can and will be used against you. Oder: Gehe ins Gefängnis. Begib dich direkt dorthin, gehe nicht über LOS.

Viveka schaut Pernilla in die Augen. Pernilla hat sich ein Beutelchen Snus unter die Oberlippe gesteckt. Aha, sie konsumiert also Oraltabak. Pernilla. Pilla. Snus-Pernilla. Pernillapopilla. Polentepopilla, denkt Viveka.

»Genau, ich bin Pastorin«, sagt sie so gelassen wie möglich.

Ja, sie hat Henry am Tag vor seinem Tod gesehen. Wo? In ihrem Kleingarten. Was sie an dem Tag gemacht hat? Na, am Vormittag war sie in der Kirche. Dann hat sie Benny Falk und Selma geholfen und bei McDonald's Mittag gegessen. Am Nachmittag war sie in ihrem Kleingarten und hat dort mit Henry gesprochen. Wer all das bezeugen könne, will Popilla wissen. Und warum sie ihren Kleingarten mit der Laube geheim hält? Schwer zu sagen. Unheimlich schwer zu sagen. Polentepopilla macht ein skeptisches Gesicht, als Viveka es versucht. Viveka wird klar, dass die Sache mit der Laube etwas merkwürdig, um nicht zu sagen, verdächtig wirken könnte. Verdächtig, oh Gott, jetzt wird sie schon verdächtigt. In echt. Von Polentepopilla, einer mies gelaunten Ziege, die glaubt, mehr über das Leben zu wissen als sie.

»Werde ich etwa verdächtigt?«, fragt Viveka.

Popilla sagt, sie müssten das gesamte Umfeld vernehmen, das sei reine Routine, aber ihr Blick ist wachsam. Sie sagt, es wäre gut, wenn Viveka erreichbar sei und nirgendwohin fahre.

Viveka versucht herauszubekommen, ob die Polizei schon eine Spur hat, und fragt nach dem Gift, aber Polentepopilla sagt überhaupt nichts. Dann berichtet

Viveka, dass sie Benny Falks Auto am Freitag bei Henry vor der Tür gesehen hat. Er sollte eigentlich den Wert des Hauses schätzen, hatte Henry ihr erzählt, aber dann war der Termin abgesagt worden. Sie kommt sich vor, als würde sie den Verdacht auf Falk lenken. Wahrscheinlich wird er jetzt vorgeladen, denkt Viveka. Sie kommt sich schäbig vor, weil sie, die normalerweise Stillschweigen bewahrt, plötzlich über andere Leute tratscht.

Pål erfährt von ihrer Laube und regt sich furchtbar auf. Laut wird er nicht, er ärgert sich leise. Ist verletzt und beleidigt. Sie hasst es, wenn er so ist. Sie wünschte, er würde wütend werden. Schreien. Mit Sachen um sich werfen. Alles wäre besser als diese Leidensmiene. Sie selbst macht ihrem Ärger sonst auch keine Luft, aber jetzt doch. Sie ist einfach so frustriert und schrecklich traurig.

Pål erinnert sie daran, dass bald Ferien sind. Sie wollen doch nach Kiruna fahren und Urlaub machen und Mittsommer feiern. Sie hört sich selbst sagen, dass es wohl am besten wäre, wenn die Familie ohne sie fährt. Dass sie nicht in den Urlaub fahren kann, wenn die Gemeinde in so einer verzwickten Lage steckt. Sie ist schließlich die einzige Angestellte. Außerdem hat die Polizei gesagt, sie soll nicht wegfahren. Unter normalen Umständen hätte er versucht, sie zu überreden. Er hätte sich Sorgen gemacht und sie nicht allein lassen wollen, solange ein Mörder herumschleicht, aber nun setzt er einfach diese Leidensmiene auf und beginnt zu packen. Ruft seine Mutter in Kiruna an und teilt ihr mit, dass nur er und die Kinder kommen. Das ärgert sie. Er wird da oben in Kiruna rumsitzen und sich beklagen, denkt sie. Und seine Mutter wird ihn unheimlich bedauern. Aber das ist wahrscheinlich genau das, was alle Männer wollen, denkt sie voller Wut. Sie brauchen jemanden, der sie bemitleidet und sich um sie kümmert.

Mit Ach und Krach entschließt sich die Familie, Pippi in ihre Obhut zu geben. Sie muss tausendmal geloben, sich gut um Pippi zu kümmern, sie aus dem Käfig zu lassen und mit ihr zu sprechen. Fast so, als hätte ich die Angewohnheit, mich nicht um andere Wesen zu kümmern, denkt Viveka angesäuert.

Sie macht Hackbraten. Ihre Familienmitglieder brauchen schließlich etwas Vernünftiges zu essen, bevor sie davonfahren. Hackbraten ist vernünftig. Hackbraten ist eins der Gerichte, die gute Mütter zubereiten, ein Gericht, das in heilen Familien gegessen wird. Viveka hat beschlossen, dass der Hackbraten köstlich wird. Unwiderstehlich soll er werden. So unwiderstehlich, dass es die Familie schmerzt, sie hier zurückzulassen. Wo ihr Hackbraten doch so lecker schmeckt. Sie tut Lammhack, Knoblauch, Schafskäse, Pinienkerne und andere Leckereien hinein. Die Kinder mögen keine Pinienkerne. Pål ist enttäuscht, weil seine Sweet Chili Sauce, die er auf alles kippt, alle ist. Es bleibt jede Menge Hackbraten übrig.

Dann fahren sie ab. Sie ist allein. Sie hat ihre Ruhe, genau das, was sie will.

Sie müsste froh sein.

Aber sie ist nicht froh.

21

Viveka verbringt den Abend damit, in ihrem Küchensessel zu sitzen und Aconitin zu googeln. Aconitin ist das Gift, mit dem Viola vergiftet wurde, weiß Viveka inzwischen. Die alten Tanten in der Kirche wussten es aus irgendeinem Grund. Aconitin ist offenbar in Eisenhut enthalten und ängstigt die Menschheit seit dreitausend Jahren wie kaum ein anderes Gift. Es ist giftiger als Blausäure, liest sie. Die alten Griechen haben damit diejenigen Verbrecher ins Jenseits befördert, die für ihre schlimmen Taten möglichst heftig leiden sollten. Im Himalaja benutzt man mit Aconitin präparierte Pfeile zur Elefantenjagd. Ein Kratzer, und so ein Elefant kippt um.

Da steht, dass ein Milligramm Aconitin fünfzehn Minuten, nachdem der Körper es auf irgendeine Weise aufgenommen hat, zum Tod führt. Das erste Symptom ist ein Stechen in Hals, Mund und der gesamten Gesichtsmuskulatur, die kurz darauf erlahmt, dann breitet sich ein Kältegefühl im ganzen Körper aus.

Man verliert die Kontrolle über seine Muskulatur, der Herzrhythmus verlangsamt sich.

In den letzten zehn Minuten verfällt der Betroffene in eine schwere Depression.

Viveka wird schlecht. Sie fragt sich, ob Henry auch auf diese Weise zu Tode gekommen ist. Ob auch Henry zunächst dieses Stechen im ganzen Körper und dann eine Lähmung gespürt hat und schließlich keine Luft mehr bekam. Ob auch er erleben musste, wie eisige Kälte von seinem Körper und seiner Seele Besitz ergriffen hat. Ob auch sein Leben mit diesem Gefühl geendet hat.

Viveka kann kaum atmen. »Der Tod hat keinen Stachel mehr.« Das kann man wirklich nicht behaupten. Nicht, wenn man mit Aconitin ermordet wurde. Sie muss raus an die Luft, sie braucht Bewegung.

Der Waldfriedhof, das Kreuz und die Kapelle zeichnen sich vor dem dunklen Sommernachtshimmel ab. Über den Bäumen ruht ein blasser Vollmond. Viveka fühlt sich einsam. Als hätte die Eiseskälte auch von ihr Besitz ergriffen. Der Lichtblickweg kommt ihr vor wie ein müder Scherz. Den Mond lassen alle Schicksalsschläge kalt. Und Gott? Ist er auch so kalt und ungerührt? Sie will es nicht glauben. Er hat jedoch die Tendenz, nicht da zu sein, wenn man ihn wirklich braucht.

Als Viveka sich dem Grab von Thorvald Skott nähert, das nun auch Violas letzte Ruhestätte ist, meint sie, die Dame zu sehen, die sie vorige Woche für Viola gehalten hat, diese Frau, die sie nur kurz gesehen hatte und die dann verschwunden war. Ja, sie hat wieder diese große Tasche dabei. Was macht eine alte Dame mitten in der Nacht auf dem Waldfriedhof? Viveka linst zu den Gräbern hinüber, doch jetzt sieht sie dort niemanden mehr. Das Ganze ist doch verdammt merkwürdig. Eine Dame, die verschwindet. Und die Ähnlichkeit mit Viola hat. Viola ist doch tot. Viveka muss unwillkürlich an die vielen Geschichten denken, die sich um den Waldfriedhof ranken, Berichte von Leuten, die plötzlich Gesellschaft von den Toten bekamen, als sie über den Waldfriedhof gingen. Die Nacht würde jedenfalls dazu passen. Eine Vollmondnacht. Bei Vollmond konnte Viola nicht schlafen. Dann wanderte sie unruhig im Obergeschoss ihres Hauses auf und ab. Aber Viola ist tot und begraben. Das frische Grab sieht ordentlich aus, stellt Viveka im Vorbeigehen fest. Das Ganze ist trotzdem unheimlich. Wie ist sie nur auf die Idee gekommen, hier jetzt, bei Vollmond, spazieren zu gehen? Sie wirft dem Vollmond einen verstohlenen Blick zu. »Und ist doch rund und schön. So sind wohl manche Sachen, die wir getrost belachen.« Das Lied geht Viveka nicht mehr aus dem Kopf. Der Mond dort oben schaut ungerührt zu. So ist es doch. Er ist erhaben über das menschliche Leid, das er mitansieht. Und Gott geht es vielleicht genauso. Normalerweise ärgert sie der Gedanke, aber jetzt macht er ihr Angst. Angst! Ein Mörder läuft frei herum. Noch dazu einer, der eine Vorliebe für die Mitglieder ihrer Gemeinde zu haben scheint.

Als sie klein war, hat sie sich einmal in einem Hotel verlaufen. Sie wollte etwas aus dem Hotelzimmer holen, fand aber nicht das richtige Stockwerk. Sie stieg die Treppen rauf und runter und wusste immer weniger, wo sie war. Alles sah gleich aus und war gleich beängstigend. Sie würde ihren Papa und ihre Mama nie wiederfinden. Dann bat sie einen Mann um Hilfe. Er schaute sie an und wusste, was sie meinte, aber er half ihr nicht. Er hätte es tun können, doch er tat es nicht. Jedenfalls hatte sie den Eindruck.

Bist du auch so, Gott?

Sie kommt an der Waldkapelle vorbei und liest die Inschrift über dem Eingang: »Hodie mihi, cras tibi«. Heute ich, morgen du. Makabre Worte für eine Friedhofskapelle. Das hat sie schon öfter gedacht, aber jetzt erscheinen sie ihr richtig gruselig, fast wie ein Motto, vielleicht das Motto des Mörders? Wer wird als Nächstes sterben? Ist sie selbst in Gefahr? Offenbar glaubt das niemand. Weder Pål noch die Polizei und auch sonst keiner. Kein Mensch scheint sich auch nur im Geringsten Sorgen um sie zu machen. Sie ist allein zu Hause. Sie wohnen im Erdgeschoss. Es wohnen zwar noch andere Leute im Haus, aber sie weiß nicht, ob ihr das etwas nützen würde, wenn sie überfallen wird. Sie ist allein. Allein, ohne Familie. Allein, ohne Henry. Heute ich, morgen du. Die Worte drängen sich auf, sie fühlt sich direkt angesprochen. Vielleicht von Henry, überlegt sie verwirrt. Um den Gedanken abzuschütteln, wird sie schneller und fällt sogar in Laufschritt, aber das stresst sie nur noch mehr. Ich muss ruhig gehen, denkt sie. Ich muss ruhig atmen. Am Rande eines Wäldchens meint sie, die alte Tante mit der großen Tasche wiederzusehen. Viola. Sie will sie nicht sehen. Menschen, die Tote sehen, sind verrückt, und verrückt will sie nicht sein, sie will nicht das Gefühl haben, den Verstand zu verlieren. Sie fängt an zu laufen und wirft einen Blick über ihre Schulter. Vor dem Gebüsch steht tatsächlich eine alte Tante. Diesmal trägt sie kein Kostüm, sondern ein dunkelblaues Kleid mit weißen Blümchen, und sie hat keinen Hut, sondern eine dunkelblaue Baskenmütze auf, aber die Tasche ist dieselbe. Und sie sieht Viola ungeheuer ähnlich. Viveka erinnert sich dunkel, dass Viola auch so ein Kleid hatte. Die Tante steht einfach da.

Vielleicht will sie was von mir, denkt Viveka.

Die lockeren Sandalen rutschen ihr fast von den Füßen.

Sie hätte andere Schuhe anziehen sollen.

In Zukunft werde ich immer Turnschuhe tragen, denkt sie.

Sie rennt.

Sie schaut hinter sich.

Hilf mir, lieber Gott.

Da sieht sie Flaschen-Frasse im Müll kramen. Er trägt wie immer seine Kappe. Als wäre nichts geschehen, nimmt er seelenruhig eine Flasche aus dem Mülleimer. Neben ihm schnüffelt die Dicke Berta im Gebüsch herum.

Sie hat das Gefühl, noch nie etwas so Schönes gesehen zu haben.

Flaschen-Frasse blickt auf. Es sieht aus, als wäre er von einem Schimmer der Verklärung umgeben, findet Viveka.

»Guten Abend, Frau Pastor«, sagt er.

»Guten Abend.« Zu ihrem eigenen Erstaunen klingt ihre Stimme wie immer. Äh, wie es denn Berta gehe. Ob er wieder eine spannende Diät ausprobiere?

»Aber sicher«, sagt Frasse. »Im Moment probieren wir, uns die Zimtschnecken abzugewöhnen.«

Viveka betrachtet Berta skeptisch. Der Bauch des Hundes sieht unverändert aus. Keine Zimtschnecken also. Das hat sie auch schon versucht, ist aber kläglich gescheitert. Arme Berta.

Dann geht sie nach Hause.

22

Am nächsten Morgen sitzt Viveka in ihrem Büro in der Kirche. Die Blumen auf der Fensterbank lassen die Köpfe hängen. Denen geht es genau wie der Gemeinde, denkt sie, der ich Kraft geben soll. Sie ist in einem genauso erbärmlichen Zustand wie diese Pflanzen. Es ist aber auch nicht leicht, Zuversicht und Gottvertrauen aufzubringen, wenn innerhalb von zwei Wochen zwei der eigenen Schäfchen ermordet werden.

Eigentlich hat sie nie Angst vor dem Tod gehabt. Als ihr Vater starb, war sie damit einverstanden. Er starb zu Hause in seinem Bett und durfte dort den ganzen Tag und die Nacht über bleiben. Die Familie und die Verwandtschaft kamen. Sie konnten sich im Schlafzimmer von ihm verabschieden. Er sah friedlich aus. Die Leute, auch die Kinder, gingen ein und aus oder blieben eine Weile bei ihm, einige strichen ihm über das Gesicht oder die Hände, und manche sagten noch ein paar Worte zum Abschied. Dann saßen sie zusammen in der Küche und redeten und weinten miteinander. Er lag nebenan und war in gewisser Weise dabei. Alles wirkte so natürlich. Traurig, wahnsinnig traurig, aber nicht unheimlich. Seitdem hatte Viveka keine Angst mehr vor dem Tod. Sie hat ja auch ihren Glauben, den Glauben, dass sie auf der anderen Seite von jemandem erwartet wird, der sie kennt.

Was zurzeit passiert, ist anders. Mit Schaudern erinnert sie sich an den gestrigen Abendspaziergang. Sie will nicht an den Waldfriedhof denken. Oder an die Dame mit der großen braunen Tasche. Oder daran, dass sie allein zu Hause ist. Sie will auch nicht an Henry denken und daran, wie er leblos vorm Tor lag, aber sie kann es auch nicht lassen. Heute Nacht konnte sie nicht schlafen. Von vier bis fünf, in der Stunde des Wolfes, dem Zeitraum, in dem sich selbst leicht lösbare Probleme zu gesichtslosen Monstern auswachsen, lag sie wach. Allerdings würde sie dieses Problem nicht als leicht lösbar bezeichnen.

Henry hatte ihr ja erzählt, dass Selma ihn nach Vindöga eingeladen hatte. Viveka weiß immer noch nicht, ob er hingefahren ist oder nicht. Ich muss es der Polizei sagen, denkt Viveka. Es fällt sicher nicht unter die Schweigepflicht. Dass Selma ein Auge auf Henry geworfen hatte, ist doch allgemein bekannt. Selma schwärmte für Henry, und ganz vielleicht hat das etwas mit dem Mord zu tun. Trotzdem widerstrebt es ihr, damit zur Polizei zu gehen.

Ein Blick auf ihre Besuchsliste sagt Viveka, dass sie Selma einen Besuch abstatten sollte. Viveka besucht die Alten in der Gemeinde reihum nach einer Liste. Diese Woche ist Selma dran. Aber sie hat keine Lust. Keine Lust auf Selma. Selma ist so miesepetrig und undurchschaubar. Außer Selma fällt ihr niemand ein, der einen Grund haben könnte, einen Mord zu begehen. Wie unwahrscheinlich das auch sein mag. Aber eigentlich muss der Mörder niemand sein, den sie kennt. Er könnte genauso gut von der anderen Seite der Erde kommen. Vielleicht waren es ja Mr and Mrs Sandstrom, überlegt Viveka. Sie denkt an den Kranz.

Doch ganz abgesehen davon ist Viveka Selmas Seelsorgerin. Viveka hat dafür zu sorgen, dass es Selma nach allem, was passiert ist, gutgeht. Sie muss hinfahren.

Auf dem Weg nach draußen bemerkt sie die Krähen.

Sie sitzen schon wieder auf dem Dach. Während sie zu Selma radelt, denkt sie darüber nach. Soweit sie sich erinnern kann, haben sie dort wirklich noch nicht gesessen, bevor die Morde losgingen.

»Ach, du bist das.« Misstrauisch schaut Selma durch den Türspalt.

Dann löst sie die Sicherheitskette.

»Die Schuhe kannst du anbehalten, denn deine Zehen will ich nicht sehen«, sagt Selma, als ihr klar wird, dass Viveka keine Hausschuhe dabeihat.

Viveka hat noch nie Hausschuhe getragen. In ihrem Elternhaus in Jönköping galten sie als versnobbt, und dieser Ansicht ist Viveka noch immer. Dafür hat sie unter ihrer Pastorinnenbluse ein gerade mit der Post eingetroffenes T-Shirt an: »Deine Meinung interessiert mich gar nicht.«

Selma ist ein richtiger Snob, ein richtig fieser Snob. Sie will sich gerade ein paar entschuldigende Worte über die fehlenden Hausschuhe abringen, als sie stattdessen sagt:

»Wenn meine Zehen hier nicht erwünscht sind, gehe ich.«

Selmas Augen verwandeln sich in schmale Schlitze, aber da sie ja nun einmal die Pastorin vor sich hat, begnügt sie sich mit folgender Antwort:

»Ja, ja, du kannst die Schlappen da nehmen.«

Sie setzen sich in die gute Stube, und Selma serviert Kaffee in den Tassen mit Goldrand. Sie mustert Viveka so reserviert, als müsste sie erst einmal überlegen, wen sie da eigentlich ins Haus gelassen hat. Am naheliegendsten wäre es wahrscheinlich gewesen, über Henry und Viola zu reden, aber keine von beiden spricht das

Thema an. Viveka guckt sich Selmas piekfeines Haus ganz genau an und denkt, dass Selma immer schon piekfein war. Sie fragt sich, wie viel Geld eigentlich investiert wurde, damit alles so vornehm und picobello ist, vom Service mit dem Goldrand bis zum frisch ondulierten Haar.

So sitzen sie da und beäugen sich gegenseitig mit Argwohn. Vor ihrem geistigen Auge sieht Viveka, wie Selma Henry Gift in den Kaffee schüttet.

»Hast du am Wochenende etwas Schönes unternommen?«, fragt Viveka.

»Am Wochenende war ich in meinem Landhaus auf Vindöga.«

Selma erzählt ausführlich von ihrer Nachbarin auf Vindöga, deren Katze immer in ihr Blumenbeet pinkelt.

»Ich könnte sie umbringen!«

Die Nachbarin oder die Katze?, überlegt Viveka.

»Warst du voriges Wochenende auch dort?«

Selma antwortet nicht.

Viveka wird schlagartig bewusst, dass sie selbst gerade eine Tasse von Selmas Kaffee getrunken hat.

Dann wird nicht mehr viel gesagt. Eigentlich beklagt sich Selma nur noch über ihre Rückenschmerzen.

Zumindest habe ich mich davon überzeugt, dass es Selma hervorragend geht, denkt Viveka auf dem Heimweg.

Aus dem Gebüsch vor dem Schülerhort von Julius ragen drei verdreckte Gesichter. Dass Viveka vorbeiradelt, entgeht ihm nie.

»Wir verstecken uns vor den Erstklässlern«, sagt Julius. »Sie sagen, wir hätten ihnen den Ball geklaut. Guck mal, das ist Elsa.«

Er zeigt auf eins der verdreckten Gesichter.

»Das ist meine Freundin. Und das hier ist Max. Sein Fahrrad hat nur zehn Gänge, aber dafür hat er auch eine Freundin. Und weißt du was? Mir ist ein Zahn rausgefallen.«

»Wow. Cool.«

»Meine Mama sagt, dass in deiner Kirche zwei gestorben sind.«

»Das stimmt.«

»Wer hat sie denn erschossen?«

»Niemand hat sie erschossen!«

»Sind sie gesprengt worden?«

»Nein, wirklich nicht.«

»Vielleicht hat sie ein Laserschwert gelähmt.«

»Nein.«

»Ach so.«

Julius wirkt enttäuscht.

»Wir sehen uns«, sagt Viveka.

Julius tut ihr ein bisschen leid, weil er in den Sommerferien in den Hort muss, aber er lebt allein mit seiner Mutter, und die kann sich wahrscheinlich keinen langen Urlaub leisten. Wenn sie es recht bedenkt, hat Viveka noch nie von Julius' Vater gehört. Vielleicht hat er keinen.

23

Benny Falk ist wohlauf und sitzt wieder hinterm Lenkrad seines Kastenwagens. Er war nicht ernstlich krank, nur unterzuckert, und sein Blutdruck war im Keller, aber unangenehm berührt ist er trotzdem. Ihm fällt die Sache mit dem Vertrauen wieder ein. Jedes Mal, wenn er darüber nachdenkt, wird ihm schlecht. Vielleicht hat er ja doch etwas Ernstes, das die Ärzte nur noch nicht entdeckt haben. Er spürt, dass er etwas Ernstes hat, wahrscheinlich ist das die Strafe. Er weiß weder ein noch aus. Aber er weiß, dass er nicht sterben will. Noch nicht. Der Tod macht ihm Angst, der Tod als Richter. Wenn man tot ist, ist es zu spät. Vollkommen zu spät. Dann hat man keine Chance mehr. Dann ist der Zug abgefahren. Unwiderruflich. Ihn packt wirklich das Entsetzen, wenn er daran denkt, und er hat niemanden zum Reden. Er weiß nicht, wofür es zu spät ist. Was fürchtet er denn, nicht mehr zu schaffen, bevor er stirbt? Er überlegt, mit seiner Frau darüber zu sprechen. Aber sie würde ihn wahrscheinlich nicht verstehen. Vielleicht kann er damit zur Pastorin gehen. Sie hat bei Violas Beerdigung so gute Sachen über den Tod gesagt. Ja, er ist hingegangen zu der Trauerfeier. Vielleicht hoffte er, ein Zeichen zu finden, eine Antwort auf die Frage, was er jetzt tun soll. Dass Viola Skott tot ist, ist ihm unheimlich. Vielleicht ist das das Zeichen, das er sucht. Dass sie tot ist. Ein Zeichen, dass er das Falsche getan hat. Was, wenn er jetzt auch bestraft wird? Die Pastorin denkt bestimmt öfter über solche Dinge nach. Und außerdem haben Pastoren Schweigepflicht.

24

Viveka bekommt einen Anruf vom Gemeindevorstand, Ingvar, der sich erkundigt, wie es ihr geht. Sie solle wirklich mal richtig lange Urlaub machen. Ihm sei zu Ohren gekommen, dass sie müde und überarbeitet wirkt.

»Es sind ja nur zwei umgebracht worden«, sagt Viveka.

Die Ironie scheint Ingvar zu entgehen. Viveka versucht verzweifelt herauszubekommen, worüber sich die Leute beklagt haben. Vielleicht hat sie zu wenige Hausbesuche gemacht. Das liegt an ihrem schlechten Orientierungssinn, mit dem Auto verfährt sie sich dauernd. Oder den Leuten hat die Predigt nicht gefallen. Aber das kann nicht stimmen, denkt sie. Wenn sie irgendwas gut kann, dann predigen. Das sagen sie jedenfalls immer. Möglicherweise hat Åke sich beklagt. Er ist wahrscheinlich nicht zufrieden mit ihrem Engagement in Sachen Kirchendach. Oder sie ärgern sich, weil sie in keiner Putzgruppe mitmacht, oder weil sie die falschen Kirchenlieder aussucht, oder weil die Menschen sich scheiden lassen, oder weil sie zu selten selbstgebackene Zimtschnecken mitbringt, oder weil sie Ohrringe trägt.

All das geht Viveka durch den Kopf, während Ingvar sich räuspert.

»Woher hast du das?«, fragt sie. »Dass ich überarbeitet wirke?«

»Tja, Selma sagt zum Beispiel, du solltest es etwas ruhiger angehen. Ich finde das sehr fürsorglich von Selma.«

Selma. Das erklärt alles. Selma hat mitbekommen,

dass sie verdächtigt wird, und nun will sie Viveka loswerden. Aber vorher will sie Viveka für unmündig erklären.

»Ja, Selma ist ja bekannt für ihre Fürsorglichkeit«, sagt Viveka.

»Was meinst du damit?«

»Ich meine, wenn Selma der Ansicht ist, ich bräuchte Ruhe, dann wird sie sich davon einen Vorteil versprechen.«

»Nun hat Selma das ja auch nicht zu entscheiden. Aber wir haben uns gedacht, dass es für dich nicht leicht ist mit diesen Morden. Du hast viel um die Ohren und im Kopf, und dann trauerst natürlich auch du.«

Ingvar will jedenfalls, dass sich Viveka und der Vorstand zusammensetzen, um über ihre Müdigkeit und ihren Urlaub zu sprechen. Sie verabreden ein Treffen noch am selben Abend. Viveka ist aufgebracht, nein, nicht aufgebracht, sondern stinksauer. Sie fühlt sich missverstanden, übergangen und im Stich gelassen. Zu allem Überfluss ruft Pål an. Er berichtet kurz, dass es ihnen gutgeht in Kiruna, und fragt, wie es mit Pippi läuft. Wie sie sich fühlt, will er nicht wissen. Dann erzählt er, dass er das alte Auto verkauft und ein Elektroauto gekauft hat. Ein Elektroauto! Ohne vorher mit ihr zu sprechen. Sie begreift, dass das ein Statement ist. Er hat sich über die Kleingartenlaube geärgert und nimmt jetzt Rache. Sie kann Pål die Sache mit dem Kleingarten nicht erklären. Sie hat gesagt, dass sie ihre Ruhe braucht. Dass sie das Gefühl hat, Menschen würden Besitz von ihr ergreifen. Er scheint das jedoch nicht für einen ausreichenden Grund zu halten, ihn zu hintergehen. Und jetzt hat er ihr bestes Auto verkauft, ohne sie zu fragen. Mit Mühe und Not verkneift sie es sich, einfach aufzulegen. Stattdessen sagt sie, sie habe jetzt keine Zeit zu reden, könne sich aber später noch mal melden.

Dann fällt ihr Karlsson wieder ein. Wie wird es dem Zwerghamster im Motorraum ergehen, wenn das Auto den Besitzer wechselt? Sie spürt einen Impuls, Pål wieder anzurufen und ihn zu fragen, ob er dem Käufer mitgeteilt hat, dass er Karlsson etwas zu essen hinstellen muss. Aber wenn sie ganz ehrlich sein soll, hat sie keine Lust, sich darum auch noch zu kümmern.

Pippi sitzt auf ihrer Stange und macht einen deprimierten Eindruck. Seit die Familie abgereist ist, hat sie kaum einen Mucks von sich gegeben. Vermutlich vermisst sie jemanden, mit dem sie elektronische Laute austauschen kann, denkt Viveka säuerlich. Sogar Pippi hat was gegen sie.

Um fünf Uhr spaziert sie zur Kirche, um sich mit dem Vorstand zu treffen. Es ist heiß. Sie hat gehört, dass es ein richtig heißer Sommer werden soll. Viveka ist sich nicht sicher, ob ihr das gefällt. Normalerweise hätte sie gejubelt, aber jetzt … Ein schöner Sommer, als wäre nichts geschehen, passt irgendwie nicht. Außerdem bekommt sie Kopfschmerzen, wenn sie bei zu großer Hitze in der Stadt ist.

Der Vorstand ist Vivekas Arbeitgeber, wenn man so will. Als Pastorin hat man an und für sich so viele Arbeitgeber wie Gemeindemitglieder. Jedes glaubt, am besten zu wissen, welchen Aufgaben sich die Pastorin widmen sollte, doch die Meinung des Vorstands hat etwas mehr Gewicht. In angespannten Lagen kann sie sich auf die Aussagen des Vorstands berufen. Abgesehen davon, dass man Viveka zuhört und sie meistens für eine vernünftige und wohlwollende Person mit guten und klugen Ideen hält, hat sie selbst eigentlich überhaupt keine Macht. Doch ist sie das im Moment? Eine vernünftige Person? Was, wenn nicht? Was, wenn sie wirklich überarbeitet ist? Vielleicht hat Selma recht. Wohl kaum, denkt sie dann. Selma hat sich noch nie Sorgen um sie gemacht.

Der Vorstand ist schon in der Kirche. Ingvar, ein geschäftiger kleiner Mann, sitzt am Kopfende des Tisches. Viveka hatte immer den Verdacht, dass er eigentlich nur im Vorstand sitzt, weil man ihm dort zuhören muss. Neben Ingvar sitzt Gunilla, eine kluge und gute Frau. Klug, aber etwas zu sehr auf allgemeine Zufriedenheit bedacht. Klug sind sie im Grunde alle, denkt Viveka, während sie sich den Vorstand anschaut (alle außer Ingvar). Jeder für sich ist klug. Aber zusammen können sie die merkwürdigsten Pläne aushecken. Sie denkt darüber nach. Dass Menschen einzeln klüger sind. Dass etwas passiert, wenn Menschen eine Gruppe bilden, denn dann setzen alle möglichen Mechanismen ein. Plötzlich passt man sich an, will man gefallen, bestimmen oder was auch immer. In gewisser Weise haben uns die anderen in der Hand, denkt Viveka. Andererseits können Menschen in Gruppen auch große Taten vollbringen. Gemeinsam kann man Großes schaffen, das man allein niemals auf die Beine gestellt hätte. Man kann eine großzügige Gemeinschaft bilden, die auch diejenigen mit einschließt, die allein nichts zustande bringen, wie zum Beispiel bei der kollektiven Weihnachtsfeier, bei der alle willkommen sind.

Ingvar räuspert sich. Er hat die irritierende Angewohnheit, sich ständig zu räuspern. Viveka merkt, dass sie wahrscheinlich einiges von Ingvars Redebeitrag verpasst hat. Aber es ging wohl um sie, das erkennt sie an den besorgten Mienen der anderen. Gunilla sieht sie mitleidig an. Dieses Gefühl von Verlassenheit beschleicht sie. DIE ANDEREN schauen SIE mitleidig an. Das bedeutet, dass sie keine von ihnen ist. Sie sind gegen sie. Sie ist allein. Obwohl sie die Einzige zu sein scheint, die begreift, was vor sich geht. Sie meinen es so gut, aber sie sind so dumm.

»Na, dann beschließen wir das doch«, sagt Ingvar. »Du machst ab sofort Sommerurlaub und nimmst alle freien Tage in Anspruch, die dir noch zustehen. Das sind sieben Wochen.«

Sie starrt den Vorstand an. Jetzt reicht es aber! Kapieren die Leute denn nicht, dass sie jetzt keinen Urlaub nehmen kann! Und seit wann bestimmt der Vorstand, wann sie in den Urlaub geht?

Ja, jetzt reicht es wirklich.

»Es gibt da einen schönen klugen Spruch«, hört sie sich sagen.

Der Vorstand lehnt sich gespannt nach vorn. Einen klugen Spruch. Was haben sie doch für eine gute Pastorin. Vielleicht ist sie ja doch nicht so überarbeitet.

Da spricht sie es aus:

»Fahrt zur Hölle!«

Dann rauscht sie ab.

25

Zum Urlaub verdonnert. Sie liegt im Bett und lässt sich die Worte auf der Zunge zergehen. Es ist halb elf am Vormittag, und eigentlich könnte sie hier liegen, solange sie will. Vor sieben Tagen ist Henry gestorben. Heute Nacht konnte sie nicht schlafen. Sie ist mitten in der Nacht aufgewacht, weil sie von einer Art unheimlichem Tier geträumt hat. Die ganze Familie war dabei, und Pernilla Kron war auch anwesend. Doch nur Viveka bemerkte das Tier, das in der Nähe herumschlich. Die anderen nahmen es gar nicht wahr und waren fröhlich und vollkommen unbekümmert. Nur Viveka konnte es sehen, und deshalb hing alles von ihr ab.

Vor dem Fenster wiegen sich die Birken im Wind, die in ihrem Hinterhof wachsen. Sonnig ist es heute auch. Ist sie etwas überarbeitet? Ausgebrannt? Dann muss man ja wohl rezeptpflichtige Medikamente futtern und bekommt beim Arzt eine Stempelkarte. Was macht man eigentlich, wenn man überarbeitet ist? Wieder einschlafen geht anscheinend nicht. Es ist viel zu heiß und stickig im Raum, sie hat Kopfschmerzen, und Pippi, die in der Küche in ihrem Käfig sitzt, hat gelernt, die Mikrowelle zu imitieren. Sie giert nach Gesellschaft, wird Viveka klar. Und sie hat begriffen, dass jemand zu ihr in die Küche kommt, wenn das Mikrowellenpiepen ertönt. Sie muss einen neuen Versuch unternehmen, Pippis Besitzer zu finden.

Sie sitzt in ihrem geblümten Sessel und trinkt Kaffee. Womit soll sie ihre Zeit ausfüllen? Sie könnte ihrer Familie nach Kiruna hinterherreisen, aber das erscheint ihr ausgeschlossen. Vielleicht sollte sie sich ein neues T-Shirt bestellen. Sie bestellt sie immer bei einer Internetseite, auf der man den Text selbst entwerfen kann. Es müsste so etwas wie: »Ich und urlaubsreif? Du vielleicht!« draufstehen. Aber die Sache hat ein wenig an Reiz verloren. Die T-Shirts haben sie in letzter Zeit in unangenehme Situationen gebracht. Leute, für deren Augen sie nicht bestimmt waren, haben sie zu sehen bekommen. Weil sie unvorsichtig geworden ist. Und jetzt kann sie die Dinger sowieso nicht unter ihrer Pastorinnenbluse tragen, weil sie nicht vorhat, diese in ihrem Zwangsurlaub anzuziehen. Viveka kommt auf die Idee, stattdessen Unterwäsche zu googeln. Unterwäsche könnte eine Alternative zu den T-Shirts sein, nicht ganz dasselbe, aber auch eine Form von Protest. Gegen das, was von ihr als Person erwartet wird. Sie landet auf einer Seite, auf der steht: Moderne Unterwäsche mit dem gewissen Extra. Ungläubig betrachtet sie die Bilder. So etwas tragen die Leute unten drunter? Bodys mit Nieten sind eine Variante. Das ist eine Art Korsett, das keinen besonders bequemen Eindruck macht. Oben ohne, aber mit Ringen und Ösen! Viveka geht auf, dass diese Modelle nicht für den Alltag gedacht sind. Hinten geschnürtes Spitzenhöschen. O Gott! Wobei, Gott möchte da wahrscheinlich nicht mit hineingezogen werden. Viveka klickt sich weiter. Wenn man möchte, kann man sich auch ein Krankenschwesternnegligé mit Hütchen bestellen. Oder ein superkurzes Weihnachtsmannkostüm. Nein, jetzt wird es ihr zu viel. Es gibt zwar auch normalere Unterwäsche, aber trotzdem. Bringt sie es wirklich über sich, auf so einer Seite zu bestellen? Dann denkt sie an ihren Plan, im Alter eine fiese fette Schlampe zu werden.

Wie will sie es bewerkstelligen, auch nur ein bisschen schlampig zu werden, wenn sie sich nicht mal traut, ein Set Spitzenunterwäsche zu bestellen? Sie entscheidet sich für einen sexy Slip aus türkiser Spitze mit passendem BH und bestellt, bevor sie ihren Entschluss bereuen kann.

Nachdem sie eine weitere Tasse Kaffee getrunken hat, beschließt sie, einen Spaziergang zu einem Haus zu machen, in dem Cajsa einen Papagei gesehen zu haben glaubte, als sie Weihnachtshefte verkauft hat. Als sie das letzte Mal vorbeikam, schien niemand zu Hause zu sein, aber jetzt sind die Fenster weit geöffnet. Viveka klingelt. Die Treppe zur Haustür ist voller Blumentöpfe mit Stiefmütterchen und allen möglichen Pflanzen, deren Namen Viveka nicht kennt. Die Hausbesitzer interessieren sich ganz offensichtlich für Blumen. Dann wird die Tür geöffnet, und vor ihr steht ein Mann um die fünfzig in einem abgewetzten braungestreiften Bademantel.

»Äh ... also, wir haben einen Papagei gefunden«, beginnt Viveka.

Es dauert einige Sekunden, bis der Mann den Satz verdaut hat. Dann greift er sich an die Brust.

»Gefunden? Haben Sie Margareth gefunden? Ich habe so geweint. Ich habe mir solche Sorgen gemacht. Sie haben sie gefunden?«

»Ja klar. Das ist also Ihr Papagei? Meine Kinder haben sie ein Stück die Straße hinunter gefunden. Sie ist bei uns zu Hause. Ich kann sie gerne holen«, bietet Viveka an.

Der Mann vor ihr scheint nicht ganz nüchtern zu sein.

Als sie mit Pippi wiederkommt, taucht noch ein Mann auf. Er heißt Urban. Der Erste heißt Östen. Beide sehen erschöpft und verweint aus. Doch nun sind sie glücklich. So froh. Pippi, die also Margareth heißt, klettert erfreut zu dem Braungestreiften hinüber, und dann küssen sich die beiden nach Herzenslust.

»Wir haben sie zur Hochzeit bekommen«, erklären sie. »Wir haben uns solche Sorgen gemacht. Sie haben das Herz wirklich am rechten Fleck. You are an angel. An angel. Dafür schenken wir Ihnen, warten Sie … Bargeld haben wir leider nicht, aber nehmen Sie doch diesen Geschenkgutschein über eine Schärenkreuzfahrt. Die haben wir zum Geburtstag bekommen. Ganz herzlichen Dank. Und nutzen Sie den Gutschein gleich aus.«

Viveka hält es für angezeigt, Margareth und ihre Väter mit ihrer Wiedersehensfreude allein zu lassen. Ziemlich seltsame Eltern, aber Margareth scheint sie zu mögen. Außerdem hat Viveka noch niemanden erlebt, der sich so freuen kann. Sie wirft einen Blick auf den Geschenkgutschein. Eine Schärenkreuzfahrt mit der Schifffahrtsgesellschaft Vaxholm. Tja, warum nicht? Vielleicht macht man genau solche Sachen, wenn man zum Urlaub gezwungen wurde.

26

Seit sie Margareths Besitzer gefunden hat, ist Viveka besserer Laune. Es wirkt alles etwas heller, und auf dem Heimweg kommt sie auf die Idee, nach Vindöga zu fahren, wo Selma aufgewachsen ist und ihr

Sommerhäuschen hat. Viveka will ein bisschen herumschnüffeln. Mit Selma ist irgendwas, ganz abgesehen von ihren Gemeinheiten. Sie ist immer ihren eigenen Weg gegangen, ohne Rücksicht auf Verluste. Einmal hat sie erzählt, dass sie schon als Kind allein zurechtkommen musste. Noch bevor sie zehn war, konnte sie Boot fahren und kannte alle Untiefen rings um Vindöga.

Mit siebzehn begann sie, Spirellakorsetts zu verkaufen. Eigentlich war sie ein bisschen jung dafür, fand das Unternehmen. Man suchte Frauen im reifen Alter, die anderen Frauen im reifen Alter Korsetts verkauften, brauchte aber andererseits auch Vertreterinnen für die Inseln. So wurde Selma Spirellavertreterin und bekam die mittleren und südlichen Inseln zugeteilt. Sie schipperte im eigenen Boot kreuz und quer durch den Schärengarten, von Landsort bis nach Vaxholm und zu den vorgelagerten Schären. Selma wurde überall das Spirellamädchen genannt, und jeder wusste, dass sie auch bei Wind und Wetter unterwegs war. Viveka hatte Selma selbst davon erzählen hören. Selma verdiente gut. Sie war tüchtig, und im Schärengarten gab es zwischen den Weltkriegen genügend Geld. Das hatten die Leute offenbar dem Schmuggel von Schnaps zu verdanken. Selma legte ihr Geld an. Sie kaufte Aktien von Ericsson und ABB. Als sie genug zusammenhatte, kaufte sie sich das Haus in Gamla Enskede und zog aufs Festland. Sie investierte weiterhin in alles Mögliche und baute sich allmählich ein Vermögen auf. Letzteres hat Viveka von anderen gehört.

Als Viveka nach Hause kommt, ist die Tür nicht abgeschlossen. Hat sie es vergessen? Sie schließt doch immer ab. Aber die Tür steht sogar einen Spalt offen, wie wenn man sie nicht richtig zugedrückt hat. War sie wirklich so zerstreut? Sie, die immer abschließt und sogar doppelt und dreifach prüft, ob alles zu ist? Ihr ist jedoch schon aufgefallen, dass sie mittlerweile manches vergisst. Sie kann sich zum Beispiel überhaupt nicht erinnern, dass sie dem Vorstand versprochen hatte, Abendmahlsoblaten zu bestellen, und so mussten sie beim letzten Abendmahl vor ihrem Zwangsurlaub gewöhnliches Brot nehmen. Wie gesagt, sie wird langsam vergesslich. Das ist ein sehr unangenehmes Gefühl, das Gefühl, die Kontrolle zu verlieren und sein Leben nicht mehr im Griff zu haben. Es ist gut möglich, dass sie vergessen hat abzuschließen.

Sie betritt das Haus und hat sofort das Gefühl, dass jemand hier war. Es sieht alles ganz normal aus, aber trotzdem. Argwöhnisch schaut sie sich um. Alles befindet sich an seinem Platz, was übrigens überhaupt nicht normal ist und nur vorkommt, wenn sie allein zu Hause ist. Sie geht durch die Zimmer. Die DVDs liegen neben dem Fernseher, die Kissen hübsch auf dem Sofa, die Bilder hängen gerade, und auf dem Wohnzimmertisch sind keine Krümel. In Cajsas und Felis Zimmer herrscht penible Ordnung, die Schreibtische sind aufgeräumt, die Bücher stehen in Reih und Glied im Bücherregal, und die Tagesdecken liegen glatt und straff auf den Betten. Der tadellose Zustand ist fast beängstigend. Es ist auch beängstigend still. Vielleicht hat sie deshalb dieses mulmige Gefühl. Viveka geht hinüber ins Zimmer der Zwillinge. Dort ist ein Bettüberwurf zerwühlt. Das war vorher nicht so. Oder doch? Einen Tag nach Abreise der Familie hat Viveka die Betten gemacht, und seitdem war niemand hier. Oder sollte zumindest niemand hier gewesen sein.

Viveka wird den Eindruck nicht los, dass ein Fremder durch ihre Wohnung spaziert ist. Ihr Zuhause. Lustlos und unschlüssig setzt sie sich an den Küchentisch. Dieses Gefühl, keine Ahnung zu haben, was eigentlich vor sich geht, als würde ihr alles entgleiten, ohne dass sie es verstehen oder auch nur das Geringste dagegen tun kann. Es ist alles so unheimlich. Nicht greifbar. Sie versucht, einige Male tief durchzuatmen, um den Druck auf der Brust loszuwerden, den sie in letzter Zeit öfter spürt. Alles ist so unerquicklich. Soll sie nach Vindöga fahren? Ja. Vielleicht wird ihr Kopf wieder klarer, wenn sie mal rauskommt, raus aus Enskede und raus aus dieser Wohnung.

Vielleicht bekommt sie auf Vindöga besser Luft. Sie hat ja nichts anderes zu tun, und mit Selma scheint wirklich etwas nicht zu stimmen. Viveka ist überzeugt, dass Selma bei ihrem Zwangsurlaub die Finger im Spiel hatte. Als würde Selma ahnen, dass Viveka sie im Verdacht hat. Bei ihrer letzten Begegnung hat Selma jedenfalls gesagt, sie würde noch eine Weile in der Stadt bleiben, weil es ihr mit so schlimmen Rückenschmerzen auf Vindöga zu anstrengend sei. Viveka kann also unbesorgt rausfahren und ein bisschen auf der Insel herumschnüffeln, vielleicht findet sie einen Anhaltspunkt.

Bevor sie die Wohnung verlässt, überprüft sie mindestens dreimal, ob sie die Tür abgeschlossen hat.

27

Normalerweise macht ein Ausflug in den Schärengarten Spaß. Jetzt allerdings muss sie die ganze Zeit an ihre letzte Bootstour denken. Im vergangenen Sommer ist sie mit Pål und den Mädchen für einen Tag nach Grinda gefahren. Es war an einem der ersten richtig heißen Tage. Sie holten sich einen Kaffee, und dann erlaubte der Kapitän ihr und den Mädchen, ganz vorne auf dem Schiff auf einer großen Kiste zu sitzen. Alle waren fröhlich, der Kaffee schmeckte gut, und ein ganzer Sommer lag vor ihnen. Und niemand war ermordet worden.

Heute ist es auch heiß, zu heiß. Es sind Heerscharen von Menschen unterwegs, und der einzige freie Sitzplatz befindet sich in der Kajüte, wo es unerträglich stickig ist. Es wird reichlich Kaffee verkauft, aber sie hat bereits Magenschmerzen von den vielen Tassen, die sie getrunken hat. Trotzdem hätte sie Lust auf noch eine, um die Kopfschmerzen loszuwerden. Kopfschmerzen oder Rückenschmerzen, du hast die freie Auswahl, du musst dich nur entscheiden, denkt sie resigniert. Schließlich besorgt sie sich doch noch einen Becher Kaffee und dazu eine Zimtschnecke. Einen Augenblick lang denkt sie an die Dicke Berta, die immer auf Diät ist. Was für ein Schicksal. Sie sollte auch abnehmen. Wenn sie sich nur ein wenig anstrengen würde, könnte sie eigentlich hübsch aussehen. Sie müsste nur ein bisschen Diät halten, mehr Sport machen, sich coolere Klamotten kaufen, teurere Cremes benutzen, sich öfter schminken und die Haare stylen, die Augenbrauen zupfen, die Zähne bleichen und ihre Nägel sorgfältiger pflegen. Und so weiter.

Der Kaffee ist heute unheimlich stark und schmeckt nicht besonders. Wahrscheinlich hat der junge Kerl hinter der Theke ihn gekocht. Bestimmt ein Teenager, der vor diesem Ferienjob noch nie Kaffee zubereitet hat. Das zumindest können die alten Tanten in der Kirche richtig gut, Kaffee kochen. Finster starrt sie in den Schärengarten. Viveka weiß nicht genau, was sie eigentlich auf Vindöga vorhat. Aber hin will sie auf jeden Fall. Sie will Selmas Haus sehen. Sie will wissen, was Selma da eigentlich so treibt. Sie kann sich Selma zwar, wenn sie den Gedanken zu Ende denkt, nicht als Mörderin vorstellen, denn Mörder sind doch wirklich böse. Selma ist ja nicht direkt böse. Zornig, ja. Meistens unfreundlich. Aber böse? Nur, sind denn alle, die einen Mord begangen haben, böse? Die meisten Morde geschehen wahrscheinlich spontan und waren nicht richtig geplant. Vielleicht stand man unter Drogen. An und für sich fällt es ihr schwer, sich Selma unter Drogeneinfluss vorzustellen. Und wer mehrere Menschen umbringt, muss ja eine Art Konzept haben, was wiederum darauf hindeutet, dass er doch irgendwie böse ist. Gibt es eine böse Macht? Die meisten Menschen in ihrer Umgebung würden die Frage mit Nein beantworten. Sie fragt sich jedoch, warum. Wieso geht es denn sonst so oft um das Gute und das Böse? In all den Märchen. Ganz zu schweigen von den Filmen. Im Herr der Ringe. Bei Star Wars. Harry Potter. Wie kommt es, dass wir in einer Zeit, in der wir den Begriff des Bösen im Prinzip abgeschafft haben, trotzdem so fasziniert davon sind? Es scheint, als wäre das Unbewusste klüger als das Bewusstsein.

»Kannst du mit offenen Augen tauchen?«

Viveka muss wohl auf ihrem Stuhl eingenickt sein, aber jetzt sagt der Mann neben ihr etwas. Es ist ein Mann mit weißem Bart, der Geschichten aus dem Mumintal liest. Er sieht aus wie der Weihnachtsmann.

»Kannst du mit offenen Augen tauchen?«

»Ja, jedenfalls glaube ich das«, sagt Viveka.

Der Mann lacht so herzlich, dass sein Bauch wackelt. Genau wie bei einem Weihnachtsmann.

»Mumin stellt diese Frage«, erklärt er. »Er fragt: ›Kannst du mit offenen Augen tauchen?‹ Und Sniff antwortet: ›Ich kann es, aber ich will es nicht, weil man nie weiß, was man da unten zu sehen bekommt.‹«

Der Weihnachtsmann macht ein ernstes Gesicht.

»Ich wollte es nur mal sagen. Seien Sie vorsichtig, wenn Sie mit offenen Augen tauchen. Sie wissen nie, was Sie zu sehen bekommen.«

Dann legt die Fähre an, und alle stellen sich in die Schlange vor der Gangway.

Viveka bleibt erst mal stehen und lässt Vindöga auf sich wirken, die Fischerhütten, die Boote und die Häuser, die in der Vormittagssonne dösen. Alle haben verglaste Veranden und Balkons in Richtung Wasser und einige einen eigenen Steg. Sie geht den Kai entlang und zu der kleinen Ansammlung von Häusern. Selmas Haus steht nicht weit entfernt, ein Stück links vom Fähranleger. Viveka war noch nie dort, erkennt Selmas Haus aber, weil sie vom dem Schild gehört hat. Auf dem Rasen steht ein kleines, etwa zwanzig Zentimeter hohes Schild. »Nicht über das Schild stolpern!«, steht darauf. Da hat Selma Humor bewiesen. Die Fenster sind geschlossen, und die Gartenstühle lehnen am Tisch. Es ist offensichtlich niemand hier. Viveka würde Selmas Grundstück gerne in Augenschein nehmen, hat aber gleichzeitig das Gefühl, etwas Unrechtes zu tun. Darf sie hier wirklich herumschleichen?

Sie beschließt, ein wenig zu warten.

Nebenan ist ein Campingplatz. Er wirkt ziemlich ausgestorben, aber sie sieht jemanden vor seinem Wohnwagen Rasen mähen. Dass die Leute ihre Wohnwagen einzäunen, ist besonders faszinierend. Viveka hat immer gedacht, man hätte einen Wohnwagen, weil man herumreisen möchte, aber in den vergangenen Jahren hat sie begriffen, dass viele ganz anders denken. Sie kommt nicht umhin, sich zu fragen, was Selma wohl von dem Campingplatz in ihrer direkten Nachbarschaft hält. Nichts gegen Campingplätze, aber Selma ist schließlich ein ziemlicher Snob.

Viveka nähert sich ein Stück. Der Platz heißt Jeppes Camping. Es herrscht wirklich keine nennenswerte Betriebsamkeit, aber wahrscheinlich sind alle baden gegangen. Den Papierkorb vorm Kiosk umschwirren ein paar Wespen. Wenigstens ein bisschen Leben. Dann entdeckt sie ein Restaurant und Menschen, die auf der Terrasse sitzen. Viveka studiert die Speisekarte. Sie mustert die Plastikpalmen in der Ecke und den verstaubten ausgestopften Fasan, der seine besten Zeiten hinter sich hat. Sie erfährt, dass samstags Karaoke und sonntags immer ein Kubb-Turnier stattfinden. Schließlich bestellt sie sich einen Hamburger-Spezial-Teller. Spezial beinhaltet, wie sich herausstellt, Sauce béarnaise.

Von der Terrasse hat man den ganzen Campingplatz

im Blick. Die Leute haben ihre Wohnwagen nicht nur mit Rasenflächen, sondern mit Gartenzäunen mit richtigen Torpfosten umgeben, auf denen Blumentöpfe stehen. Sie haben eigene Kamine, eigene Holzvorräte und Gartenzwerge. Direkt vor dem Restaurant parkt ein ziemlich tolles Auto, dessen Besitzer einen Backenbart trägt. Neben dem Herrn mit den Koteletten wohnt der wahrscheinlich fetteste Mann, den sie je gesehen hat. Er muss sich richtiggehend durch die Tür seines Wohnwagens zwängen. Auf seinem Nummernschild stehen die Buchstaben F, A und T. Entweder verfügt er über eine gigantische Selbstironie, oder er ist ungewöhnlich ahnungslos. Viveka ist auf einmal fasziniert von Jeppes Camping. Es ist so spannend zu sehen, was für Menschen sich hier versammeln.

»Hallo, Viveka«, hört sie plötzlich jemanden rufen. »Bist du nicht bei der Arbeit? In der Kirche?«

»Julius! Was machst du denn hier?«

»Ich wohne hier in den Sommerferien. Der Campingplatz gehört meinem Vater«, sagt Julius stolz.

Abgesehen von dem Sonnenbrand auf seiner Nase scheint er genauso wohlauf wie immer zu sein.

»Machst du hier Urlaub? Hast du die Zwillinge dabei?«

Julius bewundert die Zwillinge.

»Nein, ich bin allein hier.«

Julius macht ein trauriges Gesicht.

»Ach, dann kannst du ja mit meinem Papa baden gehen, der ist auch allein.«

»Ich weiß nicht. Hältst du das für eine gute Idee?«

»Na gut, aber weißt du was? Du könntest doch mit dem Langhaarigen baden, der ist allein. Glaube ich jedenfalls. Der sich das Kirchenbuch ausgeliehen hat. Das riesige.«

Der sich das Kirchenbuch ausgeliehen hat?

»Was meinst du denn damit?«

»Der mit den langen Haaren, mit dem du immer redest. Er hat doch schon einen ganzen Laden voller Bücher. Ich habe ihn gefragt, was er für ein riesiges Buch mit sich rumschleppt, und da hat er gesagt, das hat er sich in der Kirche ausgeliehen.«

Laden voller Bücher und lange Haare, das muss Abbe sein.

»Aber Abbe ist doch nicht etwa hier, oder?«

»Nein, aber du hättest ihn doch mitbringen können.«

»Hat er wirklich gesagt, dass er sich das Kirchenbuch ausgeliehen hat?«

»Durfte er das denn nicht, Viveka?«

»Äh, nee … jedenfalls ist es nicht üblich.«

Viveka weiß nicht, ob sie ihren Ohren trauen soll. Wieso hat sich Abbe das Kirchenbuch ausgeliehen? Und warum hat er sie nicht gefragt?

Julius quasselt was von seinem Papa und den besten Badestellen. Viveka kann nicht klar denken.

»Julius, ich muss eine Runde spazieren gehen, aber ich komme nachher wieder.«

Sie geht zwischen den Häusern entlang, lässt sich treiben, entfernt sich aber nicht zu weit vom Wasser. Sie ist richtig sauer auf Abbe und findet die ganze Angelegenheit ziemlich merkwürdig. Sie beschließt, ihn danach zu fragen, sobald sie wieder zu Hause ist. Es gibt so viel Chaos zurzeit. So vieles, was man nicht versteht. Während ihres großen Spaziergangs über die

Insel denkt sie darüber nach. Da sie noch nie auf Vindöga war, ist alles neu für sie. Es ist so schön, wie die Leute sagen. Nachdem sie die Häuser hinter sich gelassen hat, kommt sie an Weiden und Wiesen vorbei, Hummeln summen, und Kühe grasen. Kaum ein Mensch weit und breit. Alle sind am Wasser. Sie fragt sich, ob Henry nach Vindöga gefahren oder zu Hause geblieben ist. Mitten im Insektengebrumm denkt sie an Henry. Das Loch in der Seele, das Loch im Leben. Summende Hummeln und der Tod Seite an Seite.

Als sie zurückkommt, ist schon später Nachmittag, und sie hatte keine Gelegenheit, sich Selmas Haus näher anzugucken. Daher beschließt sie, mal zu fragen, ob man auf Jeppes Campingplatz übernachten kann. Man kann. Sie bekommt eine der winzigen Hütten, in die im Prinzip nicht mehr als ein Bett und ein Tisch passen. Das macht nichts. Woanders zu sein, muntert Viveka auf. Ein Abenteuer, auch wenn es nur Jeppes Campingplatz auf Vindöga ist. Sie liegt auf dem Bett und denkt, dass sie Pål anrufen und ihm sagen sollte, wo sie ist, aber sie will nicht. Nachdem er sich einfach zu seiner Mutter verkrümelt und noch dazu ein Elektroauto gekauft hat, ohne sich mit ihr abzusprechen, soll er sich ruhig mal fragen, wo sie steckt.

Am Abend setzt sie sich auf Jeppes Terrasse und bestellt sich ein Glas Wein und eine Schale Nachos. Nach wenigen Minuten gesellt sich der Kotelettenmann zu ihr. Er heißt Lennart und kommt von Åland, der Insel mit den meisten amerikanischen Autos pro Einwohner. Lennart ist ein Rocker aus Mariehamn und Mitglied im Old-Time-Cruisers-Club. Er erzählt ihr, dass sein Buick 64 bei der jährlichen Autoausstellung im Badhuspark 2007 auf dem fünften Platz gelandet ist.

»Ein richtig geiles Auto, verstehst du, vorne eine durchgehende Sitzbank, gute Lautsprecher ...«

Viveka wirft einen Blick auf Lennarts mintgrünen Wagen, das Verdeck ist offen, und am Rückspiegel hängen die obligatorischen Plüschwürfel.

Lennart kommt jedes Jahr hierher und weiß alles über die Leute auf diesem Campingplatz. Vor der Tante mit dem Rasen muss man sich in Acht nehmen, sagt er. Man darf ihren Rasen auf keinen Fall betreten, sonst dreht sie durch. Den Mann mit dem besten Stellplatz, Morgan, kennt er seit zwanzig Jahren. Sie gehen zusammen in die Sauna. Eigentlich ist er nett, aber er verträgt keinen hochprozentigen Alkohol. Jeppe ist ein Ehrenmann, der alles gibt, damit es hier schön ist, und ist sich auch nicht zu fein, die Klos zu schrubben, obwohl er der Besitzer ist. Julius, ein witziger kleiner Kerl, ist hier das Mädchen für alles.

Viveka macht es Spaß, etwas über die Menschen auf dem Campingplatz zu erfahren. Ein Campingplatz hat offenbar Ähnlichkeiten mit einer Gemeinde. Eine Gruppe von vollkommen unterschiedlichen Menschen mit unterschiedlichen Interessen und Persönlichkeiten, die versuchen, auf einer bestimmten Ebene miteinander klarzukommen. Da sie nun ein wenig Abstand hat, denkt sie zärtlich an ihre Gemeinde. Meistens verstehen sich doch alle gut und kümmern sich umeinander, und dass so unterschiedliche Menschen aller Altersstufen einen wichtigen Teil ihres Lebens gemeinsam verbringen, ist alles andere als selbstverständlich.

Als sie später zwischen den etwas klammen Bettlaken in ihrer kleinen Hütte auf Jeppes Campingplatz liegt, hört sie das Meer. Sie denkt an den Spruch, den jemand in Schönschrift an seinen Wohnwagen geschrieben hat: »Das Schöne wohnt im Einfachen.« Sie findet, dass dies ein richtig netter Campingplatz ist und sie einen sehr schönen Tag hatte. Dann schläft sie ein.

28

Abbe hat sich entschieden, Urlaub zu machen. Er will die Buchhandlung schließen und irgendwohin fahren. Um Mittsommer ist in Enskede sowieso niemand zu Hause. Alle sind mit ihren Familien in ihren Sommerhäusern im Schärengarten. So stellt Abbe sich das jedenfalls vor. Er stellt sich vor, wie Mütter, Väter und Kinder es schön zusammen haben, wie lustige Mütter und Väter auf lustige Ideen kommen, mit ihren Kindern Hütten bauen oder ihnen das Schwimmen beibringen oder sie zum Spaß durch die Gegend jagen. Fang mich doch! Dann sitzen die Kinder gemeinsam mit ihren Eltern, ihren richtigen Eltern, auf dem Sofa, schauen einen Film und kuscheln. Wenn die Kinder ins Bett sollen, kommen die Eltern mit, decken sie fest zu und sprechen noch mit ihnen über wichtige Dinge, und vielleicht kraulen sie ihnen den Rücken, bis die Kinder einschlafen. Sie müssen nicht allein nach oben gehen und einsam in einem unheimlichen Zimmer liegen und ein großes gruseliges Schlüsselloch anstarren so wie er.

Das Schild mit der Mitteilung, dass er Urlaub macht,

hängt nun schon seit einigen Tagen in seinem Schaufenster, aber er weiß immer noch nicht, wo er hinwill. Er hat in seinem ungelüfteten Zimmer auf dem Bett gelegen und Bücher gelesen. Einiges an Whisky und auch anderes hat er sich gegönnt. Er kann sich nicht entscheiden. Soll er nach Göteborg und von da aus auf irgendeine Bohusläner Insel fahren? Vielleicht passt die kahle Landschaft dort besser zu seiner Stimmung. Die Küste zu wechseln ist nie verkehrt. Das Leben wechseln. Er könnte auch nach Österlen. Alle reden von Österlen. Dort könnte er zwischen Apfelbäumen und Fischerhäfen herumgondeln. Er könnte so tun, als wäre er ein Apfelzüchter, mit eigener Mosterei und so, ein Mann, der mit der Natur arbeitet, einer, der ganz nah dran ist an der Natur und an den eigenen Gefühlen. Auf so was steht die Art von Frauen, die nach Österlen fährt.

Aber was hat Urlaub eigentlich für einen Sinn? Was hat das alles für einen Sinn?

Abbe denkt an hellroten Erdbeersaft. Obwohl er gar keine Lust darauf hat. Erdbeersaft ist eine seiner Kindheitserinnerungen. Nicht aus dem Haus von Tage und Anna, diese Erinnerungen sind überwiegend farblos oder ein wenig gelbstichig wie alte Fotografien. Aber der Erdbeersaft ist hellrot. Hellrot und süß, ganz anders als der, den man kaufen kann. Er erinnert sich an einen Tisch in einem Garten, an dem er Erdbeersaft getrunken hat, und er erinnert sich, obwohl er eigentlich gar nicht daran denken will, an eine Hand, die ihm das Haar zerzaust. Tage und Anna haben ihm nie die Haare verwuschelt. Sie hatten auch keinen Erdbeersaft. Abbe glaubt, mehrmals an diesem Tisch gesessen und den hellroten Saft getrunken zu haben.

Doch dann muss damit Schluss gewesen sein. Ansonsten müsste er ja wissen, wo der Tisch stand und wessen Hand das war. Manchmal erfüllt ihn die Erinnerung mit einer wehmütigen Sehnsucht. Aber meistens bekommt er Angst, wenn er daran denkt.

»Was hat das Leben eigentlich für einen Sinn, Blixten?«, fragt er den Porzellanhund. Keinen. Aber es ist genau, wie Hamlet sagt: »Denn wer ertrüg der Zeiten Spott und Geißel, des Mächtigen Druck, des Stolzen Misshandlungen, verschmähter Liebe Pein, des Rechtes Aufschub, den Übermut der Ämter und die Schmach, die Unwert schweigendem Dienst erweist, wenn er sich selbst in Ruhstand setzen könnte mit einer Nadel bloß? Wer trüge Lasten und stöhnt' und schwitzte unter Liebesmüh? Nur dass die Furcht vor etwas nach dem Tod, das unentdeckte Land, von des' Bezirk kein Wanderer wiederkehrt, den Willen irrt, dass wir die Übel, die wir haben, lieber ertragen als zu fliehn.«

Oder so ähnlich.

Aber das mit dem Urlaub, denkt Abbe kurz vorm Einschlafen. Ich bin ja gar nicht weggekommen. Eigentlich wollte ich doch irgendwohin fahren. Und so schwindet des Entschlusses frische Farbe in der kranken Blässe der Gedanken.

29

Als Viveka am nächsten Morgen aufwacht, weiß sie im ersten Moment nicht, wo sie ist. Jemand klopft laut an die Tür. Immerhin hat sie geschlafen. Eine ganze Nacht ohne Alpträume.

»Bist du da, Viveka? Papa hat gesagt, ich soll dir Frühstück bringen.«

Das ist Julius. Vorsichtig transportiert er einen Becher Kaffee und ein Käsebrot auf einem Tablett.

»Mensch, Julius, das ist ja nett von dir.«

Gut gelaunt kommt Julius mit dem Tablett herein und setzt sich auf den einzigen Stuhl.

»Was machst du eigentlich? Du hast kein einziges Mal gebadet.«

»Tja, ich wollte eigentlich Selma besuchen. Sie wohnt hier nebenan.«

»Was? Die mit den gefährlichen Blumen? Ich habe mal eine probiert. Danach musste ich ins Krankenhaus und ein BRECHMITTEL nehmen.«

»Ist das wahr?«

Julius verfügt wirklich über einen reichen Geschichtenschatz. Gefährliche Blumen und Brechmittel.

»Diese Blumen sind giftig. Richtig giftig«, unterstreicht Julius.

Giftig, denkt Viveka. Giftige Blumen in Selmas Garten.

»Wo hast du die Blumen noch mal gefunden?«, fragt sie Julius.

»Bei der Frau hier nebenan, hab ich doch gesagt. Die du besuchen wolltest.«

»Bei Selma. Du, Julius, könntest du mir diese Blumen nicht mal zeigen?«

»Na klar.«

Zehn Minuten später steht Viveka in Selmas Garten. Und der ist voller Eisenhut. Eisenhut! Die giftigsten Blumen überhaupt! Aconitin.

Hinter dem Haus befindet sich ein mindestens fünfundzwanzig Quadratmeter großes Areal voller Eisenhut.

Viveka wird innerlich eiskalt. Ihr wird mit grausiger Klarheit bewusst, was es bedeuten könnte, dass Selmas Garten voller Eisenhut ist. Sie hat Selma ja ohnehin verdächtigt. Aber bis jetzt auf eine Weise, die man leicht zurücknehmen konnte. Sie hat sich so ihre Gedanken gemacht, allerdings waren es eher Gedankenkeime, die noch kaum Gestalt angenommen hatten. Wenn sich so ein Gedanke herausbildet, merkt man es zunächst kaum. Er streift einen nur. Dann schlägt er vielleicht Wurzeln. Irgendwo. Man weiß, dass er da ist. Er kommt einem immer wieder in den Sinn. Und plötzlich verschwindet er gar nicht mehr aus dem Kopf.

Und jetzt ist es so, dass Selma etwas mit den Morden zu tun hat.

Viveka sieht Selma vor sich. Zornig, ja. Auf eine unangenehme Art ehrlich und unabhängig, an der Grenze zur Rücksichtslosigkeit. Aber … eine Mörderin? Ihr kommt ein anderes Bild von Selma in den Sinn, eins, das sich ebenfalls in ihre Erinnerung gebrannt hat. Selmas Gesicht, als sie für die Erdbebenopfer in Haiti gebetet haben. Viveka sieht es noch vor sich, es war so nackt und tatsächlich voller Mitgefühl. Sie ruft sich diesen Gesichtsausdruck oft bewusst vor Augen, wenn sie Schwierigkeiten mit Selma hat. Auf diese Weise schafft sie es, Selma trotz allem zu mögen. Weil sie auch diese Seite hat.

Aber jetzt gelingt es ihr nicht, Mitleid mit Selma zu empfinden. Es gelingt ihr nicht zu fühlen, wie traurig das Ganze im Grunde ist. Sie weiß nur eins: Hinter

Selmas Haus wächst, ja wuchert vom Zaun bis zur Veranda der Eisenhut.

Sie fühlt sich merkwürdig und überlegt, ob sie sich eine Weile in ihrem Zimmer hinlegen soll. Sie entfernt sich von Selmas Haus, dreht sich jedoch ein letztes Mal um, um die großen geheimnisvollen Blumen anzuschauen. Sie sind schön, aber unheimlich. Sie winden und drehen sich in alle Richtungen. Fast so, als wären sie hinter mir her, denkt Viveka. Als hätten sie vor, den ganzen Planeten in ihre Gewalt zu bringen.

30

Viveka ist auf dem Rückweg von Vindöga. Wenn sie zu Hause ist, will sie als Erstes die Polizei anrufen und vom Eisenhut in Selmas Garten berichten. Anschließend wird sie bei Abbe vorbeischauen und ihn nach dem Kirchenbuch fragen.

Der Kaffee auf der Fähre schmeckt besser, und tatsächlich steht heute eine ältere Dame und kein Teenie hinter der Theke. Nicht, dass sie Teenagern ihre Ferienjobs nicht gönnen würde, aber an die Kaffeemaschine sollte man sie nicht lassen. Viveka muss an Henry denken. Henry hat in der Gemeinde fast überall mitgeholfen. Er war Kirchenältester, hat das Kuchenbuffet organisiert, die Kollekte gezählt, die Flagge gehisst, aber wie die Kaffeemaschine funktioniert, wollte er partout nicht lernen, da war nichts zu machen. Wenn er sich etwas in den Kopf gesetzt hatte, war er nicht davon abzubringen. Man brauchte gar nicht erst zu versuchen, ihn zu überreden. Wie beim Fahrradfahren.

Henry fuhr nicht mehr Fahrrad und damit basta. »Warum denn nicht?«, hatte Viveka gefragt. »Na, weil die da oben den Rechtsverkehr eingeführt haben.« »Du bist also seit dem Ende des Linksverkehrs nicht mehr Fahrrad gefahren?« »Ganz genau.« So war Henry. Stur.

Zurück in der Stadt, fällt Viveka wieder auf, wie unwohl sie sich dort im Sommer fühlt. Sie fühlt sich eingesperrt und bekommt fast Platzangst. Die U-Bahn ist voller verwirrter Touristen mit Rollkoffern. Rollkoffer sind heutzutage offenbar ein Muss.

Es ist viel zu heiß, stellt Viveka entnervt fest. Sie ist verschwitzt und durstig und findet keinen Sitzplatz und auch fast keinen Stehplatz, da der Internationale Rollkofferverband seine Jahreshauptversammlung anscheinend ausgerechnet in ihrem Waggon veranstaltet.

Gamla Enskede wirkt verlassen. Alle scheinen verreist zu sein. Sie geht bei Abbes Buchhandlung vorbei und klopft an die Glasscheibe. Niemand rührt sich, aber als sie an der Klinke rüttelt, stellt sie fest, dass die Tür offen ist.

In der Buchhandlung herrscht Chaos. Überall Bücherstapel und aufgeschlagene Bücher. In sich zusammengesunken und ziemlich ungepflegt lehnt Abbe an einem Regal.

»Hallo, Abbe.«

Abwesend schaut er sie an.

»Was machst du da, Abbe?«

»Machen ist gut. Eigentlich wollte ich lesen.«

Er macht eine vage Armbewegung.

»Ich wollte verreisen.«

Er sackt noch mehr in sich zusammen.

»Man denkt zu viel«, murmelt er. »Aber eigentlich bringt das gar nichts.«

»Du, ich muss dich mal was fragen. Du weißt nicht zufällig, wo unser Kirchenbuch abgeblieben ist?«

»Das Kirchenbuch«, sagt Abbe.

»Ja. Das Kirchenbuch. Es ist verschwunden.«

»Äh, das habe ich mir ausgeliehen.«

»Tatsächlich?«

»Ja.«

»Darf ich fragen, warum?«

»Keine Lust, darüber zu reden.«

»Na dann.«

»Ich habe es während der Beerdigung in deinem Büro gesehen.«

»Und wo ist es jetzt?«, fragt Viveka.

Abbe seufzt tief.

»Das ist das Problem. Es ist weg.«

»Weg.«

»Ja. Also, ich hatte es mit hierhergenommen, weil ich eine Sache nachschauen wollte. Es lag die ganze Zeit da drüben neben der Kaffeemaschine. Und eines Morgens, als ich vergessen hatte, die Tür abzuschließen, war es weg.«

Abbe ist also in ihr Büro eingedrungen und hat das Kirchenbuch gestohlen und dann verschlampt.

»Mensch, Abbe ...«

»Ich weiß, ich weiß, das ist gar nicht gut.«

»Bist du denn sicher, dass es nicht mehr da ist, ich meine ...«

Viveka sieht sich in dem Tohuwabohu um.

»Du findest es hier vielleicht unordentlich, aber ich weiß genau, wo alles ist. Das Buch ist nicht mehr da. Irgendjemand hat es geklaut.«

Viveka starrt ihn ungläubig an. Am Ende setzt sie sich auch auf den Fußboden und lehnt sich an ein anderes Regal.

»Ich wollte nachschauen, ob ich auch drinstehe«, sagt Abbe nach einer Weile.

»Im Kirchenbuch?«

»Ja.«

»Aber es sind doch nur Gemeindemitglieder und solche, die es mal waren, darin aufgeführt.«

»Ja.«

»Wieso dachtest du, dass du drinstehst?«

»Was heißt dachte. Ich wollte es mal wissen. Aber bevor ich nachsehen konnte, war das Buch weg.«

Schweigend sitzen sie da.

»Ich weiß nichts über meine Herkunft«, sagt Abbe schließlich.

Er senkt den Blick.

»Meine Eltern haben mich zur Adoption freigegeben. Ich dachte, im Kirchenbuch steht vielleicht, wer welches Kind bekommen hat und so.«

Sie sagt nichts. Was soll man auch sagen? Sie weiß nicht, wie es ist, weggegeben zu werden.

»Hast du mal beim Einwohnermeldeamt gefragt?«

»Natürlich, aber die haben keine Angaben.«

»Ach.«

»Ich hatte das Gefühl, es könnte vielleicht im Kirchenbuch stehen. Aus Versehen oder so.«

Der Gedanke ist nicht ganz abwegig. Obwohl Freikirchen nie verpflichtet waren, über ihre Mitglieder

Buch zu führen, wurde immer sorgfältig alles eingetragen. Jedenfalls in ihrer Gemeinde. Es steht einiges über die Gemeindemitglieder im Kirchenbuch, wann sie geboren und getauft wurden, wann sie eingetreten sind, geheiratet und Kinder bekommen haben und so weiter.

»Weißt du, warum dich deine Eltern nicht behalten konnten?«

»Meine Mutter war offenbar unverheiratet. Mehr weiß ich nicht. Und dass sie von hier stammt.«

Er blickt auf.

»Ich weiß, dass sie hier aus Enskede ist.«

31

Als Viveka nach Hause kommt, ist die Wohnungstür nicht abgeschlossen.

Tatsächlich, nicht abgeschlossen.

Hat sie schon wieder vergessen abzuschließen? Das kann einfach nicht sein. Sie hat das Schloss doch mehrfach kontrolliert. Sie ist sogar noch einmal zurückgegangen.

Viveka steht im Treppenhaus. Sie sieht sich im Hausflur um.

Stille. Alles wie immer. Doch gleich hinter der Wohnungstür lieg ein Schraubenzieher. Ein Schraubenzieher! Sie ist sich hundertprozentig sicher, dass sie dort keinen Schraubenzieher hingelegt hat.

Viveka knallt die Tür wieder zu und schließt von außen ab. Sie hat nicht vor, die Wohnung zu betreten. Nein, nicht eine Sekunde wird sie sich darin aufhalten! Das ist wirklich zu viel!

Sie steht vor ihrer Wohnung und weiß nicht, was sie machen soll. Sie klingelt bei ihrer Nachbarin Asta Persson, der neugierigsten Kindergärtnerin in ganz Enskede. Wenn jemand was bemerkt hat, dann sie. Doch bei Asta scheint niemand zu Hause zu sein. Auch über ihnen bei Oberarzt Marsvin macht keiner auf. Viveka denkt kurz an die Kinder, die es zum Totlachen finden, dass man mit Nachnamen Meerschweinchen heißen kann.

Gegenüber bei Janne ist auch niemand da. Janne arbeitet monatsweise in Norwegen und ist bestimmt dort. Dass ganz oben bei Orlowski auch keiner an die Tür kommt, bestätigt nur, was Viveka bereits wusste. Sie ist ganz allein. Keiner kann ihr helfen.

Viveka sucht Zuflucht auf einer Parkbank. Dort sitzt sie mit ihrer Tasche. Es ist unerträglich heiß draußen. Die Hitze legt sich wie ein Helm um ihren Kopf, ein Reiterhelm. Es ist wie in der Kindheit, wenn man vor der Reitstunde im Stall noch schnell einen passenden Helm gesucht hat, aber in der eigenen Größe schon alle weg waren und man einen zu engen nehmen musste.

Sie betrachtet ihre Küchenfenster. Nein, sie hat nicht vor hineinzugehen. Jedenfalls nicht allein. Sie versucht, trotz der Wärme zu denken. In der Laube war sie nicht, seit sie Henry gefunden hat. Vielleicht sollte sie dorthin gehen? Mal gucken, wie es dort ist, und möglicherweise kann sie da schlafen? Wo soll sie denn sonst hin? Sie überlegt, ob sie die Polizei anrufen soll, hat aber Angst, hysterisch zu wirken. Schließlich ruft sie ihre Familie an. Sie spricht mit allen Kindern, die ihr fröhlich zwitschernd von ihren lustigen Urlaubserlebnissen berichten. Viveka muss erzählen, wie Pippi wieder mit ihren

Vätern vereint wurde. Diese Geschichte wollen die Kinder mehrmals hören. Auch wenn es schade ist, dass sie jetzt keinen Papagei mehr haben, wollen sie immer wieder hören, wie sehr sich Urban und Östen gefreut haben. Und dass sie verheiratet sind und Pippi ihr Kind ist. Und eigentlich Margareth heißt.

Während Viveka mit den Kindern telefoniert, laufen ihr Tränen übers Gesicht.

»Warum heißt sie Margareth?«, fragen die Zwillinge.

»Ich weiß nicht«, sagt Viveka. »Danach habe ich mich nicht erkundigt.«

»Nein?«, staunt Olle.

»Wieso denn nicht?«, fragt Otto.

Viveka ist überwältigt von dieser vollkommen verkehrten Welt. Es ist absurd, dass die Kinder ohne sie Urlaub machen.

Dann spricht sie mit Pål.

»Wie geht es dir?«, fragt er.

»Geht so. Nicht besonders.«

»Arbeite nicht zu viel.«

Sie hat nicht die Absicht, Pål zu erzählen, dass sie in Wahrheit Urlaub hat. Auch die unabgeschlossene Tür will sie nicht erwähnen. Wozu sollte das gut sein? Er wird ohnehin sagen, dass sie vergessen hat, die Tür abzuschließen.

Ein gewöhnliches Telefonat. Und auch wieder nicht. Sie erzählt Pål gar nichts, und Pål hat hinter ihrem Rücken ein neues Auto gekauft, und sie hat sich heimlich einen Kleingarten mit Laube angeschafft. So was macht man nicht, wenn man verheiratet ist. So was muss besprochen und geklärt werden, damit alles wieder gut werden kann. Viveka malt sich aus, wie alles überhaupt nicht gut, sondern noch schlimmer wird. Wie sie und Pål sich trennen und die Kinder zwischen den Stühlen landen und eine Woche hier und eine da wohnen. Sie sieht die winzige Wohnung vor sich, die sie sich von ihrem Pastorinnengehalt leisten kann. Am Ende würden die Kinder bestimmt nicht mehr zu ihr wollen. Die Kinder werden unglücklich und schlecht in der Schule. Vielleicht schaltet sich das Jugendamt ein.

Das erscheint ihr alles so schrecklich und traurig.

Sie verabschiedet sich von Pål und legt auf.

Immerhin hat er gefragt, wie es ihr geht.

Dann ruft sie die Polizei an. Sie erwähnt nicht, dass jemand in ihrer Wohnung war. Sie erzählt vom Eisenhut hinter Selmas Haus. Polentepopilla wirkt nicht gerade dankbar für diese Information. Sie erweckt eher den Eindruck, als verdächtige sie Viveka jetzt erst recht. Als ob Viveka den ganzen Garten voll Eisenhut hätte. Popilla verrät ihr nicht, wie sie mit den Ermittlungen vorankommt. Auch nicht, was Henry zugestoßen ist.

»Wie Sie sicher verstehen, möchte ich natürlich gerne wissen, was Sie herausgefunden haben. Es handelt sich schließlich um Mitglieder meiner Gemeinde«, versucht es Viveka.

»Doch, das mit der Gemeinde ist uns bewusst«, sagt Popilla.

Das mit der Gemeinde, was soll das denn heißen?, denkt Viveka. Es könnte alles Mögliche bedeuten. Unter Umständen sind sie der Meinung, dass die Gemeinde das Problem ist.

»Überlassen Sie das bitte uns«, sagt Popilla. »Wir

halten nichts davon, wenn sich Außenstehende einmischen. Hauptsache, Sie sind erreichbar.«

Aha. Ich darf nichts wissen, und an meiner Entdeckung sind sie auch nicht interessiert, aber ich soll in der Stadt bleiben, während meine Familie ohne mich Urlaub macht. Viveka ist empört. Außenstehende! Wie bitte? Ich bin keine Außenstehende!, möchte Viveka am liebsten schreien. Sie schafft es, das Gespräch auf einigermaßen zivilisierte Weise zu beenden, und beschließt, sich in ihren Kleingarten zu begeben.

32

Es ist genau zehn Tage her, dass sie Henry gefunden hat, aber auf dem Kleingartengelände ist alles wie immer. Der Kies knirscht so wie sonst auch. Bienen und Hummeln summen. Die Zäune sind noch genauso rot, und die Gartentore sind weiß. Überall Lupinen und Klatschmohne. Als wäre nichts Böses geschehen. Das Leben geht weiter, als ob nichts passiert wäre!

Zerstreut fragt sie sich, ob die verrückte Greta wohl da ist. Das ist die Tante, der das Grundstück neben ihrem gehört. Die verrückte Greta ist richtig bösartig, hat Viveka gehört, aber persönlich begegnet ist sie ihr noch nie, da sie anscheinend längere Zeit krank war. Ihre Laube steht öde und verlassen da. Viveka hofft, dass Greta immer noch krank ist. Von bösartigen Tanten hat sie die Nase voll. Obwohl eine mehr oder weniger den Kohl auch nicht fett machen würde. Schlimmer kann es nicht werden.

In der Kleingartenkolonie sind heute mehr Menschen als sonst. Kaffeetassen klirren, und aus mehreren Pergolen hört sie leises Lachen. Die Leute scheinen den Sommer zu genießen, obwohl es eigentlich viel zu heiß ist. Viveka fällt ein, dass Mittsommer ist. Ach, deshalb amüsieren sich alle so furchtbar.

Gretas Garten sieht kein bisschen verwaist aus. Im Gegenteil, er wirkt sehr gepflegt. Die Hecke ist so gerade wie die Frontzähne eines amerikanischen Präsidenten, und der Rasen scheint mit der Nagelschere getrimmt worden zu sein. Kein grüner Halm auf dem Sandweg. Die Büsche und Blumen blühen so prachtvoll, als hätte jemand jedes einzelne Blatt poliert. Und dringt nicht der Duft von warmen Zimtschnecken durch die frischgestrichene, halb offen stehende Tür? Das hat mir gerade noch gefehlt, denkt Viveka. Ganz so fit hätte diese Greta für ihren Geschmack nicht zu sein brauchen. Sie fand Gretas verfallenes Haus und den verwilderten Garten so schön, jedenfalls, als sie überhaupt noch irgendetwas schön fand. Verglichen mit Gretas Garten sah der von Viveka richtig manierlich aus. Aber nun wirkt er geradezu verwahrlost.

Eigentlich hat Viveka ziemlich wenig Ahnung von Blumen. Der Garten soll ein Rückzugsort sein, wo sie in aller Ruhe Kaffee trinken kann. Sie hat keine Lust, zu buddeln und zu harken, zu jäten, zu mähen und zu gießen. Doch, manchmal vielleicht. Als Therapie ist es hin und wieder ganz nett, körperlich zu arbeiten, aber sie will nicht dazu gezwungen sein und sich schon gar nicht mit anderen messen müssen. Während sie Gretas Garten beobachtet, schleicht sich Viveka durch ihre eigene Pforte. Vorerst zumindest will sie der Nachbarin aus dem Weg gehen. Sie macht sich einen Kaffee und versteckt sich hinter dem Häuschen. Dort sitzt sie und ringt nach Luft.

Es ist nicht wie sonst. Es ist ganz schrecklich, sie fühlt sich einsam und verlassen. Aber genau das wolltest du doch, sagt sie böse zu sich selbst. Du wolltest ja unbedingt allein in deinem geheimen Garten hocken. So, jetzt hast du deinen Willen. Viel Spaß, hoffentlich bist du zufrieden.

»Die Zimtschnecken sind fertig«, ruft jemand.

»Na endlich«, antwortet eine Stimme, die ihr bekannt vorkommt.

Ist das nicht … Kann das wirklich sein?, fragt sich Viveka erstaunt.

»Kommst du, Östen?«

Viveka muss einfach einen Blick um die Ecke werfen. Ja, tatsächlich!

Der Mann, der auf der einen Hand ein Tablett mit Zimtschnecken und auf der anderen eins mit Flaschen balanciert, hat große Ähnlichkeit mit Urban. Sie hat ihn zwar erst einmal gesehen, aber zweifellos handelt es sich bei dem Wesen auf seiner Schulter um Margareth.

Viveka geht auf ihn zu.

»Ach, hallo«, sagt Urban. »Oh mein Gott, das sind ja Sie! Margareths Retterin! Östen! Östen, komm mal her, und schau, wer hier ist.«

»Hallo, Urban«, sagt Viveka. »Hallo, Margareth!«

Margareth wirft Viveka einen skeptischen Blick zu. Diese Langweilerin schon wieder, die kein einziges elektronisches Geräusch zustande bringt, scheint sie zu denken.

Östen kommt um die Ecke.

»Aber hallo!«

Er trägt denselben abgewetzten Bademantel wie beim letzten Mal, Gummistiefel, und an seinen Fingern klebt Erde.

Dann setzen sie sich an die Kaffeetafel. Die Zimtschnecken schmecken himmlisch, und der Kaffee ist göttlich. Mit Kaffee und Gebäck kennen Urban und Östen sich aus. Sie haben den Kleingarten kürzlich von Greta übernommen, die offenbar Urbans Tante war. Sie lieben Blumen und haben phantastische Exemplare hier im Garten. Viveka bekommt eine Führung. Iris, Hahnenfuß, Schafgarbe, Frauenmantel, Schnittlauch, Margeriten, Vergissmeinnicht, Stiefmütterchen, Glockenblumen, Wucherblumen, Goldmelisse, Lavendel, Wegerichblättriger Natternkopf, Lampionblumen, Große Fetthenne, Kresse, Duftende Platterbse, Sonnenhut, Salbei, Rosmarin, Oregano und Thymian, Stockrosen und Hauswurz bilden ein fröhliches Durcheinander. Zumindest in Vivekas Augen. Östen und Urban jedoch scheinen alles fest im Griff zu haben und ganz genau zu wissen, wo alles wächst. Der Garten hat System.

»Auf der Schattenseite zum Beispiel«, sagt Östen, »hier hat Greta Blattgewächse gepflanzt. Diese Wellblattfunkie hat wunderschöne Blätter. Hier haben wir herrlichen Silberregen. Der bräuchte eigentlich mehr Sonne. Und hier wächst Kriechender Günsel und Polster-Silberraute. Manche Blumen ziehen den Schatten vor, zum Beispiel Maiglöckchen und Bergenien.«

Östen wirkt stolz und glücklich, während er ihr alles zeigt.

»Aber der Phlox, die Küchenschellen, die Windröschen, die Trollblumen und der Lavendel mögen es sonnig.« Zärtlich zerreibt er einen Lavendelzweig zwischen den Fingern und riecht daran. »Dieser Duft erfüllt mich mit Wehmut. Aber nicht nur. Auch mit Liebe. Wehmut und Liebe gehören oft zusammen. Oder was meinst du, Viveka?«

Sie trinken noch mehr Kaffee und essen mehr Zimtschnecken. Viveka kennt nicht einmal die Hälfte der Namen ihrer Pflanzen. Urban und Östen scheinen das schon begriffen zu haben und wollen ihr offenbar gerne in ihrem Garten helfen. Sie würden sie wirklich liebend gerne unterstützen.

Urban sagt, dass die Beschäftigung mit Blumen ihn beruhigt.

»Blumen sind gut für die Seele. Ich neige dazu, mir Sorgen zu machen, aber wenn ich mit den Händen in der Erde wühle, Unkraut jäte und alles wachsen und gedeihen sehe, fühle ich mich geborgen.«

Viveka erzählt, dass sie Pastorin ist. Urban ist Physiotherapeut im Dalen Krankenhaus und Östen Apotheker, er arbeitet in der Ugglan Apotheke in der Stadt. Sie sprechen über Berufe, in denen man anderen Menschen hilft und Anteil an ihren Problemen nimmt. Zu diesem Thema haben alle drei einiges zu sagen. Östen und Urban mögen ihre Arbeit, aber sie lieben auch ihre Freizeit, und in diesem Jahr haben sie schon früh Urlaub genommen, weil hier im Frühsommer alles so schön blüht.

Dann gehen sie zu den Flaschen auf Tablett zwei über, und ehe sie sich's versieht, berichtet Viveka von den Morden, ihrer verreisten Familie, der alten Dame mit der braunen Handtasche, Selmas Eisenhut und ihrer Angst, weil jemand in ihrer Wohnung war. Urban und Östen hören zu und trösten sie. Sie bieten ihr an, bei ihnen zu schlafen, wenn sie möchte, ihre Gartenlaube ist groß genug. Urban sagt, dass man leicht etwas vergisst, wenn man zu viel Stress ausgesetzt ist. Margareth scheint verstanden zu haben, dass Viveka diejenige war, die sie gerettet und zu ihren Vätern zurückgebracht hat, denn nun sitzt sie ganz zutraulich auf ihrer Schulter. Viveka spürt, wie die Angst langsam nachlässt. Es ist spät geworden, es ist Mittsommer und ein Abend, wie er nur nach einem richtig heißen Tag vorkommt. Einem Tag, den man kaum ausgehalten hat, dem man aber jetzt alles verzeiht, weil er in einen so wunderbaren, versöhnlichen, freundlichen, lauen, magischen und hellen schwedischen Sommerabend übergeht. Ein Abend voller Poesie und Freundschaft, denkt Viveka, während sie immer noch im T-Shirt, aber mit einer Fleecedecke um die Beine unter Urbans und Östens Pergola sitzt. Östen liest ein Gedicht von Gunnar Ekelöf vor:

»Du … Hältst inne, sinnst nach dem Streif Abendröte … Spürst, wie alles in allem ist, Ende und Anfang in eins, dass Hier und Jetzt Gehen und Kommen sind …«

Und mittendrin denkt Viveka, dass die Mittsommernacht die schönste Nacht des ganzen Jahres ist. Nachdem sie dem Plumpsklo einen Besuch abgestattet hat, sieht sie die Blumen. Sie weiß nicht, warum sie ihr nicht aufgefallen sind, als Östen sie herumführte. Viveka starrt sie an, als hätte sie ein Gespenst vor sich. In der hintersten Ecke des Gartens wächst Blauer Eisenhut in Hülle und Fülle.

33

Sie ist trotz allem zu Hause in der Wohnung. Wenn Östen und Urban den ganzen Garten voller Eisenhut haben, wird sie unter keinen Umständen bei ihnen übernachten. Das Türschloss hat sie mehrmals kontrolliert. Sie ist durch alle Zimmer gegangen und hat unter allen Betten und in allen Kleiderschränken nachgesehen. Sie hat aus allen Fenstern geguckt. Ja, das hat sie wirklich, aber sie wünschte, sie hätte es nicht getan, denn vor dem Küchenfenster stand die alte Dame mit der braunen Tasche in der dunklen Sommernacht. Sie stand im Park hinter den Haselnusssträuchern. Diesmal trug sie eine braune Baskenmütze und ein Kleid mit Dreiecken, aber sie war es, die Dame, die Ähnlichkeit mit Viola hat.

Doch Viola ist tot.

Ich sehe Gespenster. Ich bin verrückt. Oder es gibt Gespenster. Aber ziehen die sich um?, überlegt Viveka.

Viveka sitzt im Sessel und hält sich fest umschlungen. Sie könnte Pål anrufen und ihn bitten, nach Hause zu kommen. Aber sie will nicht. Sie will nicht mit Pål über diese Sache reden. Er findet sowieso, dass sie sich merkwürdig verhält. Sie könnte die Polizei rufen, aber das würde ihre Lage radikal verschlechtern. Die Vorstellung, Polentepopilla von der alten Dame mit der braunen Tasche zu erzählen, ist vollkommen absurd. In der Gemeinde ist man ohnehin der Meinung, sie wäre überarbeitet, und die Dame mit der braunen Tasche wäre Wasser auf die Mühlen des Vorstands. Aus purer Verzweiflung ruft sie ihre Seelsorgerin Ingeborg an. Sie weiß, dass es zwei Uhr morgens ist, aber darauf kann sie jetzt keine Rücksicht nehmen.

Ingeborg ist lieb, Ingeborg kennt sich aus mit verängstigten Menschen, sie wird Viveka verstehen. Doch Ingeborg geht nicht ans Telefon. Es springt nur der Anrufbeantworter an und teilt mit, dass Ingeborg verreist ist.

Viveka geht zum Fenster und schaut vorsichtig hinaus. Die Dame ist weg. Aber sie stand da.

Die Dame mit der braunen Tasche stand vor ihrem Haus.

Ein Mörder ist auf freiem Fuß.

Jemand war in ihrer Wohnung.

Und Urban und Östen haben Eisenhut im Garten.

»Als wäre es der letzte Abend einer langen …«

Handelt dieses Gedicht nicht eigentlich vom Tod?, fragt sich Viveka. Doch, das hat sie mal gehört, fällt ihr wieder ein. Sie will das ganze Gedicht lesen. Sie weiß, dass es irgendwo steht, irgendwo haben sie ein Buch mit diesem Gedicht. Sie durchsucht das Bücherregal, zuerst das große im Wohnzimmer. Da die Bücher zweireihig darin stehen, dauert es eine Weile. Am Ende reißt sie die Bücher einfach heraus. Sie fallen auf den Boden, aber das ist ihr egal. Im Schlafzimmer das Gleiche. Im Flur auch. Überall liegen haufenweise Bücher kreuz und quer. Aber schwedische Gedichte sind nicht aufzufinden. Die Bücherhaufen auf dem Fußboden erinnern sie an Abbe. Er muss das Buch doch in seinem Laden haben. Es ist zwei Uhr morgens, aber sie ruft trotzdem an.

»Hallo«, ertönt eine belegte Stimme.

»Hallo, Abbe, hier ist Viveka.«

»Vicky, was ist denn?«

»Äh, ich weiß, es ist mitten in der Nacht, aber es ist

doch Mittsommer, und du hast nicht zufällig Gedichte von Gunnar Ekelöf?«

»Doch, natürlich. Soll ich vorbeikommen?«

»Och … Ich könnte sie vielleicht abholen?«

»Klar, kein Problem.«

Sie schaut sich gründlich auf der Straße um, bevor sie im Laufschritt zur Buchhandlung eilt. Sie muss das ganze Gedicht lesen. Sie muss wissen, wie es aufhört. Abbe hat nur eine Jeans an, als er die Tür öffnet. Das Buch hält er in der Hand. Sie entreißt ihm die Gedichte von Ekelöf und blättert in dem Buch, bis sie die richtige Seite gefunden hat. »Und die Flamme lodert … Als drängten die Blüten sich näher heran, näher und näher ans Licht, ein Regenbogen, Geflimmer von Punkten. Das Unpraktische ist auf die Dauer das einzig Praktische.«

»Es ist der Tod, Abbe, der Tod, verstehst du«, sagt Viveka. »Hodie mihi, cras tibi. Heute ich, morgen du.«

Sie zittert am ganzen Leib, und Abbe küsst sie. So ein sanfter Kuss, ein Kuss, der niemals endet. Sie schmeckt Whisky und etwas anderes. Dann weint sie, und Abbe streichelt ihr den Rücken, bis sie eingeschlafen ist.

Viele Stunden später wacht sie auf. Einen Augenblick lang betrachtet sie Abbe, der schlummert wie ein Kind.

Wie schön Abbe aussieht.

Dann wird ihr schlagartig bewusst, wie furchtbar alles ist. Nicht zuletzt, dass sie an Abbes Seite aufgewacht ist. Sie ist zwar noch vollständig angezogen, aber trotzdem. Es ist schrecklich. Es ist einfach vollkommen verrückt. Außerdem ist ihr nicht ganz klar, wie es dazu gekommen ist. Sie kann sich nur noch an die Gedichte von Gunnar Ekelöf erinnern. »Das Unpraktische ist auf die Dauer das einzig Praktische …«

Der Tod.

Sie steht leise auf und schleicht sich in die Buchhandlung. Sie schaut sich nach dem Gedichtband um. Da sieht sie etwas, das ihr noch nie aufgefallen ist. Neben dem Lyrikregal stehen mehrere Bücher über Eisenhut.

Jetzt bin ich wirklich verrückt geworden, denkt Viveka.

34

Benny Falk denkt über seinen Vater und den Tod nach. Er hat am Reitstall geparkt. Eigentlich hat er heute frei und bräuchte nicht in seinem Kastenwagen durch die Gegend zu fahren. Es ist ja Mittsommer. Aber zu Hause hält er es nicht aus. Er hat das Gefühl, hier am Reitstall könnte er gut nachdenken. Der Gedanke an den Tod macht ihm Angst. Jedenfalls der Tod als Bestrafung. Der Tod als Richter, der über ihn urteilt. Wie sein Vater.

Und dann die Sache mit dem Vertrauen. Eine Episode aus seiner Kindheit kommt ihm in den Sinn. Benny hat den Auftrag bekommen, Eier kaufen zu gehen. Er soll für seine Mutter Eier kaufen und hat von seinem Vater Geld dafür bekommen. Drei Kronen hat sein Vater ihm gegeben. Mit den Münzen tief in der Tasche geht er über das Nachbargrundstück und nimmt die Abkürzung durch den Wald. Und dann die Abkürzung über die Eisenbahnschienen, obwohl seine Mutter nicht will, dass er die Gleise überquert, wo keine Schranke ist. Aber er hat es eilig. Die drei Kronen glühen in seiner Tasche. Er bekommt zwölf schöne Eier und kann sich auch noch vier Sahnebonbons leisten. Die darf er sich kaufen, hat sein Vater gesagt.

Auf dem Rückweg fühlt er sich besser. Er entspannt sich ein bisschen. Die Eier liegen im Beutel. Er hat den Auftrag ausgeführt. Er geht den langen Weg über die Gleise. Auf der anderen Seite, am Waldrand, steht das Fußballtor, bei dem er und seine Freunde trainieren. Und Gunnar und Janne sind auch da. Er überlegt, ob er ein bisschen bleiben und ein paar Tore schießen sollte. Neulich konnte Janne keinen einzigen seiner Elfmeter halten. Vorsichtig stellt er die Eier neben ein Büschel Lupinen und bereitet sich auf einen richtigen Schuss vor. Aber plötzlich geht alles schief. Er hat keine Ahnung, wie es dazu gekommen ist. Janne und Gunnar wissen es auch nicht. Der Ball ist auf den Eiern gelandet. Die Jungs starren in den Einkaufsbeutel und sehen, dass ein Ei kaputtgegangen ist. Vielleicht auch zwei oder drei. Man kann sie bestimmt trotzdem noch verwenden, sagt Janne. Voller Entsetzen schaut sich Benny das Desaster an. Vielleicht sind mehr als drei kaputt. Essen kann man sie auf jeden Fall noch, glaubt Gunnar. Benny weiß, es kommt darauf an. Wenn seine Mutter die Eier zuerst in die Finger bekommt, ja, dann kann man sie ganz vielleicht noch essen. Seine Mutter wird sagen, nicht so schlimm, die Schale kann man rauspulen. Aber wenn sein Vater die Eier als Erster sieht, dann wird es nie, niemals gutgehen.

Und als er nach Hause kommt, läuft er mit dem klebrigen Beutel unglücklicherweise sofort seinem Vater in die Arme.

»Du hast mein Vertrauen enttäuscht. Verstehst du? Jetzt habe ich das VERTRAUEN in dich VERLOREN, Benny.«

VERTRAUEN VERLOREN
VERTRAUEN VERLOREN
VERTRAUEN VERLOREN
VERTRAUEN VERLOREN
VERTRAUEN VERLOREN

Benny bereut, dass er am Reitstall angehalten hat. Er hätte wissen müssen, dass es nicht gut ist, zu viel nachzudenken. Ihm hätte klar sein müssen, dass diese alte Geschichte wieder hochkommt. Er hat schon lange nicht mehr an sie gedacht. Allerdings träumt er öfter von kaputten Eiern. Und nicht nur von Eiern, manchmal träumt er, dass alles, was er berührt, kaputtgeht. Er hätte wirklich nicht am Reitstall parken sollen. Was ist bloß los mit ihm? Er lässt den Motor an und fährt schnell auf den Sockenväg. Ohne recht zu wissen, wo er hinwill, biegt er rechts ab. Zum Glück gibt es überall Häuser, die man sich angucken kann. Vielleicht könnte er nach Huddinge rausfahren und mal schauen, wie es dort zurzeit mit Häusern aussieht.

35

Am Vormittag versucht Viveka erneut, Ingeborg zu erreichen, aber es ist wieder nur der Anrufbeantworter dran. Viveka betrachtet durchs Fenster das

Gebüsch, wo sie die Tante mit der großen braunen Tasche gesehen hat. Stand sie wirklich da, die Tante, die wie Viola aussieht? Und Abbe. Schlechtes Gewissen überflutet sie geradezu, als sie daran denkt, dass sie Abbe geküsst hat. Und bei Abbe übernachtet hat. Was, wenn Pål davon erfährt? Oder die Gemeinde! Als wäre es nicht schon genug, dass sie zum Vorstand »Fahrt zur Hölle« gesagt hat. Sie hat das Gefühl, endgültig die Kontrolle zu verlieren. Sie hat alles kaputtgemacht. Sie hat nicht nur Pål, ihren eigenen Mann, angelogen, sie hat auch ihre geliebte Gemeinde, die doch Vertrauen zu ihr hatte, beschimpft. Und Henry ist tot. Tot! Sie müsste wirklich mal mit Ingeborg reden. Viveka denkt nicht mehr, dass Ingeborg wahrscheinlich vollauf mit Menschen beschäftigt ist, denen es schlechter geht als ihr. Noch schlechter als ihr kann es einem ja kaum gehen. Doch Ingeborg ist im Urlaub. Und Selmas Garten ist voller Eisenhut. Und Abbe hat ein ganzes Bord voller Bücher über Eisenhut. Und Urban und Östen haben Eisenhut in ihrem Kleingarten.

Viveka geht in der Wohnung auf und ab. Am Ende findet sie die Schachtel mit dem Beruhigungsmittel, das ihr der Arzt gegen die Angst verschrieben hat, als ihr Vater so krank war. Sie schluckt zwei Tabletten, ohne mit der Wimper zu zucken oder auf das Haltbarkeitsdatum zu sehen. Was für ein Glück, dass sie das Medikament zu Hause hat. Danke, lieber Gott, denkt Viveka. Apropos Gott, ist er nicht eigentlich derjenige, der einem in solchen Situationen helfen sollte? Wieso muss man noch Oxazepam einwerfen, wenn man Gott hat? Was ist eigentlich mit dem Frieden des Herrn, der höher ist als alle Vernunft? Nicht, dass sie nicht an den

Frieden Gottes glauben würde, das tut sie wirklich. Sie hat ihn schon oft gespürt, und zwar so stark, dass jeder Zweifel ausgeschlossen war. Trotzdem bleibt die Frage, wo ist er, wenn man richtig Angst hat? Nein, dann darf man zu allem greifen, was verfügbar ist, findet sie. Zum Beispiel Oxazepam.

Während die Angst nachlässt, wird ihr bewusst, dass sie vollstes Verständnis für Medikamentenabhängige hat, aber es sind nur noch sechs Tabletten in der Schachtel, und sie hat nicht vor, ihren Hausarzt anzurufen und um ein neues Rezept zu bitten. Nein, sie kann es sich nicht erlauben, von noch mehr Leuten für verrückt gehalten zu werden. Ich brauche eine Strategie, um mit dieser Situation fertigzuwerden, beschließt Viveka. Seit sie die Tabletten genommen hat, kann sie viel besser denken. Ich mache es so, sagt sie sich, ich werde mir genau überlegen, wie ich die Situation in den Griff bekomme, wenn ich wieder ruhig bin. Ich habe noch sechs Tabletten. Die muss ich mir für die schlimmsten Momente aufbewahren. Wenn es zu schlimm wird, nehme ich eine Tablette. Wenn sie wirkt, überlege ich mir, was ich mache. Und dann halte ich mich daran, egal, wie es mir geht. Das, was ich mir überlege, wenn ich ganz ruhig bin, gilt. Ich werde nur auf meine vernünftigen Gedanken hören.

Sie merkt, dass sie sich in Bezug auf Urbans und Östens Eisenhut ein wenig beruhigt hat. Sie können nichts mit den Morden zu tun haben. Sie haben den Kleingarten ja erst vor kurzem übernommen. Urban und Östen sind okay. Sie hat das Gefühl, die beiden sind gerade ihre einzigen Freunde, oder zumindest so etwas in der Art. Um Abbe macht sie am besten eine

Weile einen Bogen. Sie fragt sich jedoch, warum er so viele Bücher über Eisenhut besitzt. Eigentlich würde sie Abbe gerne helfen herauszufinden, wo er herkommt, aber das scheint momentan keine so gute Idee zu sein. Was Selma anbelangt, beschließt sie, auf eigene Faust Nachforschungen anzustellen. Von der Polizei hält sie sich nach Möglichkeit fern. Polentepopilla hat überhaupt nichts für sie übrig, das spürt sie, und sie scheint es auch nicht so eilig zu haben, den Fall aufzuklären.

36

Abbe denkt wieder an den Erdbeersaft und die Hand, die ihm durchs Haar fuhr. Und daran, dass er adoptiert ist. Und an Viveka, die er offenbar geküsst hat, wie er sich dunkel erinnert. Er hat das Gefühl, es wirklich getan zu haben, fragt sich aber trotzdem, ob es stimmt. Wenn er sich recht entsinnt, war es ein wundervoller Kuss. Der beste seines Lebens. Aber in der letzten Zeit war alles so chaotisch. Und das mit der Hand, die sein Haar zerzaust. Er versteht es nicht. Die Person, die das gemacht hat, hätte das nicht tun dürfen. Man zerwühlt nicht anderen das Haar und verschwindet dann einfach.

Der Erdbeersaft ist eine Erinnerung. Die Blumen sind eine andere. Große helmförmige Blüten in Blau, Lila und Weiß. Sie waren schön und etwas unheimlich. Größer als er selbst. Und giftig. Sie waren gefährlich. Er weiß noch, dass die Frau in dem Garten, in dem er den Erdbeersaft getrunken hat, das gesagt hat.

Er glaubt, dass es Eisenhut war. Abbe hat sich Bücher mit Bildern von Eisenhut gekauft und glaubt, dass die Blumen damals so aussahen. Eisenhut wuchs aus den Speichelpfützen des Kerberos. Laut griechischer Mythologie. Damit kennt Abbe sich aus. Er weiß alles, was mit Hunden zu tun hat. Kerberos ist der dreiköpfige Höllenhund, der den Eingang der Unterwelt bewacht. Eisenhut ruft bei ihm gemischte Gefühle hervor. Er ist schön und giftig. Eine tödliche Schönheit. Trotzdem will er mehr über diese Pflanzen erfahren. Er will wissen, wo er diese Blumen gesehen hat, die vorm Eingang der Hölle wachsen. Aber wie kann der Garten, in dem er Erdbeersaft getrunken hat, der Eingang zur Hölle sein?

Wenn er sein Leben wirklich richtig leben will, muss er auf jeden Fall herausfinden, wer seine Eltern sind. Tage und Anna wirkten so wütend, als er danach fragte. Vielleicht wissen sie es nicht mal.

Er liest im Netz Sachen über Menschen, die ihre biologischen Eltern suchen. Jedenfalls scheint er nicht der einzige Adoptierte zu sein, der wissen möchte, wo er herkommt. Einer der Artikel, die er liest, handelt von einer Frau, die ursprünglich aus Indien stammt. Sie war eigentlich gar nicht zur Adoption freigegeben worden, sondern während einer Zugfahrt verlorengegangen und auf diese Weise im Kinderheim gelandet. Als ihre Eltern das Kinderheim ausfindig gemacht hatten, war sie schon weg. Als Erwachsene hat sie ihre biologische Mutter wiedergefunden, und damit nicht genug. Ihre Mutter hat ihr ein zweites Mal das Leben geschenkt, indem sie ihr eine Niere gespendet hat. Bevor sie ihre biologische Mutter traf, hatte keine Spenderniere gepasst. Abbe ist tief bewegt und wütend geworden, während er den Artikel gelesen hat.

»Ach, leckt mich doch am Arsch«, murmelt er. »Ist ja echt toll für diese Leute.«

Aber was ist mit mir?, fragt er sich.

Eigentlich weiß er ja nicht mal, ob er seine richtige Mutter kennenlernen möchte. Was sollte er zu ihr sagen? Wie kann er ihr gegenübersitzen, als ob nichts gewesen wäre. Als wäre es ganz normal, sein Kind abzugeben. Was soll er sagen? Macht doch nichts? Abbe wagt gar nicht, sich auszumalen, wie er sich in einer solchen Situation verhalten würde.

Eine Zeitlang war er in Therapie. Eine seiner Freundinnen hatte ihn dazu gezwungen. Wie hieß sie noch mal? Und warum hält das mit seinen Freundinnen nie? Wobei er ja immer selbst Schluss macht. Die Therapeutin hieß jedenfalls Nina. Er hat mit ihr über seine Angst gesprochen, diese Angst, die ihn packte, wenn er sich vorstellte, seine Mutter zu treffen. Nina schien der Ansicht zu sein, dass er im tiefsten Innern eigentlich wütend war.

Abbe fällt es nicht leicht, zu der Frage, ob er wütend ist, Stellung zu beziehen. Doch, vielleicht ist er wütend. Jedenfalls hatte er das Gefühl, als er noch zu Nina ging. »Wahrscheinlich bin ich schon wütend«, sagte er, nachdem es ihm irgendwie bewusst geworden war. Nina sah ihn an und sagte: »Du bist nicht wütend, du bist rasend vor Wut.«

Rasend vor Wut.

37

Benny Falk hat angerufen und um ein persönliches Gespräch gebeten. Viveka hat es nicht übers Herz gebracht, ihm zu sagen, dass sie Urlaub hat. In der Kirche kann sie sich allerdings auch nicht mit ihm treffen, und deshalb sitzt er ihr jetzt in dem kleinen Eckcafé im BEA-Supermarkt gegenüber. Sie trinken Kaffee und essen dazu je ein Marzipantörtchen. Falk hat darauf bestanden, sie einzuladen. Viveka konnte nicht Nein sagen. Marzipantörtchen enthalten furchtbar viele Kalorien. Diesmal war sie sogar doppelt unfähig, Nein zu sagen. Weder das Gespräch noch das Gebäck konnte sie ablehnen. Es sollte einen Studiengang Neinsagen geben, findet sie.

Falk rührt in seiner Tasse.

»Ich wollte nur ein bisschen reden. Es geht mir nicht so gut in letzter Zeit.«

»Okay«, sagt Viveka.

Falk rührt weiter.

»Seit Sie im Krankenhaus waren?«

»Na ja, eigentlich hat es schon vorher angefangen. Ich habe ziemlich viel über den Tod nachgedacht.«

»Über den Tod.«

»Ja.«

Falk rührt in der Tasse.

»Vielleicht seit der Beerdigung von Viola Skott. Da habe ich Sie doch gesehen.«

»Ja, kann sein.«

»Waren Sie mit Viola verwandt?«

»Nein, nein, ich bin einfach so hingegangen.«

Er schweigt.

»Ich habe ihr Haus verkauft«, sagt er dann.

»Aber das hat doch gut geklappt, oder?«

»Doch, aber dann ist sie ja gestorben. Sie ist sogar ermordet worden.«

Falk starrt auf seine Schuhe.

»Weiß man schon, warum?« Angsterfüllt schaut er Viveka an.

»Nein, ich glaube, man weiß noch nicht, warum sie ermordet wurde.«

»Die Sache ist nämlich die. Seit ihrem Tod frage ich mich, ob beim Verkauf ihres Hauses alles mit rechten Dingen zugegangen ist. Und ob ihr Tod vielleicht, ich weiß nicht, eine Art Strafe war.«

»Nicht mit rechten Dingen? Wie meinen Sie das?« Viveka kann nichts dagegen tun, dass sie die Seelsorge ein wenig aus den Augen verliert.

»Eine Strafe, weil wir ein wenig geschummelt haben. Ich hätte mich niemals darauf einlassen dürfen.« Benny ringt die Hände.

»Was, wenn ich jetzt auch bestraft werde? Das werde ich doch wohl nicht, oder?«

Flehentlich schaut er Viveka an.

»Wenn ich auch bestraft werde und jetzt sterbe, dann ist es zu spät, verstehen Sie? Ich kann jetzt nicht sterben. Ich darf nicht sterben, verstehen Sie?«

Viveka versteht kein Wort.

»Alle müssen eines Tages sterben«, sagt sie. »Das ist alles, was wir über das Leben wissen.«

»Ich weiß, ich weiß«, wimmert Falk. »Das ist ja das Schreckliche. Und dann ist es zu spät.«

»Wofür denn? Wofür ist es zu spät?«

»Ich weiß nicht.«

Falk wirkt verzweifelt.

»Jetzt mal ganz in Ruhe. Fangen Sie ruhig ganz von vorne an«, sagt Viveka.

Falk erzählt von den kaputten Eiern, die ihn verfolgen. Nachts träumt er von ihnen. Er erklärt ihr, wie wichtig es ist, einen vertrauenerweckenden Eindruck zu machen. Und beschreibt die Stimme seines Vaters, die in seinem Kopf noch immer widerhallt. JETZT HABE ICH DAS VERTRAUEN IN DICH VERLOREN, BENNY. Ständig hört er diese Stimme, egal, was er tut. Nichts, was er tut, ist gut genug. Er wird es niemals schaffen, gut genug zu sein. Und er erläutert ihr, warum er das Gefühl hat, es wäre endgültig zu spät, wenn er stirbt. Das ist doch das Schreckliche am Tod, dass es dann unwiderruflich zu spät und ganz und gar unmöglich ist, noch Vertrauen zu gewinnen, jetzt wird es ihm plötzlich sonnenklar. Wenn er jetzt stirbt, wird er seinem Vater nicht mehr beweisen können, dass er sein Vertrauen verdient hat.

»Verstehen Sie, dann ist es zu spät«, sagt er.

Viveka mustert Falks graumeliertes Haar und schätzt, dass er bald das Rentenalter erreicht haben müsste.

»Haben Sie viel Kontakt zu Ihrem Vater?«

»Was? Nein, nein, er ist tot«, sagt Falk. »Er ist ziemlich jung gestorben.«

Falk scheint erleichtert zu sein, weil er den Grund seiner Todesangst herausgefunden hat. Viveka schweigt. Wenn sein Vater nicht mehr lebt, ist es ja sowieso zu spät. Im Grunde. Viveka weiß jedoch, dass das keine Rolle spielt. Darum geht es nicht. Mit dem Gespenst eines Vaters muss Benny fertigwerden.

»Wenn er nicht mehr lebt, ist es ohnehin zu spät, oder?«, fragt Falk, als hätte er ihre Gedanken gelesen.

»Es ist nie zu spät, das Richtige zu tun«, sagt Viveka.

Insgeheim hofft sie, dass Falk noch etwas über den Verkauf des Hauses sagt. Es wäre nicht mit rechten Dingen zugegangen, und Viola sei bestraft worden. Was soll denn das heißen, was meint er damit? Viveka merkt, dass ihr Interesse an Viola ihre Fürsorgepflicht für Bennys Seele fast vollständig überlagert. Falk verfügt über Informationen, die vermutlich wichtig sind. Doch die Gesprächszeit geht zu Ende. Falk muss zu einer Besichtigung.

»Ganz herzlichen Dank, jetzt habe ich unheimlich viel Stoff zum Nachdenken«, sagt er. »Meine Fragen sind beantwortet worden. Vielen Dank für Ihre Hilfe.«

Viveka konstatiert, dass er sich die Antwort eigentlich selbst gegeben hat, aber er scheint nicht darüber nachzudenken. Er glaubt, Viveka hätte sein Problem gelöst.

»Haben Sie das Gefühl, genug geredet zu haben, oder hätten Sie gerne noch ein Gespräch?«, fragt sie, obwohl sie spürt, dass sie Falk nicht uneigennützig ihre Hilfe anbietet, sondern Hintergedanken hat. Außerdem ist sie im Urlaub.

»Wäre das denn möglich? Ja, ein weiteres Gespräch wäre gut.« Falk nickt. »Sie hören von mir.«

Als Falk gegangen ist, denkt Viveka an einen Artikel, den sie in *Dagens Nyheter* gelesen hat. Es ging um eine wissenschaftliche Studie der Handelshochschule in Stockholm, die nachwies, dass Jungs mit einem Y am Ende ihres Vornamens ein zweieinhalbfach erhöhtes Risiko tragen, im Gefängnis zu landen.

Wenn man Benny heißt, muss man sich vielleicht besonders anstrengen, um Vertrauen zu gewinnen.

38

Am Montag, 27. Juni, knackt Stockholm den bisherigen Hitzerekord. Trotz unverändert extrem hoher Temperaturen hat Viveka die Stadt noch immer nicht verlassen. Sie hat das Gefühl, die Einzige zu sein. Schlafen kann sie auch nicht. Heute Nacht hat sie wieder von dem Tier geträumt, oder was heißt Tier, sie weiß gar nicht genau, was es ist. Irgendein Wesen jedenfalls. Sie waren auf einer dieser überdachten Veranden, die Viveka sich seit jeher wünscht. Sie und Pål und die Kinder und Pernilla Kron. Viveka versteht nicht, was Pernilla Kron in ihren Träumen verloren hat. Sie wollten auf der Veranda übernachten. Alle fanden das supergemütlich, nur Viveka nicht, denn sie sah das Wesen, das im Wald, der das Haus umgab, herumschlich. Man konnte es nicht erkennen, weil man nur seinen Schatten sah.

Jetzt spaziert sie durch Violas und Henrys Straße im Viertel von Thorvald Skott. Hier wohnten die beiden Mordopfer. Viveka hat beschlossen, sich die Häuser etwas näher anzuschauen. Violas Haus ist nicht mehr abgesperrt. Die Polizei scheint zwar immer noch nicht genau zu wissen, was passiert ist, rechnet aber offenbar nicht damit, im Haus weitere Spuren zu finden.

Viveka linst in den Garten. Es wirkt vielleicht ein wenig verdächtig, hier herumzustrolchen. Außerdem ist das Haus ja an neue Leute verkauft worden. Doch die werden bestimmt noch nicht eingezogen sein, sagt sie sich. Und Enskede wirkt so verlassen, dass niemand sie bemerken wird.

Sie fragt sich, was beim Verkauf nicht mit rechten Dingen zugegangen ist. Benny Falks Angst nach zu urteilen, muss da wirklich etwas gewesen sein. Sie überlegt, ob sie sich vorstellen könnte, in ein Haus einzuziehen, in dem jemand ermordet wurde. Niemals. Auf gar keinen Fall. Bekannte von ihr haben ein Haus gekauft, in dem eine alte Tante gestorben ist. Die Tante war zwar nicht ermordet, aber nach ihrem Tod nicht vermisst worden. Daher hatte sie lange dort gelegen, bevor sie gefunden wurde. Traurig. Und das Haus musste von Grund auf saniert werden. Auch das geht an die Grenze dessen, was Viveka noch kaufen würde. Und Violas Haus, wie gesagt, so schön es auch sein mag, nein danke. Sie findet plötzlich, dass es gespenstisch aussieht. Unbewohnte Häuser haben etwas Unheimliches an sich. Sie setzt einen Fuß auf den Kiesweg und wirft einen ehrfürchtigen Blick auf die mächtigen Kastanien, die den Garteneingang bewachen. Als würde sie um Erlaubnis bitten. Kein Mensch weit und breit. Nur die flimmernde Hitze über dem Asphalt. Kleine Geräuschexplosionen, als sie über den knirschenden Kies geht. Sie sagt sich, dass sie nur eine kleine Runde ums Haus gehen wird. Die Pfingstrosen sind verblüht und wirken vergilbt und schlaff, aber die Rosen rechts und links des Gartenwegs sind schöner denn je. Sie geht am Haus vorbei.

Auf der Rückseite, beim Springbrunnen, wächst er. Der Eisenhut. Nicht in Hülle und Fülle, wie bei Selma, aber die Menge lässt trotzdem darauf schließen, dass der Eisenhut bewusst hier angepflanzt wurde. Viveka schlägt die Hand vor den Mund. Darüber hat sie noch nie nachgedacht. Sie tritt näher. Der Springbrunnen, der immer so freundlich plätscherte, ist wahrscheinlich außer Betrieb. Die Blumen wenden ihr die Gesichter zu. Ihre weit aufgerissenen Münder. Sie sehen so gierig aus. Ihre Farbe ist nicht schön, sondern zu intensiv, so schwülstig und vulgär.

Unglaublich.

Darüber hat sie noch nie nachgedacht.

Rasch zieht sie sich aus dem Garten zurück und geht die dreißig Meter bis zu Henrys Haus. Dort wächst er auch. Und ein Stück weiter in Ednas Garten ebenfalls! Viveka schaut sich um. Keine Menschenseele zu sehen. Nur sie und diese raffgierigen Blumen.

39

Abbe liest in einer alten Zeitschrift, die unter der Kaffeemaschine lag. Darin steht, dass Carola Häggkvist ein Kind adoptieren möchte. Auf dem Foto sieht man sie vor ihrem Haus. Ist sie nicht zu alt für so was?, fragt sich Abbe. Sie muss doch auf die fünfzig zugehen. Allerdings ist sie ziemlich hübsch für ihr Alter. Was auch immer das damit zu tun haben mag. Er überlegt, wie alt seine richtige Mutter gewesen sein könnte. Jung oder alt? Vielleicht zu jung? Vermutlich war er kein Wunschkind. Wunschkinder werden wahrscheinlich nicht weggegeben. Oder etwa doch? Vielleicht konnte seine Mutter ihn aus einem anderen Grund nicht behalten? Vielleicht hatte sie nicht genug

Geld. Vielleicht wurde sie krank. Vielleicht durfte sie sich nicht um ihn kümmern. Aber warum nicht? War sie vielleicht Alkoholikerin? Oder sie hat ihm einen anderen Menschen vorgezogen. Dieser Gedanke tut am meisten weh. Falls sie Alkoholikerin war, sollte er wohl lieber nicht so viel trinken wie in letzter Zeit. Alkoholismus ist erblich. Sein Vater könnte Alkoholiker gewesen sein. Über ihn weiß er auch nichts. Manche Studien zeigen, dass das Risiko, Alkoholiker zu werden, um fünfzig Prozent erhöht ist, wenn ein Elternteil ein Alkoholproblem hat. Nicht dass er übermäßig viel trinken würde, das tut er nicht. Er würde niemals zum Trinker werden, das weiß er. Er behält schließlich die Kontrolle. Er kann trinken oder nicht trinken, es ist seine Entscheidung. Und im Moment hat er sich entschieden zu trinken. Er wundert sich aber trotzdem. Über diese Sache mit seinen Eltern. Und ein noch größeres Rätsel als die Tatsache, dass ihn seine leiblichen Eltern zur Adoption freigegeben haben, ist für ihn, dass Tage und Anna ihn aufgenommen haben. Sie waren zwar nicht direkt gemein zu ihm, aber gemocht haben sie ihn anscheinend auch nicht. Haben sie es mir zuliebe oder sich selbst zuliebe getan?, fragt er sich. Vielleicht dachten sie ja, sie würden mich mögen, aber als sie mich dann näher kennengelernt haben, ist ihnen aufgefallen, wie ich wirklich bin.

Carola wird in dem Artikel dieselbe Frage gestellt. Tun Sie es für sich oder für das Kind, das Sie adoptieren? Zuerst sagt sie fifty-fifty. Aber dann antwortet sie: »Nein, ich mache es zu hundert Prozent mir zuliebe und zu hundert Prozent dem Kind zuliebe.« Das ist großartig. Das ist gut. Plötzlich merkt er, dass er Carola mag. Und religiös ist sie übrigens auch. Genau wie die Pastorin. Vicky. Die er geküsst hat. Die seine Hilfe brauchte und über Nacht bei ihm geblieben ist. Wenn er sich richtig erinnert. Es kommt immer häufiger vor, dass er sich nicht mehr genau entsinnen kann, was er getan hat. Aber Carola scheint jedenfalls ein guter Mensch zu sein.

»Himmel Herrgott, so eine wie Carola hätte man als Mutter haben sollen, Blixten«, sagt er zu dem Porzellanhund.

Abbe blättert weiter in der Zeitschrift und liest einen Artikel über einen Mann, der aus seiner riesigen Etagenwohnung mit fünfzig Quadratmeter großer Dachterrasse in eine Einzimmerwohnung im Innenstadtbezirk Södermalm gezogen ist und sich pudelwohl fühlt. Er besitzt nicht mehr so viel Krempel, hat viel mehr Zeit und eine bessere Lebensqualität. Früher hatte er ohnehin keine Zeit, auf seiner Dachterrasse zu sitzen, weil er ständig arbeiten musste, um sich alles leisten zu können. »Mein Besitz hat mich besessen«, sagt der Mann. Das ist der Punkt, denkt Abbe. Genau das braucht unsere Gesellschaft: freiwillige Einfachheit, dass Menschen sich entscheiden, einen Gang runterzuschalten und weniger zu konsumieren. Freiwillige Beschränkung ist eine wunderbare Art von Widerstand gegen den Konsumterror. Abbe hört den Begriff nicht zu ersten Mal. Freiwillige Einfachheit. Er hat schon viel darüber nachgedacht, aber während er diesen Artikel liest, fängt er richtig Feuer. Er hat das Gefühl, der Mann in der Einzimmerwohnung ist ein Seelenverwandter, denn er selbst hat ja auch nur die Buchhandlung und den Raum dahinter. Solche Menschen sind genau sein Typ. Freiwillige Einfachheit ist natürlich auch gut für die Umwelt. Abbe wünschte, es gäbe so etwas wie eine Einfachheitspartei, der würde er sofort beitreten. Dann hätte er das Gefühl, richtig da zu sein. Das Problem ist allerdings, dass diese Menschen nichts bewirken werden, denn die meisten sind viel zu kurzsichtig, um sich über solche Dinge den Kopf zu zerbrechen. Vielleicht sind sie auch ganz blind.

»Hörst du, Blixten«, sagt Abbe. »Die Menschheit ist kurzsichtig und blind.«

40

Es ist erst sieben Uhr abends, aber Viveka hat es sich auf dem Sofa bequem gemacht und isst Schokolade. Sie hat im Schrank eine alte Aladdinschachtel gefunden und bereits alle Pralinen mit Sahnenougat und Nusstrüffel aufgegessen. Über Kalorien setzt sie sich momentan würdig hinweg. Natürlich isst sie Schokolade. Sie hat bereits ihre fünfte Beruhigungstablette intus. Ja, ruhiger wird man davon schon, aber man kriegt auch so Lust auf Schokolade. Falls es überhaupt an dem Medikament liegt. Unter den Nebenwirkungen auf dem Beipackzettel war Schokoladengier nicht aufgeführt. Vielleicht wird man nur gleichgültiger. Sie jedenfalls ist fest entschlossen, sich mit Schokolade vollzustopfen. Sie kann nicht schlafen, ist auf dem besten Weg, tablettenabhängig zu werden, auf dem besten Weg, ihren Mann zu betrügen (oder hat sie das schon?), sie ist von ihrer Familie verlassen worden, wird von der Polizei verdächtigt und ist von geheimnisvollem und unheilverkündendem Eisenhut sowie einem Mörder umgeben. Der zudem in ihrer Wohnung war. Wann sonst sollte man Schokolade essen? Hätte sie Zimtschnecken zu Hause, würde sie sich die auch einverleiben. Einen gesundheitsfördernden Abendspaziergang auf dem Waldfriedhof hat sie nicht einmal in Erwägung gezogen. Es wird bestimmt eine Weile dauern, bis sie dort wieder hinwill.

Energisch kaut sie auf einem Haselnussdreier herum und denkt über alles nach, was passiert ist. Nach ihrem letzten Eisenhutfund ist sie zur Kleingartenkolonie geradelt, um nachzusehen, ob Urban und Östen da waren, aber deren Hütte war verrammelt und verriegelt. Schade, denn sie hätte jemanden zum Reden gebraucht. Als sie zurück nach Hause kam, hatte Falk angerufen und um ein weiteres Gespräch gebeten, aber das muss bis morgen warten. Pål hat auch angerufen und erzählt, dass das Elektroauto eine geheimnisvolle Macke hat. Letzteres erfüllt sie mit einer gewissen Befriedigung, stellt sie fest.

Dann denkt sie an all die Beerdigungen in der letzten Zeit. Beerdigungen, Beerdigungen, Beerdigungen. Sie denkt an all die Beerdigungen, die sie überhaupt schon vorgenommen hat, und das sind viele. Es ist mitunter schwierig, noch etwas Neues über den Tod zu sagen, denn sie kann ja nicht immer das Gleiche sagen. Eine Trauerrede soll so schön und persönlich wie möglich sein. In einer freikirchlichen Gemeinde ist das an und für sich leichter, weil man die Menschen, die man beerdigt, meistens kannte. Als Pastor in der Svenska kyrka hingegen hat man ein so großes Einzugsgebiet, dass man unmöglich jeden Einzelnen kennen kann. Eine

Freikirche ist eher wie eine Familie. Was das Ganze allerdings auch schwieriger und trauriger macht. So oder so entwickelt man sich auf jeden Fall zu einem Beerdigungsexperten. Trotzdem darf man nicht nachlässig werden. Eine Göteborger Kollegin von Viveka hat mal die falsche Person beerdigt. Offenbar waren in der Leichenhalle die Särge verwechselt worden. Am Tag darauf erfuhren die Angehörigen, dass während der Zeremonie irrtümlicherweise eine ganz andere Person als ihr Verwandter in dem Sarg gelegen hatte. Und die andere Familie, die damit konfrontiert wurde, dass man ihre Mutter bereits begraben hatte, fand das auch nicht gerade lustig. Im Gegensatz zum Transportdienst traf die Pastorin zwar keine Schuld, aber trotzdem. Deshalb kontrolliert Viveka den Namen auf dem Sarg jetzt immer doppelt und dreifach, bevor sie jemanden beerdigt.

Sie stellt fest, dass jetzt nur noch mit Likör gefüllte Pralinen in der Aladdinschachtel sind. Ihr ist schon schlecht, aber was soll's. Plötzlich reißt das Telefonklingeln sie aus ihren Grübeleien. Es ist Åke.

»Du, ich überlege gerade, ob ich meinen Schraubenzieher bei euch vergessen habe.«

»Deinen Schraubenzieher?«

»Ich habe doch dieses Ventil im Jungszimmer repariert. Das hatten wir ja vereinbart.«

Vivekas Gehirn arbeitet auf Hochtouren. Schraubenzieher und Ventil. War das etwa Åkes Schraubenzieher hinter der Tür? Jetzt erinnert sie sich, dass Åke versprochen hatte, das Ventil im Zimmer der Zwillinge in Ordnung zu bringen. Sie hat Åke einen Extraschlüssel gegeben. Manchmal erledigt er Reparaturen, zu denen Pål einfach nicht kommt.

»Ich musste zweimal kommen, weil ich beim ersten Mal nicht die richtigen Schrauben dabeihatte. Du warst nicht zu Hause, aber ich hatte ja einen Schlüssel.«

Åke hatte ja einen Schlüssel. Åke war in der Wohnung gewesen! Erleichterung durchflutet sie. Es war kein Mörder, der bei ihnen herumgeschnüffelt hat.

»Hallo!«

»Ich bin noch da, Åke. Sag mal, könnte es sein, dass du vergessen hast abzuschließen?«

»Hast du ihn?«

»Der Schraubenzieher ist hier.«

»Was sagst du?«

»Er ist hier«, schreit Viveka beinahe.

Es ist unmöglich, mit Åke zu telefonieren.

»Ist er da?«

»JA«, brüllt sie.

»Aha, gut, na dann. Ich nehme ihn mit, wenn wir uns das nächste Mal sehen. Tschüs!«

»Tschüs. Und vielen Dank«, schreit Viveka.

Dann klingelt das Telefon erneut. Östen und Urban fragen, ob sie auf einen Schlummertrunk vorbeikommt. Schlummertrunk? Viveka weiß gar nicht, was damit gemeint ist. Whisky? Sie nimmt die Einladung jedenfalls an und beschließt, den restlichen Hackbraten aus dem Gefrierschrank mitzunehmen. Schön, jemanden zum Reden zu haben, denkt sie, während sie zu den Kleingärten radelt.

Das ist ja ein Ding, dass die Person in ihrer Wohnung nur Åke war. Zum Glück hat sie Pål und Polentepopilla nichts davon erzählt. Sie muss es sich immer wieder vorsagen: Es war nur Åke. Es war nur Åke. Es war nur Åke. Jedes Mal sacken ihre Schultern etwas weiter nach unten. Und Otto stößt sich nachts nicht mehr an dem Ventil den Kopf.

Dann fragt sie sich plötzlich, was die Gemeinde wohl dazu sagen würde, wenn sie wüsste, dass sie abends noch mit einem schwulen Paar einen Schlummertrunk einnimmt. Ich würde zu gerne wissen, was sie schlimmer fänden, denkt sie, das schwule Paar oder den Alkohol? Obwohl ihre Gemeinde eigentlich gar nicht so konservativ ist. Es gibt darin natürlich ganz unterschiedliche Menschen, aber das Schöne ist, dass alle in dieser Gemeinschaft einen Platz finden. Es herrschen Toleranz und Offenheit. Man darf unterschiedlicher Meinung sein. Das ist auf jeden Fall gut, findet Viveka. So soll es sein, und so muss es auch sein. Schließlich machen sich alle ihre Gedanken, kommen aber nicht zu denselben Schlussfolgerungen. Das bedeutet aber nicht, dass jemand, der andere Schlüsse zieht als ich, nicht nachgedacht oder keine wichtigen Erfahrungen im Leben gemacht hat. Man muss die verschiedenen Ansichten respektieren. In Jönköping wäre es schlimmer, einen Schlummertrunk zu sich zu nehmen. Dort müsste man das heimlich machen. Eine Pastorin, die Alkohol trinkt, würde nicht akzeptiert werden. In ihrer Jugend in Jönköping fand Viveka das vollkommen übertrieben. Alles war strikt getrennt. Als Mitglied einer freikirchlichen Gemeinde hatte man mit normalen Menschen nichts zu tun. Und man trank keinen Alkohol. Aus Rücksicht auf die Menschen, die mit Alkohol nicht umgehen können, wurde gesagt. Nicht, dass dieser Gedanke so abwegig wäre, wenn er zugetroffen hätte, aber sie glaubt nicht, dass es den Alkoholgegnern darum ging. Es war nur so, dass sich diese Menschen in fremder Umgebung unwohl fühlten. Und sie fühlten sich sicherer, wenn sie sagen konnten, sie würden aus Rücksicht auf andere auf bestimmte Dinge verzichten. Dann mussten sie nicht zugeben, dass sie im Grunde Angst hatten, ihre kuschelige kleine Freikirchenzone zu verlassen und auf andere Menschen zu treffen.

An und für sich kann Viveka leicht nachvollziehen, wieso die Freikirche und die Abstinenzbewegung eine Allianz eingegangen sind. Beide entwickelten sich in einer Zeit, als die Leute soffen wie die Löcher. Und man kann nicht die Augen davor verschließen, dass Alkohol noch immer eine ganze Reihe von Problemen schafft, denkt sie, während sie in den Sandweg einbiegt, der durch das Kleingartengelände führt.

41

Urban und Östen genießen ihren Urlaub wirklich in vollen Zügen. Sie sitzen am Gartentisch und haben schon mal angefangen mit dem Schlummertrunk. Östen trägt seinen braungestreiften Bademantel. Margareth sitzt auf einem Ast in der Krone des Apfelbaums.

»Hallo, Darling«, sagt Östen. »Nimm Platz.«

Wie sich herausstellt, sind Östen und Urban ganz verzückt von ihrem Hackbraten, ganz besonders das Lammhack hat es ihnen angetan. Urban holt ihr eine Fleecedecke für die Beine. Von der ganzen Fürsorglichkeit bekommt Viveka einen Kloß im Hals. Es gibt tatsächlich Menschen, die an sie denken. Noch dazu welche, die ihren Hackbraten mögen.

»Wie habt ihr euch eigentlich kennengelernt?«, fragt Viveka.

»Über einer Leiche«, sagt Östen.

»Was, ist das wahr? Einer Leiche?«

Viveka schaut Urban und Östen ungläubig an.

»Es stimmt doch, nicht wahr, Urban?«

»Ja, genau so war es. Als wir uns zum ersten Mal sahen, trug Östen einen Mundschutz.«

»Mundschutz?«

»Das war im Medizinstudium«, erklärt Urban.

»Wir haben dieselbe Leiche obduziert.«

Makaber.

»Aber ihr seid doch gar keine Ärzte.«

»Nein, weil wir abgesprungen sind. Mir ist klargeworden, dass ich Apotheker werden wollte«, sagt Östen. »Und Urban hat gemerkt, dass er kein Blut sehen kann.«

»Ich bin jedes Mal in Ohnmacht gefallen. Deshalb bin ich lieber Physiotherapeut geworden.«

Urban erzählt von den Alten, mit denen er im Dalen Krankenhaus arbeitet, und sagt, dass man auch im Alter auf Lebensqualität und Wohlbefinden setzen soll und dass es wichtig sei, nie aufzugeben.

Dann reden sie über den Eisenhut. Das Thema interessiert Urban und Östen sehr.

»Zuerst dachte ich, es müsste Selma gewesen sein«, sagt Viveka. »Ihr ganzer Garten auf Vindöga ist voll davon. Und dass Viola mit Aconitin vergiftet wurde, steht ja fest. Wisst ihr eigentlich, wie es ist, wenn man an so einer Vergiftung stirbt? Zuerst spürt man ein Stechen im Hals und im Gesicht, dann verliert man die Kontrolle über seine Muskelfunktionen und ist gelähmt. Kurz bevor man stirbt, befällt einen eine Art schwerer Depression. Das Ganze dauert nur zehn Minuten. Aconitin ist giftiger als Blausäure.«

»Ich, ich weiß«, sagt Östen. »Ich habe das in meiner Jugend alles mal nachgeschlagen.«

»Warum das denn?«, fragt Urban.

»Ich suchte nach Auswegen für mich«, erklärt Östen. »Ich habe nie in Erwägung gezogen, jemand anderen zu vergiften.«

Urban macht ein entsetztes Gesicht.

»Ach, komm schon. Das ist doch alles lange her. Jetzt bin ich glücklich. Das weißt du.«

Östen muss seine gesamte Energie aufwenden, um Urban davon zu überzeugen, dass es ihm gutgeht.

»Jedenfalls«, sagt Viveka, »habe ich dann also entdeckt, dass nicht nur Selma Eisenhut im Garten hat. Viola und Henry haben auch Eisenhut. Und Edna! Vielleicht noch mehr Leute. Edna könnte ich eigentlich fragen, aber sie verbringt den Sommer bei ihrer Tochter auf Gotland. Das Gift könnte allerdings jeder hergestellt haben.«

»Ja, das ist nicht schwer«, sagt Östen. »Man zermahlt die ganze Pflanze mit Wurzel und allem. Das meiste Gift befindet sich in den Wurzeln. Die zerkleinerten Pflanzenteile tut man in ein Gefäß, am besten eine Flasche, und füllt diese mit der doppelten Menge an reinem Alkohol. Dann erhitzt man den Inhalt der Flasche, aber nicht so stark, dass der Alkohol verdunstet. Nach vierundzwanzig Stunden zerkleinert man das Gebräu noch feiner. Wenn man einen Mörser benutzt, extrahiert man wirklich fast das gesamte Gift. Man füllt das Ganze in ein Stück Stoff und presst so viel giftige Flüssigkeit wie möglich heraus, schüttet sie wieder in die Flasche und erhitzt sie erneut, bis der Alkohol verdunstet ist. Drei bis vier Milligramm reichen aus, um jemanden umzubringen.«

Urban scheint eine ganz neue Seite an seinem Partner entdeckt zu haben.

»Möchte eigentlich jemand meine neueste Cocktail-Kreation probieren?«, fragt Östen. Flaschen klirren.

Vorsichtig nippt Viveka an dem Glas, das sie in die Hand gedrückt bekommt.

»Dass die Leute Eisenhut im Garten haben, ist an und für sich nicht verwunderlich«, sagt Urban. »Es ist trotz allem eine weitverbreitete Blume.«

»Aber wenn der ganze Garten voll ist, finde ich das auch etwas strange«, sagt Östen. »Vor allem, wenn man bedenkt, dass hier Menschen vergiftet wurden.«

»Xx«, sagt Margareth. »Eisenhut-Club.«

Urban, Östen und Viveka sehen sich an.

»Was sagt sie da?«

»Eisenhut-Club, Eisenhut-Club, Eisenhut-Club, Eisenhut-Club«, plappert Margareth.

Eine verblüffte Stille entsteht.

»Hat sie das schon mal gesagt?«, fragt Viveka.

»Nein. Ich habe es jedenfalls noch nie von ihr gehört«, sagt Östen.

»Ich auch nicht«, sagt Urban.

Nachdenklich betrachten sie Margareth, die plötzlich einen uralten Eindruck macht. Ihr grünes Federkleid schimmert in der abendlichen Dunkelheit.

»Margareth ist ein sehr alter Papagei«, sagt Urban. »Wir haben sie von Tante Greta zur Hochzeit bekommen. Und bei Greta war sie auch schon viele Jahre gewesen.«

Alle reden durcheinander. Sie glauben, dass Margareth diese Wörter vielleicht von früher kennt. Aber noch nie einen Grund hatte, sie auszusprechen. Bis jetzt.

Den ganzen Abend lang zerbrechen sie sich den Kopf über den Eisenhut. Östen sagt, dass es in der Kolonie auch Eisenhut gibt. Der Oberarzt, dem die Nr. 14 gehört, hat auf jeden Fall welchen, auch die Frau in Nr. 3, Nilsson heißt die.

»Nilsson. Meinst du Doris Nilsson, die alte Bibliothekarin?«, fragt Viveka.

»Genau. Die.«

»Die ist auch in meiner Gemeinde, aber sie ist zu alt, um noch in die Kirche zu gehen. Sie wohnt in einem Heim und kommt gar nicht mehr in ihren Garten.«

»Ich dachte, ich hätte hier kürzlich eine alte Tante gesehen«, sagt Östen.

»Eisenhut-Club«, sagt Urban. »Von dem habe ich noch nie gehört. Da müssen wir weiterforschen. Schade, dass Greta tot ist. Sie hätte vielleicht was gewusst.«

Grün und geheimnisvoll sitzt Margareth in ihrem Apfelbaum. Gesagt hat sie nichts mehr. Aber sie sieht so aus, als wäre sie der Meinung, sie hätte genug gesagt.

42

Der Eisenhut-Club ist ein eingetragener Verein mit Sitz in Bagarmossen, einem Stadtteil in der Nähe von Enskede. Viveka sitzt in dem geblümten Sessel und starrt ungläubig das Bild an, das sie gegoogelt hat. Auf dem Foto ist ein graues dreistöckiges Haus mit grünen Balkonen inmitten von anderen dreistöckigen Häusern zu sehen. Könnte das hier tatsächlich eine Spur sein? Das Haus wurde 1965 von der Baufirma Hansson & Bard aus Bagarmossen errichtet, steht da. Anscheinend wurde ganz Bagarmossen in den Fünfzigern erbaut. Der Name Bagarmossen bedeutet Bäckermoor und kam offenbar im achtzehnten Jahrhundert zustande, als ein Hofbäcker das inzwischen trockengelegte Feuchtgebiet gepachtet hatte. Der Eisenhut-Club wurde 1958 als Genossenschaft gegründet und besaß vierzig Wohnungen. Firmengründer waren Per Rickheden und Gösta Hugo Fagerstrand sowie Emil Wall und Gustaf Einar Erlandsson. Die ersten Verwalter der Wohnungsgenossenschaft waren der Fahnenjunker Gösta Fagerstrand und der Hausmeister Åke Danielsson.

Ah ja.

Der Pflichtanteil, den man damals für eine Zweizimmerwohnung mit Küche zeichnen musste, betrug 3000 Kronen, und die monatliche Miete lag knapp unter 400 Kronen. Heute kostet eine Zweizimmerwohnung gute zwei Millionen, und die Miete kostet etwa 4000 Kronen im Monat.

Immer noch recht günstig, denkt Viveka.

Am sechsten Dezember 2002 wurden in den Wohnungen der Genossenschaft Breitbandanschlüsse installiert.

Vielleicht nicht so interessant.

Eisenhut-Club. Ein paar graue Häuser. Können sie wirklich etwas mit ihrem Eisenhut zu tun haben? Das Ganze wirkt ziemlich weit hergeholt.

Sie liest noch mehr über die Wohnungsgenossenschaft und macht schließlich eine ziemlich spannende Entdeckung. Von 1950 bis 1975 war Thorvald Skott der Vorstand der Firma Hansson & Bard.

Nee, sagt sich Viveka. Darüber muss ich unbedingt mit jemandem reden.

Zwanzig Minuten später sitzt sie bei Urban und Östen und erzählt ihnen von dem Verein in Bagarmossen.

»Was, in Bagis? Da bin ich aufgewachsen«, sagt Östen.

»Ja, und die Häuser wurden von einer Firma namens Hansson & Bard erbaut, und der Vorsitzende war Thorvald Skott. Was das mit der ganzen Sache zu tun haben soll, ist mir trotzdem nicht klar. Okay, die Mordopfer wurden mit Aconitin vergiftet, das man aus Eisenhut extrahiert. Es stellt sich heraus, dass mehrere Gemeindemitglieder, aber offenbar auch andere Menschen, massenhaft Eisenhut im Garten haben.«

Viveka plappert weiter.

»Margareth erwähnt den Eisenhut-Club, der sich als Wohnungsgenossenschaft in Bagarmossen erweist. Die Häuser wurden von einer Baufirma errichtet, deren Vorsitzender Thorvald Skott war. Kapiert ihr das?«, fragt sie.

Außerdem hat Benny Falk gesagt, dass es bei dem Verkauf des Hauses, in dem Skott selbst gewohnt hatte, dem von Viola also, nicht mit rechten Dingen zugegangen ist, denkt Viveka. Aber das behält sie für sich.

Urban und Östen scheinen auch nicht mitzukommen.

»Habt ihr eigentlich eins bedacht?«, fragt Urban.

»Was denn?«

»Es gibt einen Mörder. Und wenn wir unsere Nase da reinstecken, begeben wir uns vielleicht in Gefahr. Ich meine, dass wir der Sache auf den Grund gehen, wird ja wohl kaum im Interesse des Mörders liegen.«

Urban wirft einen nervösen Blick über seine Schulter.

»Ich denke auch an die Tante mit der braunen Tasche«, sagt er.

»O Gott, ja«, sagt Viveka.

Sie hat die Tante seit einer Weile nicht gesehen. Gott sei Dank. Sie denkt, dass vielleicht alles pure Einbildung war. Wahrscheinlich war sie einfach zu gestresst.

»Ja, die Tante«, sagt Östen. »Aber stellt euch doch mal vor, sie wäre eine Verwandte von Viola. Irgendjemand aus dem Skottclan, der im Zuge des Mordes an Viola aufgetaucht ist. Möglicherweise eine Person, die sich ebenfalls fragt, was hier los ist. In dem Fall wäre sie auf unserer Seite. Wenn sie dir noch mal über den Weg läuft, solltest du sie ansprechen, Viveka.«

»Das glaube ich nicht«, erwidert Viveka. »Außerdem kann ich mir nicht vorstellen, dass Viola Verwandte hatte, jedenfalls keine, die zur Beerdigung gekommen sind. Ich meine, wenn du nun so unheimlich an Viola interessiert wärst, würdest du da doch aufkreuzen, oder?«

»Wer beerbt denn Viola?«, fragt Urban.

»Wer sie beerbt … Tja, das weiß ich nicht«, sagt Viveka. »Darüber habe ich noch gar nicht nachgedacht.«

»Haltet ihr denn solche Dinge in der Gemeinde nicht irgendwo fest?«, fragt Urban. »Ob die Leute Verwandte haben und so.«

»Doch, in einem gewissen Rahmen schon, wir führen ja ein Kirchenbuch, aber das ist übrigens zurzeit verschwunden. Und von Violas Verwandten waren nicht viele in unserer Gemeinde Mitglied. Jedenfalls glaube ich das nicht. Nur Thorvald und Viola selbst.«

»Das Buch ist weg, sagst du?«

»Ja, jemand hat es sich ausgeliehen, Abbe, dem die Buchhandlung gehört. Und ihm ist es angeblich gestohlen worden.«

»Hübscher Kerl«, sagt Östen. »Eine Weile habe ich mir dort jede Woche ein Buch gekauft. Das ist schon Jahre her«, sagt er mit einem Seitenblick in Urbans Richtung. »Ich habe aber bald gemerkt, dass es nichts gebracht hat. Er interessiert sich anscheinend nur für Frauen.«

»Das kann man so sagen«, murmelt Viveka.

»Wie seltsam, dass das Kirchenbuch gestohlen wurde«, sagt Östen.

»In der Tat«, sagt Viveka. »Es würde mich aber nicht wundern, wenn es von alleine wieder auftaucht. In der Buchhandlung herrscht manchmal ein ziemliches Durcheinander.«

Margareth sagt heute gar nichts. Sie macht nur einen geheimnisvollen Eindruck. Wie immer.

43

Viveka ist unterwegs nach Bagarmossen. Sie will nur ein bisschen durch die Gegend fahren und, falls möglich, den Eisenhut-Club sehen. Vielleicht findet sie einen Anhaltspunkt. Bagarmossen ist übrigens einer der wenigen Orte, zu denen sie ohne fremde Hilfe mit dem Auto gelangt, und zwar aus dem einfachen Grund, weil man die ganze Zeit von Gamla Enskede nur auf einer Straße bleiben muss, bis man angekommen ist. Nicht, dass sie schon mal dort gewesen wäre, aber sie weiß, wo der Stadtteil liegt. Sie nimmt den Sockenväg und fährt unter dem lauten Nynäsväg hindurch. Egal, wo man ist, in Gamla Enskede hört man überall Verkehrslärm. Sie kommt am Eingang zum Waldfriedhof vorbei. Er liegt da wie ein vernachlässigter Freund.

Nach wenigen Minuten biegt sie nach rechts ab und fährt in Richtung Bagarmossen Zentrum. Sie parkt in der Nähe einer Art von Platz. Der Platz ist klein. Es gibt zwei Pizzerien, zwei Friseure, aber kein Café. Was ist denn das für ein Platz, denkt Viveka missmutig. Sie hätte jetzt Lust auf eine Tasse Kaffee. Abgesehen von den Pizzerien und dem Friseur hat die Svenska Kyrka ihr Büro direkt am Platz. Gute Lage. Es ist immer günstig, wenn sich die Kirche am richtigen Ort befindet. Da, wo viele Menschen vorbei- und vielleicht reinkommen. Die Kirche ist schließlich für die Menschen da, ganz normale Menschen. So sollte es jedenfalls sein, denkt Viveka. Ein Café gibt es an diesem Platz jedenfalls nicht. Es gibt eine Bibliothek. Da ist es immer nett. Man kann einfach eintreten und die Ruhe genießen und zwischen den vielen freundlichen Büchern herumspazieren. Wenn man an all die wundervollen Erzählungen denkt, bekommt man gleich gute Laune. Wenn es doch nur irgendwo Kaffee geben würde. Es gibt einen Kebab Take-away, aber der Kaffee dort ist bestimmt nicht berühmt. Dann stellt sich heraus, dass es noch einen Platz gibt. Darauf steht eine Statue, die wie eine rosa Eierschale aussieht. Oder soll das eine Rutsche sein? Viveka ist sich nicht ganz sicher. Hier gibt es einen weiteren Friseur. Drei Friseure, aber kein Café. Doch dann entdeckt sie es, Café Daphine steht in verschnörkelten Buchstaben auf der Tür, und sie haben heute ein besonderes Angebot: eine Zimtschnecke oder ein Croissant mit belgischer heißer Schokolade oder Kaffee für fünfundzwanzig Kronen. Yes! Now we're talking. Viveka muss plötzlich an Östen denken, der beim Reden ständig englische Ausdrücke einfügt. Östen hat doch gesagt, dass er hier in Bagarmossen aufgewachsen ist.

Viveka betritt das Café Daphine und trifft auf eine hochgewachsene schöne Frau hinter dem Tresen.

»Ich hätte gerne einen Latte und ein Croissant«, sagt Viveka.

Die Frau legt das Croissant auf einen Teller und macht sich an der Kaffeemaschine zu schaffen.

»Das macht fünfundzwanzig Kronen.«

»Das ist ja günstig«, sagt Viveka. »Schönes Café übrigens.«

»Finden Sie? Freut mich. Es gehört mir. Ich bin Daphine.«

Viveka setzt sich nach draußen. Mit einem Latte in der Hand sieht sie Bagarmossen in einem völlig anderen Licht. Sie beobachtet die Menschen, die alten Männer auf der Bank, die Kinder, die auf der Statue-Rutsche herumklettern, ein paar Väter mit Kinderwagen. Bagarmossen ist ja richtig nett, denkt sie. Hier gibt es im Sommer wenigstens Menschen. Hier ist es nicht so ausgestorben wie in Gamla Enskede.

Daphine kommt nach draußen und setzt sich an den Tisch neben ihrem.

»Zigarettenpause«, sagt sie.

»Was stellt die Statue eigentlich dar?«, beeilt sich Viveka zu fragen.

»Das ist ein Marzipanröschen.«

»Ein Marzipanröschen! Darauf wäre ich nie gekommen.«

»Das runde Ding in Grün ist die Torte.«

Viveka fängt an zu kichern.

»Das soll eine Marzipanrose sein?«

»Ja, aber sie soll aussehen, als ob sie aufgeblüht wäre. Das sind die fünf Kontinente«, sagt Daphine.

Dann ist ihre Zigarettenpause zu Ende, und sie geht hinein, um ein paar Croissants zu verkaufen.

Viveka bleibt noch eine Weile in dem Café sitzen. Die Marzipantorte ist jetzt voller Kinder und Väter in Elternzeit und schwangeren Müttern. Man kann sich keine Kinder anschaffen und gleichzeitig das Leben und die Welt verachten, denkt sie. Das ist ein Widerspruch. Wenn man Kinder bekommt, muss man an die Welt glauben. Und daran, dass es eine Zukunft gibt.

Ein Mann, dessen eine Gesichtshälfte völlig eingesunken zu sein scheint, schlurft mit seinem Rollator vorbei und lässt sich neben einem Alki auf einer Bank nieder. Der Alki tätschelt ihm den Arm und bietet ihm ein Bier an. All diese angeschlagenen Menschen, denkt Viveka. Diese angeschlagene Welt. Und die misslungene Marzipanrose, die gleichzeitig perfekt ist, liegt auf der Seite. Sie ist plötzlich erfüllt von einem zärtlichen Gefühl für die Welt und die ganze Menschheit.

Bevor sie geht, fragt sie Daphine nach dem Eisenhut-Club.

»Sie wissen nicht zufällig, ob es hier in Bagarmossen eine Wohngenossenschaft namens Eisenhut gibt?«

Daphine schaut sie an.

»Machen Sie Witze? Da wohne ich.«

»Tatsächlich?«

»Ja. Warum fragen Sie?«

Viveka hat keine Lust, ihr die ganze Geschichte zu erzählen.

»Tja, ich hatte einen Bekannten, der am Bau der Häuser beteiligt war. Er hieß Thorvald Skott, aber jetzt ist er tot. Ich fände es einfach schön, mal zu sehen, welche Häuser das sind.«

»Ich arbeite gerade so viel, aber wenn Sie übermorgen wiederkommen, kann ich es Ihnen zeigen, da schließe ich etwas früher«, sagt Daphine.

Viveka nimmt das Angebot dankend an und beschließt, dass sie ja auch so lange warten kann. Es ist doch besser, wenn Daphine mitkommt.

Auf dem Weg zum Auto sieht sie noch einen Friseursalon. Die Leute in Bagis müssen die bestfrisiertesten in ganz Stockholm sein.

44

Am nächsten Morgen wird sie früh wach. Sie freut sich auf den Ausflug nach Bagarmossen. Doch bis dahin muss sie noch einen ganzen Tag überstehen. Heute vor vierzehn Tagen ist Henry gestorben. Sie will nicht rausgehen. Aber drinnen will sie auch nicht sein. Sie starrt den geblümten Sessel im Wohnzimmer an, ihren Lieblingsplatz. Wenn ihr irgendwas zum Hals heraushängt, dann dieser geblümte Sessel. Sie glaubt, seinen Anblick nicht mehr ertragen zu können. Wie Falschgeld wandert sie durch die Wohnung: die Küche, Felis Zimmer, das Schlafzimmer, Cajsas Zimmer, das Wohnzimmer, die Küche, Felis Zimmer, das Schlafzimmer, Cajsas Zimmer, das Wohnzimmer. Sie setzt sich in das Zimmer von Olle und Otto und betrachtet das reparierte Ventil. Wie schön, dass nur Åke in der Wohnung war. Trotzdem wird sie das Gefühl von Bedrohung nicht ganz los. Dann schaut sie sich die Poster der Zwillinge an, darauf sind alle möglichen Fußballstars, die sie überhaupt nicht auseinanderhalten kann. Der rechte, der mit den Tätowierungen, muss Beckham sein. Das ist der Einzige, den sie erkennt. Olle und Otto können einem leidtun, weil sich ihre Eltern beide nicht die Bohne für Fußball interessieren. Einmal ist Henry mitgekommen, um sich ein Spiel der Jungs anzusehen, und sie fanden es supertoll, dass mal jemand dabei war, der Ahnung hatte, mit dem man sich nach dem Spiel unterhalten konnte und von dem man gute Tipps bekam. Aber sie hat jetzt nicht die Nerven, sich darüber den Kopf zu zerbrechen. Sie will nicht an Henry denken, und sie will auch nicht darüber nachdenken, was für eine schlechte Mutter sie ist. Sie mustert die Fußballgötter. Irgendwie vermitteln sie ihr ein Gefühl von Sicherheit. Zumindest stehen sie für etwas ganz Normales, etwas Gewöhnliches und Greifbares. Beckham hat übrigens ziemliche Ähnlichkeit mit Abbe. Aber an Abbe sollte sie lieber auch nicht denken. Soll sie Pål von Abbe erzählen? Wäre es nicht ehrlicher, ihm zu erzählen, was passiert ist? Ach, nein, es ist nicht der richtige Zeitpunkt. Und schon gar nicht am Telefon. Sie geht wieder in die Küche, aber dort ist es viel zu heiß. Im Sommer wird es in der Wohnung furchtbar heiß, weil zu viele Fenster nach Süden rausgehen. Sie hat Kopfschmerzen. Es ist wirklich stickig und drückend. Sie muss etwas tun, egal, was. All das Unheimliche, was passiert ist, hat auf irgendeine Weise mit den Häusern zu tun, denkt Viveka. Mit den Häusern von Thorvald Skott. Es ist schade, dass sie keine Ahnung vom Hausbau hat. Åke hingegen versteht was davon. Sie beschließt, mal im Krokväg vorbeizuschauen. Vorher anzurufen hat keinen Sinn, er hört ja nichts.

Åke freut sich über ihren Besuch. Er ist glänzender Laune und scheint ausnahmsweise sein Hörgerät eingeschaltet zu haben. Vielleicht hat ihm auch endlich jemand die Funktionsweise des Apparats erklärt. Sie sitzen auf der Terrasse hinter Åkes kleiner Schuhschachtel von einem Haus und trinken Kaffee und essen Mandelplätzchen. Im Krokväg gibt es eine ganze Reihe dieser kleinen Schuhschachteln, aber das adrette Ambiente hat irgendwie Charme, findet Viveka.

Åke ist unheimlich abgemagert. Viveka fragt sich, ob er ordentlich isst. An bestimmten Stellen hat er vergessen, sich zu rasieren. Aber der Rasen ist tadellos in Schuss. Sie lobt Åkes Rasen, seine Johannisbeersträucher, seinen Birnbaum, seine Bartnelken und seine Rosen. Åke errötet vor Stolz. Dann reden sie über die Gemeinde und die alten Zeiten. Åke erzählt. Er erzählt von seinem Vater Arthur, der die Kirche gebaut hat, und wie er selbst, als sein Nachfolger, weitergemacht und ausgebaut und repariert und alles instand gehalten hat, natürlich nicht allein. Sein Vater Arthur hatte die Baufirma während des Krieges gegründet, um den Leuten wieder Arbeit zu verschaffen. Sie bauten sich in Kärringstan ihre eigenen Häuser. Sie waren beschäftigt, bekamen ihren Lohn und noch dazu ein Dach über dem Kopf. Jeder hatte was davon. Einmal war es jedoch schlecht bestellt um die Liquidität der Firma. Das war eine bedrückende Zeit, wirklich bedrückend. Eine große Rechnung musste bezahlt werden, aber es war kein Geld da. Arthur lag nachts wach und dachte, morgen muss ich die Männer entlassen. Er betete zu Gott und bat ihn um Hilfe. Am Tag darauf stand ein Auto vor der Baustelle. Ein fremder Mann stieg aus und wollte den Verantwortlichen sprechen, aber das war ja Arthur selbst. Es sei nämlich so, sagte der Fremde, dass er gläubig sei. Er habe nachts wach gelegen und dann quasi erlebt, wie Gott ihn aufgefordert habe, mit einer bestimmten Geldsumme zu dieser Adresse zu fahren. Und nun sei er hier, und wie wäre es nun? Wolle Arthur den Betrag annehmen? Arthur begriff, dass dies seine Rettung war. Genau so viel Geld fehlte ihm. Der fremde Mann hieß Emil Sund, und er und Arthur wurden daraufhin Freunde fürs Leben.

Emil Sund wurde mit seiner Familie einer der Stützpfeiler der immer größer werdenden Gemeinde. Es war eine Zeit der Erweckung und Bekehrung. Die Kinder- und Jugendarbeit hatte einen hohen Stellenwert. 1923 besuchten einhundertfünfundzwanzig Kinder die Sonntagsschule, 1928 waren es schon zweihundertsiebzig Kinder. In den Vierzigerjahren unterrichtete die

Sonntagsschule an fünf verschiedenen Orten, Gamla Enskede, Enskedefältet, Gubbängen, Hökarängen und Kärrtorp. Mittlerweile waren es über achthundert Kinder, schwärmt Åke.

Er holt ein altes Fotoalbum und zeigt Viveka, wie die Sonntagsschule aussah, als er selbst acht Jahre alt war. Die Kirche ist voller geschniegelter Kinder mit andächtigen Gesichtern. Viveka betrachtet das Schwarzweißfoto genau. Die Jungs trugen die Haare nass nach hinten gekämmt und hatten kurze Hosen und Kniestrümpfe an, die Mädchen trugen Röcke und hatten Schleifen im Haar. Die Lehrer sehen fröhlich und ernst zugleich aus. Als wüssten sie, dass ihre Aufgabe sehr wichtig ist, denkt Viveka. Man kommt leicht auf den Gedanken, dass man es als nass gekämmtes und erwartungsvolles Sonntagsschulkind von damals besser hatte als ein verstrubbeltes, computerspielendes und verwöhntes Kind aus dem einundzwanzigsten Jahrhundert, das von allem angeödet ist und ständig neue und teurere Geräte zu seiner Unterhaltung verlangt. Ja, ja, die verstrubbelten Haare machen ja nichts, denkt Viveka, aber das andere.

»Wer sind die da?«, fragt sie dann und zeigt auf einen jungen, etwas grimmig dreinschauenden Mann im dunklen Anzug mit einer anmutigen, lächelnden Frau an seiner Seite.

»Das sind Thorvald Skott und seine Frau Erna«, sagt Åke. »Sie waren damals Sonntagsschullehrer. Allerdings hatte Thorvald Skott etwas zu konservative Ansichten im Hinblick auf den Glauben«, fügt Åke hinzu. »Und was andere Themen anbelangt, auch. Ein Schwarzweißdenker, wenn man das so sagen kann.«

Skott sieht sehr entschlossen aus.

»Es hieß, er habe die schönste Frau von Enskede geheiratet«, sagt Åke.

»Ach.«

Viveka stellt fest, dass Erna Skott große Ähnlichkeit mit Viola hat.

»Ich dachte, Viola wäre in Enskede die Schönste gewesen.«

Åke scheint unangenehm berührt zu sein. Er fummelt an seinem Hörgerät herum.

»Das ist sie«, sagt er schließlich und zeigt auf ein Mädchen mit straff geflochtenen Zöpfen in einem weißen Kleid. Das Mädchen neben ihr hat genau die gleichen Zöpfe. Und die nächste auch, nur dunkler.

Schweigend sitzt Åke da.

»Wir waren gleich alt«, sagt er.

»Wart ihr befreundet?«

»Nein«, antwortet Åke kurz. »Ihre Familie war etwas vornehmer als ich.«

Dann erzählt Åke von den Anfängen der Pfadfinderbewegung in den Vierzigern. Sie waren mehr als zweihundert Pfadfinder. Hilfe, denkt Viveka. Pfadfinder hatten sie also auch. Wenn sie an Pfadfinder denkt, bekommt sie ein schlechtes Gewissen, denn Pfadfinder bedeutet frische Luft, rote Wangen, Bewegung, ein gesunder Lebensstil und gesunde Wertmaßstäbe. Das Gegenteil vom Herumhängen vor dem Computer. Warum sind ihre Kinder nicht bei den Pfadfindern? Warum gibt es in der Gemeinde keine Pfadfinder mehr? Liegt es daran, dass sie eine schlechte Pastorin ist? Was wird mal aus ihren Kindern, wenn sie nicht bei den Pfadfindern mitgemacht haben? Wie sollen sie im

Leben zurechtkommen, wenn sie sich kein Holzschälchen schnitzen, keine Knoten machen, keine Zelte aufstellen und keine Gruben im Wald ausheben können? All das geht Viveka durch den Kopf, obwohl sie durchaus weiß, dass sie die Pfadfinder überhaupt nicht ausstehen kann, dass sie auf ihrem ersten Pfadfinderlager im Alter von zehn Jahren fast gestorben wäre vor Heimweh und sich nass gepinkelt hat und dass sie es noch immer hasst, im Wald Pipi zu machen, dass sie den Geruch von Rauch hasst, dass sie es hasst zu frieren, und dass sie die Stelle in der freikirchlichen Gemeinde von Enskede angenommen hat, weil sie dort keine Pfadfinder haben.

Aber ein wenig beeindruckt ist man schon von dem, was Åke so erzählt. Und man kann sich die Frage stellen, woher dieser Drive damals kam.

Schließlich kommt Viveka auf das Thema zu sprechen, das sie hierhergeführt hat, und fragt Åke, ob er etwas über die Häuser weiß, die Thorvald Skott gebaut hat.

»Über Skotts Geschäfte weiß ich nichts«, sagt er abwehrend. »Da habe ich mich nicht eingemischt.«

Skott und Åke waren doch in derselben Branche, denkt Viveka.

»Aber du hast nie was von irgendwelchen Gerüchten oder so mitbekommen?«

»Hm, ich bin nicht so für Gerüchte.«

Viveka schämt sich. Sie hat das Gefühl, Åke zu ermuntern, über Thorvald Skott zu tratschen und ihn in die Pfanne zu hauen. Sie als Pastorin! Was Åke wohl jetzt von ihr denkt? Aber es wird sowieso Zeit zu gehen.

Während Viveka nach Hause radelt, hat sie das Gefühl, etwas vergessen zu haben, als hätte sie eigentlich noch eine Frage zu der Sonntagsschule stellen wollen, die ihr plötzlich entfallen war. Sie überlegt, wie es früher war, am Anfang, wenn man das so sagen kann. Wie hingebungsvoll alle mitgemacht und welche Opfer sie gebracht haben, als die Kirche gebaut wurde. Viveka hat die Geschichte von der Frau gehört, die jede Woche zu Fuß zu ihrer Orchesterprobe in der Höbergsgata in Södermalm und wieder zurück ging, um zehn Öre für den Kirchenbau zu sparen. Ihr fällt wieder ein, was ihr neulich die Freundin erzählt hat, die gerade in Indien war und dort eine Gemeinde besucht hat, deren Mitglieder so betrübt waren, als sie hörten, wie wenig Christen es in Schweden noch gibt, dass sie Geld sammelten, damit auch Schweden das Evangelium hören können.

So was gab es in der guten alten Zeit, und so was gibt es in Indien, aber könnte etwas Derartiges auch hier und heute in Enskede passieren?, fragt sich Viveka. Es scheint nicht so zu sein. Was die Gemeinde angeht, leben wir ja auch im Zeitalter des Relativismus. Viele haben nicht mehr das Gefühl, ihr Weg sei der einzig richtige, sondern dass alles gleich richtig ist, nur auf verschiedene Weise. Doch was ist daran so falsch? Es ist doch gut. Obwohl die Hingabe zweifellos flöten geht. Ich meine, wenn es gar keine große Rolle mehr spielt, was wir tun, wenn es auch jemand anders genauso gut machen kann, dann hat es ja keinen Sinn mehr, es zu tun. Warum sollte man für seine Ideale kämpfen, wenn alle anderen Ideale genauso gut sind? Gibt es überhaupt Ideale, wenn man schon so fragt?

Und habe ich überhaupt noch Ideale? Ich kaufe teure Fahrräder, habe keine Lust, nett zu sein, beleidige den Gemeindevorstand, hintergehe meinen Mann und küsse Abbe. Ich muss unbedingt mit Pål reden. Und ich muss Abbe aus dem Weg gehen.

45

Am nächsten Nachmittag ist Viveka bei Falks zum Kaffee eingeladen. Das Ehepaar möchte sich unbedingt dafür bedanken, dass sie und Abbe den Krankenwagen gerufen haben. Viveka hat nicht ganz verstanden, ob es um ein persönliches Gespräch oder Kaffee und Kuchen oder irgendwas dazwischen geht. Sie kommt sich unprofessionell vor. Aber wie professionell sind denn persönliche Gespräche im Eckcafé bei BEA, wo Benny und sie sich beim letzten Mal getroffen haben? Noch dazu im Urlaub.

Ehepaar Falk wohnt in einem verhältnismäßig anspruchslosen, aber niedlichen Haus auf der anderen Seite des Svedmyraskog, einem kleinen Ausläufer des Waldgebiets zwischen Svedmyra und Gamla Enskede. Der Svedmyraskog ist an der breitesten Stelle vielleicht zweihundert Meter breit, aber ziemlich lang, und wenn man in der Mitte bleibt, kann man tatsächlich das Gefühl haben, in einem richtigen Wald zu sein. Neben Falks Haus stehen nur Bäume. Viveka stellt sofort fest, dass sie eine Veranda haben, mit Dach und allem Drum und Dran. Eine Veranda von der Sorte, die sie sich erträumt. Trotzdem versetzt diese Veranda sie jetzt in Angst und Schrecken. Sie erinnert sie an ihren Alptraum. Und der Svedmyraskog erscheint ihr unheimlich und bedrohlich.

Falks Frau heißt Lena und ist in Wirklichkeit ganz anders als am Telefon, denkt Viveka. Nicht so hysterisch. Allerdings war bei ihrem letzten Telefongespräch auch gerade ihr Mann von einem Rettungswagen ins Krankenhaus gebracht worden, und da ist es vielleicht kein Wunder, wenn man gestresst wirkt.

Beim Ehepaar Falk scheint alles Friede, Freude, Eierkuchen zu sein, zumindest auf den ersten Blick. Als sie jedoch zum Kaffeetrinken ins Wohnzimmer geführt wird, erblickt sie als Erstes ein riesiges Porträt über dem Sofa. Es hat einen goldenen Rahmen, und der Porträtierte hat täuschende Ähnlichkeit mit Mummar al-Gaddafi. Wer hat ein Porträt von einem der grausamsten Diktatoren der Welt über dem Sofa hängen? Sie starrt Falk an, doch der wirkt vollkommen ungerührt und setzt sie auf einen Sessel mit hervorragender Aussicht auf Sofa und Gaddafi.

Viveka findet, dass Falk in letzter Zeit gealtert ist. Er ist schmaler geworden, und seine Wangen wirken etwas eingesunken. Ihr voriges Gespräch hat ihm jedoch viel gegeben, sagt er. Er möchte offensichtlich über Viola Skott sprechen, solange seine Frau draußen in der Küche ist.

»Es ist nicht gut. Gar nicht gut. Es ist nicht gut, in so einem Haus zu wohnen wie Viola. Ich hätte die Käufer informieren sollen. Aber das wollte sie auf keinen Fall. Ich durfte ihr Haus nur unter der Bedingung verkaufen, dass ich nichts sage. Eigentlich war ich nicht verpflichtet, es zu sagen, aber ich hätte es trotzdem sollen, ich meine, wie soll ich denn sonst Vertrauen gewinnen?

»Was sagen?«

Lena Falk kommt aus der Küche. Sie fragt, ob Viveka Kaffee oder Tee möchte? Viveka möchte Kaffee, und Lena verschwindet wieder.

»Es war wegen ihres Vaters«, fährt Falk fort. »Der das Haus gebaut hat. Thorvald Skott. Es ging darum, den Namen ihres Vaters zu schützen. Das war wichtig. Das ist wichtig«, sagt Falk mit Nachdruck. »Seinen Vater zu ehren gehört zu den wichtigsten Dingen überhaupt. In diesem Punkt waren wir uns einig, verstehen Sie? Was können wir sonst noch für sie tun, wenn sie nicht mehr bei uns sind, weil sie tot sind, außer ihren guten Namen zu schützen? Damit man ihren Namen weiterhin Vertrauen schenkt.«

Falk hat sich nach vorn gebeugt und versucht, Viveka zu überzeugen.

Gaddafi hat alles, was im Raum passiert, im Blick.

»Das ist das Wichtigste«, wiederholt Falk.

Viveka begreift, dass es wichtig für ihn ist, über diese Sache zu sprechen, und sie will zwar einerseits den Prozess, den er durchläuft, nicht unterbrechen, aber andererseits will sie jetzt endlich wissen, worum es bei der Sache mit dem Haus geht.

In diesem Augenblick taucht Lena mit dem Kaffee auf.

Lena ist, wie sich herausstellt, Krankenschwester und findet, dass ihr Mann mehr Sport treiben und nicht den ganzen Tag nur im Auto sitzen sollte.

»Mindestens eine halbe Stunde Bewegung am Tag«, sagt sie und sieht ihn streng an. »Finden Sie nicht auch?«

»Doch«, stimmt Viveka ihr zu. »Allerdings hat Benny eher ein anderes Problem.«

»Mit dem Bier und der Schokolade solltest du auch aufhören«, sagt Falks Ehefrau.

Viveka beobachtet interessiert, wie hilflos Falk aussieht. Krankenschwestern scheinen oft der Meinung zu sein, dass man jedes Problem auf der körperlichen Ebene lösen kann.

Viveka wirft einen verstohlenen Blick in Gaddafis Richtung. Irgendein afrikanischer Präsident, Anwar as-Sadat vielleicht, soll gesagt haben, Gaddafi sei zu hundert Prozent geisteskrank und von Dämonen besessen, und ein anderer, dessen Namen sie nicht mehr weiß, meinte, er habe eine gespaltene Persönlichkeit mit zwei gleich bösen Anteilen. Wenn Falk ein Porträt eines solchen Menschen überm Sofa hängen hat, muss er größere Probleme haben, als Viveka bisher dachte.

Lena ist auch als Sekretärin im Heimatverein tätig und kannte Henry anscheinend gut.

»Henry war ein feiner Kerl«, sagt sie. »Er hat Enskede wirklich geliebt.«

Viveka war irgendwie nicht darauf vorbereitet, über Henry zu sprechen, gibt ihr aber natürlich recht.

»Henry hätte besser auf seine Gesundheit achten müssen«, meint Lena. »Er hat furchtbar gehustet, und ich frage mich, ob er nicht auch was am Herzen hatte. Manchmal hatte er die typische Gesichtsfarbe von Herzpatienten.«

Doch, Viveka war auch der Meinung gewesen, Henry hätte mal zum Arzt gehen sollen. Doch auf der anderen Seite spielt das ja nun keine Rolle mehr. Vor Mördern schützt einen auch die beste Gesundheit nicht. Die beste Gesundheit der Welt schützt nicht vor Menschen, die anderen Böses wollen, Menschen, deren perverse Gehirne sich raffinierte Arten ausdenken, wie man andere zu Tode quält. Es ist schwer, über Henry zu sprechen, während Gaddafi sie mit seinen höhnischen und grausamen Augen ansieht. Einen Moment lang denkt Viveka, dass Unterdrücker wie Gaddafi die Wurzel alles Bösen sind.

Falk erzählt, dass er es eigentlich satthat, Häuser zu verkaufen, und dass er vielleicht noch einmal umsatteln will.

»Umsatteln ist genau der richtige Ausdruck«, wirft Lena ein. »Du redest ja nur noch über Pferde.«

Häuser zu verkaufen ist anstrengend. Die Besitzer haben oft ein ganz besonderes Verhältnis zu ihrem Haus, und der Verkauf löst nostalgische Gefühle aus. Dass jede Menge Erinnerungen damit verknüpft sind, steigert aber nicht den Wert einer abgenutzten Küche. Das verstehen die Leute nicht. Vor allem alte Menschen haben in Bezug auf ihr Haus oft fixe Ideen, auf die man Rücksicht nehmen muss. Bei Viola war es genauso.

»Ja, und niemand hat sie so gut verstanden wie du«, sagt Lena. »Es war ein Glück für sie, dass sie ausgerechnet an dich geraten ist.«

»Viola wurde übrigens schon etwas senil«, meint Falk. »Das hat man an ihren Ansichten gemerkt.« Er möchte wissen, ob Viveka das auch aufgefallen ist.

»Ja … doch, in gewisser Weise schon.«

Nicht direkt senil, denkt Viveka, aber Viola hat sich auf bestimmte Dinge versteift und konnte nicht mehr loslassen, eine typische Alterserscheinung, zumindest in Vivekas Augen. Außerdem wurde sie mit zunehmendem Alter immer besessener von ihrem Vater.

»Wir sind fast so etwas wie gute Freunde geworden. Ich weiß gar nicht genau, wie es dazu kam. Sie hat mit mir gesprochen und mir sozusagen ihr Herz ausgeschüttet.« Angst und Scham stehen Falk ins Gesicht geschrieben.

»Ist das nicht genau das, was Sie wollen?«, fragt Viveka etwas boshaft. »Sie wollen doch das Vertrauen der Menschen gewinnen, damit sie Ihnen den Verkauf ihrer Häuser anvertrauen.«

Nach einer Weile muss Falk zu einem Besichtigungstermin loshetzen, und zwar geht es nicht um irgendeine Besichtigung, sondern um ein Haus für an die neun Millionen.

»Jetzt sind wir gar nicht fertig geworden«, sagt er. »Es gibt noch etwas, das ich Ihnen gerne erzählen würde, glaube ich. Ich melde mich im Laufe der Woche.«

Lena lässt sich mit der Verabschiedung Zeit. Sie deutet auf das Porträt über dem Sofa.

»Benny steckt momentan in einer Art Krise«, sagt sie. »Er denkt nur noch an seinen Vater. Mir hängt das Thema allmählich zum Hals heraus. Er hat dieses grässliche Porträt aus dem Keller geholt. Sein Vater war nicht nett. Mit mir wollte er gar nicht reden, er hat mich einfach ignoriert, aber das hat Benny vergessen. Er erinnert sich nur an all die guten Dinge, die ihm sein Vater angeblich beigebracht hat. Nicht, dass ich wüsste, was er damit meint. Sein Vater war ein Tyrann. Er war schlicht und einfach ein schrecklicher Mensch, aber so etwas wagt man natürlich nicht zu sagen. Als er starb, vertraute mir Bennys Mutter an, dass sie froh war. Froh! Das habe ich Benny aber nie erzählt. Und dann diese Sache mit dem Verkauf des Hauses. Das Haus von Viola Skott war offenbar stark mit Radon belastet. Über tausend Becquerel. Der erlaubte Grenzwert liegt bei zweihundert Becquerel, hat Benny gesagt. Dieser Skott hat große Teile des Hauses mit Blaubeton gebaut. Der Sockel und die Innenwände sind voller Radon.«

»Es geht also um Radon?«

»Pro Jahr sterben fünfhundert Menschen durch Radonbelastung. In Schweden. Niemand sollte erfahren, dass er Blaubeton verwendet hat.«

Viveka macht sich auf den Weg. Sie verspürt eine gewisse Erleichterung, weil der Porträtierte wenigstens nicht Gaddafi ist. Aber das mit dem Radon und Violas Haus ist natürlich schrecklich.

Als sie ihr Fahrrad holt, merkt sie, dass jemand die Luft aus ihren Reifen gelassen hat. Sie sind platt, und die Ventile sind verschwunden. Sie sieht sich um und späht in Richtung Wald. Unheilverkündend und düster steht er da. Viveka fühlt sich plötzlich beobachtet. Während sie ihr Fahrrad auf dem Waldweg nach Hause schiebt, hält das Gefühl an. An der Haustür hängt ein Zettel. »Kehr um, bevor es zu spät ist«, steht darauf. Bei näherer Betrachtung erweist sich die geheimnisvolle Botschaft als ein Plakat der Zeugen Jehovas. Ein ganz normaler Zettel also. Aber an keinem anderen Haus hängt so einer. Viveka wird den Eindruck nicht los, dass er an sie gerichtet ist.

46

Viveka ist gleich zu Fuß weitergegangen bis zur Kleingartenkolonie, doch zunächst war sie in der Wohnung und hat die letzte Beruhigungstablette genommen. Das Gefühl, beobachtet zu werden, wird sie einfach nicht los. Noch dazu von jemandem, der ihr etwas Böses will. »Kehr um, bevor es zu spät ist«, stand auf dem Zettel. Viveka hat ihn eingesteckt. Und das Fahrrad hat einen oder besser gesagt zwei Platten. Die kann sie schnell flicken, aber trotzdem.

Im Vorbeigehen wirft Viveka einen Blick in den Garten von Doris Nilsson. Doch, auch dort steht massenhaft Eisenhut. Wie lange ist es jetzt her, dass sie Henry gefunden hat? Sie verliert allmählich das Zeitgefühl. Aber die Lücke, die Henry hinterlassen hat, wird davon nicht kleiner. Die Kleingärten erinnern sie zunehmend an den Tod. Das Dalen Krankenhaus, das man im Hintergrund sieht, trägt einiges dazu bei. Von wie vielen Menschen hat sie in diesem Krankenhaus Abschied genommen?

Sogar die Kieselsteine auf den Sandwegen zwischen den Kleingärten erinnern sie an den Tod. Sie muss an die Tradition denken, Steine auf Gräber zu legen. Ein jüdischer Brauch, wenn sie sich recht entsinnt. Man legt einen Stein hin zum Zeichen, dass man dort war. Um zu zeigen, dass man an den Toten denkt. Einen kleinen Stein, genau wie hier auf dem Sandweg.

Die Laube von Urban und Östen wirkt heute leer und verriegelt. Doch die Blumen und Büsche wachsen und gedeihen. Viveka nimmt ihren eigenen Garten in Augenschein. Hier scheint vor allem Unkraut in die Höhe zu schießen. Sie muss hier endlich loslegen. Der kleine Weg wird schon von Gras überwuchert. Und sollte man nicht hin und wieder ein wenig düngen? Halbherzig nimmt sie das Beet vorne an der Pforte in Angriff. Das fällt am meisten auf. Hier wachsen Klatschmohn und andere Pflanzen, von denen sie keine Ahnung hat. Das Problem ist, dass sie nicht richtig unterscheiden kann, was Unkraut ist und was nicht. Was, wenn sie die falschen Gewächse ausreißt?

Du sollst Vater und Mutter ehren, denkt sie, während sie an widerspenstigen Wurzeln zerrt. Das vierte Gebot. Ein Gebot ganz nach Benny Falks Geschmack. Benny Falk, der von dem Gedanken besessen ist, es seinem Vater recht zu machen, obwohl dieser seit fünfundzwanzig Jahren tot ist. Vermutlich war das vierte Gebot auch ganz nach Violas Geschmack. Sie hat ihrem Vater ihr Leben geopfert und beim Verkauf seines Hauses gelogen. Muss man Vater und Mutter ehren, egal, wie sie sind?, fragt sich Viveka. In manchen Fällen ist das wirklich zu viel verlangt. Doch egal, wie sie sind, so ist es auf jeden Fall schwer, ihnen zu entkommen. Sie drücken dem Leben ihrer Kinder einen unauslöschlichen Stempel auf, so viel steht fest.

Nach einer halben Stunde gibt sie das Unkrautjäten auf. Jetzt wächst zumindest kein Unkraut mehr durch den Zaun. Das ist so eine typische Sache, über die sich die Leute aufregen. Sie bleibt auf dem Gartenweg sitzen und stiert vor sich hin. Dann zieht sie den Zettel aus der Tasche. »Kehr um, bevor es zu spät ist.« Ist die Botschaft an sie gerichtet? Ist das eine Drohung? Viveka starrt die Abbildung an, die das Jüngste Gericht anzukündigen scheint. Die Menschen haben längliche, finstere und angsterfüllte Gesichter. Nur eine kleine Gruppe lächelt und strahlt vor heller Freude. Die fröhlichen Menschen sehen außerdem brav und ordentlich frisiert aus, fällt Viveka auf. Kehr um, bevor es zu spät ist. Die gleiche Botschaft wurde in ihrer Jugend von frommen Predigern verbreitet, die Gottesdienstbesucher nach vorne zum Altar holten, wo sie kniend erweckt wurden. Viveka wird plötzlich stinksauer. Sie hat die Nase voll von allen, die andere Menschen auf ihre aufdringliche und lautstarke Art zu ihren mehr oder weniger glaubwürdigen Interpretationen des Daseins bekehren wollen. Sie hat die Nase voll von jedem, der ihr sagen will, was sie zu tun hat. Kehr um, bevor es zu spät ist. Leck mich doch! Sie wird sich von NIEMANDEM etwas vorschreiben lassen, weder von Jehovas Zeugen noch von den Predigern ihrer Jugend und auch nicht von einem eventuellen Mörder.

47

Falk hat wieder beim Reitstall geparkt, aber heute sind keine Pferde zu sehen. Warum sind die Pferde nicht draußen? Es ist doch ein normaler Mittwoch, da sind sie sonst immer draußen. Falk kann einfach nicht damit aufhören, sich den Kopf über die Frage zu zerbrechen, ob Violas Tod eine Strafe für ihren gemeinsamen Betrug war. Er ist allerdings zu dem Schluss gekommen, dass es nicht sein kann. Viola ist gestorben, aber da ist sie ja nicht die Einzige. Falk hat die Häuser vieler alter Leute ohne irgendwelchen Schmu verkauft, und trotzdem sind sie jetzt alle tot.

Er fragt sich, wo die Pferde sind. Vielleicht auf der

Sommerweide. Dort sind Pferde doch normalerweise. Finster starrt Falk die verwaiste Koppel an. Er hat sich an die Pferde und ihre Gesellschaft gewöhnt.

Daran zu denken, dass auch andere gestorben sind, hilft nicht. Nicht heute. Es scheint ihm keine Garantie zu sein. Der Gedanke schenkt ihm keinen Frieden mehr. In seinem Bewusstsein hat sich ein anderer Gedanke herausgebildet, der eigentlich über seine Kraft geht. Was, wenn mehrere der Häuser, die er verkauft hat, Mängel aufwiesen? Es ist zwar Aufgabe des Käufers, das zu überprüfen, aber trotzdem. Nicht immer reicht die Zeit, die Häuser genau in Augenschein zu nehmen, und manche machen sich nicht die Mühe. Man ist verrückt nach einem Haus. Das Geschäftliche wird oft rasch erledigt, und man möchte gerne glauben, dass alles an dem Haus wirklich so idyllisch ist, wie es aussieht und man es sich erträumt. All das weiß Falk. Wenn es jemand weiß, dann er, der schon so vielen Menschen ein Haus verkauft hat. Fast alle träumen vom harmonischen Leben, das sieht er in ihren Augen. Aber in einem Haus wie dem von Viola zu wohnen ist nicht der richtige Weg zum harmonischen Leben. Man kann Lungenkrebs bekommen.

Und dann die andere Sache, die Viola ihm erzählt hat. Falk spürt, wie die Panik angekrochen kommt. Er muss noch mal mit der Pastorin sprechen. Er muss ihr alles erzählen. Er verspürt einen Druck auf der Brust, genau wie an dem Tag, als der Krankenwagen kam. Er trinkt noch einen Schluck von der Cola, die er bei McDonald's gekauft hat. Er hat ein schlechtes Gewissen wegen des Hamburgers, den er vorhin gegessen hat. Lena liegt ihm ständig mit Bewegung und gesunder

Ernährung in den Ohren. Aber bei McDonald's saß eine richtig alte Person neben ihm und aß einen Hamburger. Da sie eine Sonnenbrille trug, konnte man es zwar nicht ganz genau erkennen, aber Benny tippt auf mindestens neunzig. Wenn man so alt werden kann, obwohl man Hamburger isst, kann es so ungesund nicht sein, denkt er. Er trinkt einen Schluck Cola. Er hat ein Kratzen im Hals. Er schüttet sich den Rest von der Cola rein, aber es wird nur noch schlimmer, jetzt brennt es im Mund und im Hals.

Ihm ist schlecht. Am Hamburger kann es nicht liegen, es muss etwas anderes sein. Falk bekommt Angst. Hier stimmt ernsthaft was nicht. Kalter Schweiß tritt ihm auf die Stirn, er kriegt gerade noch die Fahrertür auf und steigt auf wackligen Beinen aus, doch plötzlich sieht er nichts mehr, es flimmert vor seinen Augen. Panik überwältigt ihn, und die Ahnung, dass der Tod naht. Die Gewissheit. Jetzt kommt der Tod, und es ist zu spät, wie furchtbar, viel zu spät, und hat er im Leben überhaupt irgendwas von Wert zustande gebracht? Plötzlich zieht sich sein ganzer Körper krampfhaft zusammen. Er denkt, dass er atmen muss, ganz ruhig atmen, aber es geht nicht. Gedanken und Bilder wirbeln vorüber: Häuser, seine besten Elfmeter, kaputte Eier, und dann türmt sich das Gesicht seines Vaters vor ihm auf. »Ich habe das Vertrauen in dich verloren, Benny.« All die Hamburger, die er gegessen hat. Als Letztes glaubt er, ein Pferd zu sehen, dass sich über ihn beugt und ihn mit sanftem Blick ansieht. Oder ist das seine Mutter? Oder Lena? Vielleicht die Pastorin. Nein, es ist ein Engel. Dann ist er tot.

Benny Falk ist tot.

48

Abbe liegt mit seinem besten Freund Johnny Walker an seiner Seite in dem stickigen kleinen Raum hinter der Buchhandlung auf dem Bett. Das Bettlaken hat sich schon vor Tagen zu einer Wurst am Fußende zusammengerollt. In der kleinen Küchenzeile stapeln sich schmutzige Teller, leere Milchkartons und leer gelöffelte Konservendosen, die nicht mehr in den Mülleimer passen. Die Whiskyflasche ist fast leer. Das mit der Urlaubsreise scheint Abbe nicht auf die Reihe bekommen zu haben. Er denkt an Vicky und daran, wie sie aussieht, wenn sie Kaffee trinkt und mit ihm über ein Thema diskutiert, das sie wichtig findet. Wie schade, dass sie verheiratet ist. Obwohl das vielleicht nicht so eine Wahnsinnsrolle spielt. Er schaut Blixten an. Er ist ein sehr liebevoll gemachter Porzellanboxer, und Boxer sind die tollsten und freundlichsten Hunde auf der Welt. Man kann sogar die Rippen unter dem Fell erkennen. Abbe hat den Hund auf einer Versteigerung entdeckt. Eine Zeitlang ist er gerne zu Auktionen gegangen. Aber der Hund ist das einzige Objekt, das er jemals ersteigert hat. Er wurde 1965 in der Porzellanfabrik Hutschenreuther hergestellt. Diese Fabrik wurde im achtzehnten Jahrhundert von einem Mann namens Carolus Magnus Hutschenreuther in Hohenberg an der Eger gegründet. In der Fabrik wurden vor allem Speiseservice produziert, aber im Laufe der Zeit stellte man auch Bildhauer ein, die Tierfiguren gestalten sollten. Die Porzellanfabrik Hutschenreuther existierte bis zum Jahr 2000, in dem sie von der Firma Rosenthal übernommen wurde.

All das weiß Abbe.

Warum weiß ich das?, fragt er sich. Was bin ich eigentlich für ein Mensch? Mein einziger richtiger Freund ist ein Hund? Was für ein Leben führe ich? Ich habe noch nicht mal eine Freundin. Keine richtige, nie was Richtiges. Ich habe einfach kein Leben. Kein richtiges Leben.

»Das ist doch alles scheiße, Blixten«, sagt er.

Plötzlich wird er wütend auf Blixten.

»Das ist doch vollkommen krank, du Idiot. Völlig krank, dass du mein einziger Freund bist. Ein beschissener, hässlicher Hund.«

Blixten sieht ihn milde und geduldig an.

Er nimmt Blixten hoch und stellt ihn in den Kleiderschrank.

Er muss hier weg.

Aber ist ein Urlaub das richtige Leben? Wohl kaum. Urlaub ist doch geradezu ein Symbol für die Verlogenheit unseres Lebens, denkt Abbe. Hätte unser Leben einen Sinn, bräuchten wir keinen Urlaub. Außerdem ist es vollkommen krank, dass Menschen wie die in Enskede, die so schöne Häuser und herrliche Gärten besitzen, auch noch ein Sommerhaus brauchen! Was für eine Verschwendung! Je länger er darüber nachdenkt, desto mehr regt er sich auf. Wir Menschen machen so viele Dummheiten. Unser Verhalten ist viel dümmer, als wir in Wirklichkeit sind. Wir flüchten uns in die Dummheit, obwohl wir eigentlich alle genau wissen, was nötig wäre, um die Welt zu verbessern.

Abbe verspürt plötzlich eine unbezwingbare Lust, seine Erkenntnisse anderen mitzuteilen. Er schlüpft in Jeans und T-Shirt und macht sich auf die Suche nach jemandem, der ihm zuhört.

49

Um sechzehn Uhr wartet Viveka schon vor Daphines Café. Daphine kommt nach draußen, schließt ab und gibt Viveka ein Küsschen, als wären sie alte Freundinnen.

»Genug gearbeitet für heute«, sagt sie. »Kommen Sie, jetzt zeige ich Ihnen das Haus.«

Der Eisenhut-Club besitzt tatsächlich ein Steinhaus mit Balkonen. Das Haus ist mit unbestimmbar graubrauner Farbe verputzt und hat grüne Fensterrahmen und Balkone. Ein hübsches Grün. Es wirkt so einladend, und die Balkone, die zum Teil überquellen vor Blumen, sehen richtig gemütlich aus. Ansonsten sieht es aus wie die meisten anderen Häuser auch, zwei Eingänge und die obligatorischen Fahrradständer und Mülltonnen. Eisenhut wächst zumindest in Sichtweite nicht, aber dafür ein paar ungepflegte Hagebuttensträucher. Die Gegend scheint ziemlich ausgestorben zu sein, einige Balkontüren sind zwar nur angelehnt, aber es ist ziemlich still.

»Das ist das Haus«, sagt Daphine.

Das Haus sieht tatsächlich wie ein ganz normales Haus aus, und es ist auch nicht so, dass Viveka plötzlich qua revolutionärer Eingebung ahnen würde, wer in ihrer Gemeinde die Leute abmurkst.

»Ich wohne hier, seit ich aus Ruanda weg bin«, sagt Daphine.

»Ach, daher kommen Sie also?«

Viveka denkt an all die Scheußlichkeiten, die sie über den Bürgerkrieg in Ruanda gehört hat. Sie wirft Daphine einen verstohlenen Blick von der Seite zu.

»Ja, das war schrecklich«, sagt Daphine, ohne dass Viveka zu fragen bräuchte. »Nicht in Worte zu fassen. Meine Schwester und ich haben uns ein halbes Jahr im Wald versteckt. Ich habe dreißig Kilo abgenommen.«

Daphine sieht aus, als würde sie mindestens neunzig Kilo wiegen.

»Doch mit Gottes Hilfe habe ich wieder zugelegt.« Daphine lacht zufrieden.

Viveka lächelt unsicher. Darf man darüber lachen? Doch Daphine hat eine so herrliche Figur, dass sie es sich nicht verkneifen kann.

Sie gehen die Treppe hinauf. Die Bewohner scheinen gerade mit Kochen beschäftigt zu sein. Curryaroma vermischt sich mit Bratfett.

»Sie glauben also an Gott?«, wagt Viveka zu fragen.

Insgeheim fragt sie sich, wie man noch an Gott glauben kann, wenn man den Völkermord in Ruanda überlebt hat.

»Natürlich glaube ich an Gott! Wie hätten wir denn sonst überleben sollen? Glauben Sie etwa nicht an Gott?«

»Doch, aber ich bin ja auch Pastorin«, sagt Viveka.

»Was, Sie sind Pastorin? Wie wunderbar! In welcher Gemeinde arbeiten Sie? Darf ich mal in Ihre Kirche kommen?«

»Na klar. Wann Sie wollen. Gibt es denn hier in Bagarmossen keine Gemeinde?«

»Doch, aber die hat keinen Chor. Haben Sie einen Chor?«

»Wir wollen vielleicht einen gründen«, sagt Viveka.

Das stimmt. Die jüngeren Gemeindemitglieder wünschen sich einen Gospelchor.

»Dann komme ich«, sagt Daphine. »Gibt es bei Ihnen Gebetstreffen?«

Viveka antwortet, es fänden Gebetstreffen statt. Es sind zwar eigentlich keine richtigen Gebetstreffen, sondern Gruppen, die in privaten Räumen zusammenkommen, aber beten tun sie auf jeden Fall.

Daphines Wohnung ist klein. Sie scheint allein zu leben, ohne Familie. Viveka möchte nicht fragen, aber Daphine erzählt von sich aus.

»Ich habe keine Kinder bekommen, und jetzt bin ich zu alt«, sagt sie. »Heiraten wollte ich nicht. Damals nach dem Krieg konnte ich es mir einfach nicht vorstellen. Und nun bin ich wahrscheinlich auch dafür zu alt. Ich bin fünfundvierzig.«

Dann bietet Daphine ihr ein Glas Wein an. Sie beschließen, zum Du überzugehen. Daphine spricht über das Singen im Chor.

»Wann wollt ihr denn anfangen mit dem Chor?«

»Wir würden gerne einen gründen, haben aber noch keinen Chorleiter. Weißt du, eine Freikirche kann nicht viele Leute bezahlen. Die meisten arbeiten ehrenamtlich.«

»Aber ... Vielleicht kann ich euch ja helfen. Ich habe schon mehrere Chöre geleitet.«

»Im Ernst?«

»Das wäre toll.«

Einige Gläser später haben sie beschlossen, einen Chor für alle Altersstufen zu eröffnen, einen Chor also, in dem Eltern, Kinder, Alte und Teenager gemeinsam singen können.

Als Viveka sich verabschiedet, hat sie das Gefühl, Daphine schon ihr Leben lang zu kennen.

Daphine begleitet sie die Treppe hinunter. Da entdeckt Viveka ein kleines Schild, das ihr beim Raufgehen gar nicht aufgefallen ist. »Willkommen im Haus Viola.«

Haus Viola.

»Ist das hier das Haus Viola?«

»Ja, genau. Es ist das dritte Haus der Wohnungsgenossenschaft. Dieses hier heißt Viola, das nebenan heißt Eisenhut, und das ganz am Ende ist das Haus Rose.«

Viola, das Veilchen. Hinter dem Namen muss Thorvald Skott stecken, denkt Viveka. Er hat das Haus nach seiner Tochter benannt. Aber womit hängt der Eisenhut zusammen? Und die Rose? Skott muss eine Schwäche für Blumen gehabt haben. Sie sagt tschüs zu Daphine und verspricht, bald wieder im Café vorbeizuschauen.

Haus Eisenhut und Haus Rose sehen genauso aus wie das Veilchen. Viveka dreht eine Runde um die Häuser. Sie geht ins Treppenhaus. Der gleiche Geruch nach Gebratenem, aber andere Gewürze. Hinter einer Wohnungstür hört man ein lautes Gespräch. Nichts Besonderes. Kein Eisenhut. Kein Anhaltspunkt. Trotzdem hat sie Stoff zum Nachdenken.

Dann fällt ihr ein, dass sie mit dem Auto da ist. Sie kann nicht nach Hause fahren. Sie hat ja Wein getrunken. Entweder läuft sie, oder sie nimmt die U-Bahn. Der Gedanke, spätabends zu Fuß am Waldfriedhof entlangzugehen, ist nicht besonders angenehm. Nicht mehr. Also U-Bahn.

Als Viveka eingestiegen ist, erblickt sie einen Betrunkenen, der mit dem ganzen Waggon etwas Wichtiges zu besprechen versucht. Sie müsste ihm eigentlich zuhören oder helfen, aber die Müdigkeit gewinnt die Oberhand, und so drängelt sie sich an der betreffenden Person vorbei. Da sieht sie, dass es Abbe ist.

»Abbe! Was um alles in der Welt machst denn du hier?«

»Vicky! Du musst mir helfen, das den Leuten zu erklären.«

»Du bist ja besoffen, Abbe.«

»Gut, dass du gekommen bist, Vicky. Du bist die Einzige, die mich versteht. Du bist klug, Vicky. Und hübsch. Schön bist du.«

Abbe reibt seine Bartstoppeln an ihrer Wange. Er stinkt.

»Hör auf, Abbe. Wir fahren jetzt nach Hause.«

Sie bugsiert Abbe auf einen Sitz und nimmt neben ihm Platz, um ihn zu stützen. So hat sie Abbe noch nie erlebt. Es ist beunruhigend. Und traurig. Da ist noch ein Gefühl, aber das kann sie nicht benennen.

Die anderen im Waggon starren Viveka erleichtert, aber ein wenig fragend an. Bestimmt überlegen sie, wer sie ist. Abbe hat irgendwie den Faden verloren und murmelt nur noch vor sich hin, wie dumm alle Leute seien.

Als sie vor der Buchhandlung angekommen sind, geht Viveka mit Abbe hinein. Es herrscht sogar ein noch größeres Durcheinander als sonst.

»Bitte bleib noch ein bisschen, Vicky«, sagt er.

»Nein.«

Sie drückt Abbe aufs Bett.

»Aber einen Kaffee trinkst du doch bestimmt mit mir.«

Reglos steht Viveka da und schaut Abbe an. Bartstoppeln, fleckiges T-Shirt und vernebelter Blick. Hübsch, aber traurig. Abbe war schon immer hübsch und traurig, aber das hier ist schlimmer. Aus irgendeinem Grund fühlt sie sich hilflos. Eigentlich müsste sie ihm helfen. Kaffee aufsetzen, lüften, leere Flaschen wegräumen, aber ihr fehlt die Kraft.

»Nicht heute Abend.« Sie geht.

Sie denkt, dass die Leute in Jönköping vielleicht doch nicht ganz unrecht hatten. Alkohol richtet viel Unheil an.

50

Lena Falk ruft an, während Viveka den Vorratsschrank saubermacht. Wenn man mal Zeit hat, kann man auch solche öden Sachen erledigen. Auf diese Weise tut sie wenigstens etwas Nützliches für die Familie, auch wenn diese ohne sie in den Urlaub gefahren ist. Die Küchenfenster sind weit geöffnet, und auf dem Küchentisch stapelt sich immer mehr abgelaufenes Zeug. Saucenpulver, dessen Mindesthaltbarkeitsdatum seit 2004 überschritten ist, fünf dubiose Packungen Kartoffelmehl und alle möglichen Roggenprodukte aus Påls Brotbackphase. Als Lena anruft, hält Viveka gerade einen Marzipanweihnachtsmann aus dem Jahre 1999 in der Hand. Lena weint herzzerreißend in den Hörer, und zunächst begreift Viveka gar nicht, was passiert ist, es ist irgendwas mit Benny. Schließlich kapiert sie, dass er tot ist. Er wurde beim Reitstall tot neben seinem Auto aufgefunden. Lena weiß immer noch nicht genau, wie es dazu gekommen ist.

»Es war irgendwas mit dem Herzen. Er hat sich ja nie bewegt«, schluchzt sie. »Ich habe ihm immer gesagt, dass er Sport machen soll, aber er hat nicht auf mich gehört. Er hat nicht auf mich gehört, und jetzt ist er tot. Er ist tot. Mein Benny.«

Viveka fragt, ob sie vorbeikommen soll, aber Lenas Schwester ist da.

»Ich wollte es Ihnen nur erzählen«, sagt Lena. »Sie haben ja mit ihm gesprochen. Haben Sie ihm etwas angemerkt? Ich hätte ihn zwingen sollen, zum Arzt zu gehen. Es ist alles meine Schuld. Wenn ich ihn gezwungen hätte, würde er jetzt vielleicht noch leben.«

Lena hat wieder angefangen zu weinen.

»Haben Sie die Polizei eingeschaltet?«, erkundigt sich Viveka.

»Die Polizei? Nein, ich glaube nicht. Wie meinen Sie das?«

»Ich wollte es nur wissen. Es hat ja in letzter Zeit eine Reihe von merkwürdigen Todesfällen gegeben.«

Lena schnappt nach Luft.

»Sie glauben doch nicht …«

»Nein, nein, ich bin bestimmt überempfindlich …«, beeilt sich Viveka zu sagen.

Da Falk der Gemeinde Farsta angehört, wird wahrscheinlich ein Pastor von dort predigen, aber so weit hat Lena noch gar nicht gedacht. Schön, denkt Viveka. Dass keine Erwartungen an sie gestellt werden. Trotzdem übernimmt ihr professionelles Ich die Führung und lässt Lena alles der Reihe nach erzählen. Zuerst muss man den Menschen zuhören, dann kann man das

Begräbnis besprechen. So ist es immer, wenn jemand gestorben ist. Lena berichtet, dass sich Benny am Morgen auf den Weg gemacht hat wie sonst auch. Er hatte ausnahmsweise sogar ordentlich gefrühstückt. Er war gut gelaunt und sehr erfreut über ein Gebot für ein Haus im Wert von neun Millionen, das er am Vortag gezeigt hatte.

»Es war aber trotzdem nicht alles gut«, sagt Lena.

»Was meinen Sie damit?«

»Wir haben uns gestritten. Wir haben uns über das Porträt seines Vaters gestritten.«

Lena weint.

»Und nun werde ich mich niemals entschuldigen können«, wimmert sie.

Hinterher bleibt Viveka lange mit dem Telefon in der Hand sitzen. Benny Falk ist tot. Er hat sein letztes Haus verkauft. Das ist seltsam. Benny ist doch immer in seinem weißen Kastenwagen mit der Aufschrift »Falks Maklerfirma« unterwegs. Sie hat den Schriftzug sofort vor Augen. »Es ist nie zu spät, nach Hause zu kommen.« Was jetzt wohl mit dem Auto passiert?, überlegt Viveka. Es wird wohl bei ihnen zu Hause in Svedmyra in der Einfahrt stehen, bis Lena sich aufraffen kann, es zu verkaufen. Sie sieht vor sich, wie der Wagen mit den Jahren verrostet. Doch, ganz im Ernst, was spielt es für eine Rolle, was jetzt mit dem Auto geschieht? Ich muss mich zusammenreißen, sagt sich Viveka. »Es ist nie zu spät, nach Hause zu kommen.« Benny Falk ist jetzt jedenfalls für immer heimgekehrt, denkt sie. Er ist jetzt bei Gott. »Hoffen wir's«, würde Margareth jetzt sagen. »Hoffen wir's. Hoffen wir's. Hoffen wir's.« Viveka beginnt zu weinen. Es ist so furchtbar mit all diesen

Todesfällen. So unbegreiflich. Sie versteht nicht, was los ist. Außerdem hatte sie angefangen, Benny Falk zu mögen. Er wurde ihr allmählich sympathisch, wie man eben Menschen sympathisch findet, die einem einen Einblick in ihr Leben und ihre Anschauungen schenken. Viveka fragt sich, ob er Angst empfunden hat oder ob er in Frieden gestorben ist. Sie hofft inständig, dass er noch zur Ruhe gefunden hat, als ihm klar wurde, dass nun der Tod kam. Andererseits geht ihr der Gedanke nicht aus dem Kopf, dass Falk zu viel wusste und der Mörder wieder zugeschlagen hat.

Sie ruft bei der Polizei an und stellt Fragen, muss aber wieder einmal empört zur Kenntnis nehmen, dass ihr die Polizei gar nichts sagen kann. Man will noch nicht einmal bestätigen, dass man von Falks Tod weiß.

»Sie müssen seinem Tod nachgehen«, sagt Viveka zu Polentepopilla. »Vielleicht gibt es einen Zusammenhang mit den anderen Morden.«

Polentepopilla sagt, dass sie systematisch vorgehen und einer Spur nach der anderen nachgehen, den interessantesten zuerst. In Klammern: Diese hier ist uninteressant, denkt Viveka wütend.

»Aber was ist mit mir? Bin ich in Gefahr?«, fragt Viveka.

»Falls wir dieser Ansicht wären, würden wir uns melden«, sagt Polentepopilla.

Also nein, aha. Ich bin nicht in Gefahr. SIND SIE SICH DA AUCH GANZ SICHER?, möchte sie am liebsten ins Telefon brüllen. HIER SIND MENSCHEN ERMORDET WORDEN! In meiner Gemeinde! WAS MACHT IHR DA EIGENTLICH AUF DEM PRÄSIDIUM?

Doch stattdessen beendet sie das Gespräch. Nachdem sie ein paar Runden durch die Wohnung getigert ist, ruft sie Pål an.

Die Kinder sind draußen, sagt Pål. Sie sind alle mit Oma zum Baden gegangen und werden mit Schwimmreifen, Schnorcheln, Luftmatratzen und einem Riesenberg Pfannkuchen den ganzen Tag unterwegs sein. Viveka berichtet das Neueste von der Heimatfront.

»Reg dich nicht auf«, sagt Pål. »Die Polizei hat bestimmt einen besseren Überblick, als du denkst.«

Aus irgendeinem Grund beruhigt sie das nicht.

»Möchtest du, dass wir nach Hause kommen?«, fragt Pål.

Möchte sie das? Ja, das möchte sie. Sie fühlt sich einsam. Sie hat Angst. Sie fühlt sich sehr unwohl. Aber ihrer Familie scheint es da oben in Norrland gutzugehen. Eigentlich ist es besser, wenn ihre Lieben da oben sind. Die Kinder gehen mit Oma baden. Das ist doch tausendmal besser als hier, wo alle naslang jemand umgebracht wird. Sie denkt an ihren Traum von dem unheimlichen Tier, das um ihre nichtsahnende Familie herumschleicht.

»Ich komme schon klar.«

Sie ist trotzdem froh, dass er gefragt hat.

Dann erzählt Pål, dass der Käufer ihres Autos mehrmals angerufen und sich beschwert hat.

»Rate mal, worüber«, sagt Pål.

»Keine Ahnung. Das Auto war doch gut.«

»Er sagt, es riecht schlecht.«

»Was?«

»Und der Geruch werde immer schlimmer.«

»Wie um alles in der Welt kommt er denn darauf?«

»Denk doch mal nach! Das muss Hamster-Karlsson sein. Wahrscheinlich ist er im Motorraum gestorben.«

»Oje, Hilfe!«

Viveka wird mucksmäuschenstill. Wie schrecklich!

»Das ist ja abartig«, sagt sie.

»Ich weiß.«

Sie denken eine Weile nach.

Bei genauerer Betrachtung hat die Geschichte eine komische Seite.

Bei ganz genauer Betrachtung sogar eine sehr komische Seite.

Wahnsinnig komisch.

Viveka muss lachen, oder fängt Pål damit an? Jedenfalls lachen sie. Sie lachen und lachen, bis ihnen fast die Luft wegbleibt.

»Das ist wirklich total abartig«, keucht Pål.

»Hast du von Karlsson erzählt, als du das Auto verkauft hast?«

»Nein. Ich hielt das für keine gute Idee.«

»Und was hast du gesagt, als der Käufer anrief?«

»Jetzt kann ich Karlsson auch nicht mehr erwähnen. Ich habe behauptet, ich hätte keine Ahnung. Ich habe ihm geraten, sich einen Wunderbaum zu kaufen.«

»Ach, echt? Und was hat er dazu gesagt?«

»Er hat ins Telefon gebrüllt, gegen Leichengeruch gebe es keine Wunderbäume.«

Auch darüber lachen sie.

»Der Ärmste. Vielleicht dreht er jetzt völlig durch«, sagt Viveka.

»Ach was. Der Verwesungsgeruch verflüchtigt sich bald.«

»Der arme Karlsson.«

»Ja, der Arme.«

Nach dem Gespräch ist Viveka erleichtert. Es ist natürlich schade um Karlsson, dessen Leben auf diese Weise enden musste, und der neue Besitzer des Autos kann einem natürlich auch leidtun, aber mal herzhaft zu lachen verlängert auf jeden Fall das Leben, denkt sie. Es war ein gutes Gefühl, aus vollem Hals zu lachen, und ein gutes Gefühl, zusammen mit Pål zu lachen. Wir haben in letzter Zeit zu wenig gelacht, denkt sie. Vielleicht wird es in Zukunft besser.

51

In Vivekas Leben gibt es eine neue alte Tante. Es ist die alte Schwester von Henry. Sie heißt Hilli und findet, dass Henrys Beerdigung die schönste war, die sie je erlebt hat, und das sei nur Viveka zu verdanken. Viveka musste auf Ehre und Gewissen schwören, dass sie auch auf Hillis Begräbnis predigt, wenn es mal so weit ist. Nun hat Hilli wieder angerufen, um sich für Henrys Beerdigung zu bedanken und Viveka zu sich nach Hause einzuladen. Sie wohnt offenbar in einem Hochhaus auf dem Weg nach Tyresö. Viveka weiß nicht genau, wo sie ist, als sie ihren Wagen vor dem hoffentlich richtigen Hochhaus abstellt. Sie hat sich verfahren und ist nun furchtbar gestresst, weil Hilli seit einer halben Stunde mit dem Kaffee wartet. Ein schlechter Orientierungssinn ist ein Elend, wenn man Pastorin ist.

Mit mulmigem Gefühl betrachtet Viveka die Hochhäuser. Wie unglaublich deprimierend. Wenn man aus diesen Häusern rausguckt, sieht man noch nicht mal, welche Jahreszeit gerade ist, denkt sie. Was muss man für ein Menschenbild haben, um solche Häuser zu bauen? Kein Grashalm und schon gar kein Baum in Sicht. Außerdem kann man die Gebäude überhaupt nicht auseinanderhalten. In welchem dieser völlig identischen Kolosse wohnt Hilli? Nachdem sie sich noch einmal verlaufen und sowohl einen mürrischen Elektriker als auch eine Mutter mit drei brüllenden Kleinkindern im Schlepptau nach dem Weg gefragt hat, klingelt sie endlich bei Hilli.

Die Tür geht auf. Viveka ist verblüfft, wie sehr Hilli Henry ähnelt. Die gleichen fröhlichen blauen Augen heißen sie willkommen.

Hilli erzählt, dass sie sich in ihrer Wohnung unglaublich wohl fühlt und heilfroh ist, aus der Altbauwohnung im Handelsväg in Gamla Enskede raus zu sein. Hier war beim Einzug alles neu und frisch. Kein Badezimmer im Keller. Keine Silberfische und Pelzkäfer.

Hilli hat ordentlich aufgetischt. Erst mal gibt es Zimtschnecken. Dann gibt es Hefezopf und verschiedene Plätzchen. Viveka identifiziert Haselnussmakronen, mit Marmelade gefüllte Doppeldecker, finnische Zuckerplätzchen, Lebkuchen-Hufeisen und Karl-XV-Kringel. Als Pastorin lernt man einiges über Gebäck. Leider mag Viveka es aber nicht besonders. Zudem merkt sie bald, dass Hillis Kekse nicht die frischesten sind. Hilli erklärt, sie habe Diabetes und dürfe keine Plätzchen essen, friere sie aber immer gleich ein.

»Das Praktische an Keksen ist ja, dass man sie immer wieder einfrieren und noch mal auftauen und wieder einfrieren kann. Das macht ihnen nichts aus.«

»Ja klar«, sagt Viveka und nimmt ein Stück von dem Hefezopf, obwohl sie an ihre Grenzen stößt.

Vielleicht ist der Hefezopf ja etwas frischer als die Plätzchen, hofft sie.

Ist er nicht.

»Nehmen Sie doch noch einen Doppeldecker.« Hilli schaut sie mit ihren blauen Augen erwartungsvoll an.

Henrys Augen.

Viveka nimmt sich eins der doppelten Mürbeteigplätzchen mit der dicken Marmeladeschicht in der Mitte. Manchmal, wenn sie zum Kaffee eingeladen ist, kündigt sie vorher an, dass sie auf Diät ist. Aber nur, wenn sie die Gastgeber gut kennt. Da sie zum ersten Mal bei Hilli zu Besuch ist, muss sie versuchen durchzuhalten. Sie lässt sich erfreut noch eine Tasse Kaffee nachschenken, um den süßen Geschmack zu neutralisieren.

»Sie haben ja noch gar nicht die Biskuitrolle probiert«, sagt Hilli.

Viveka spürt die Invasion des Zuckers im ganzen Körper. Sie ist wie benebelt. Es sticht in ihren Fingerspitzen. Henrys Augen schauen sie an. Sie muss die Biskuitrolle essen. Das ist sie Henry schuldig. Während sie langsam ganz kleine Stücke in den Mund steckt, verschwindet Hilli in der Küche und kommt mit einem Apfelkuchen zurück.

»Der ist aus altem Plätzchenbruch. Wenn die Kekse nicht mehr schmecken, zerstoße ich sie und mache Apfelkuchen daraus.«

Mit Entsetzen starrt Viveka auf den Kuchen. Ein klebriger Matsch, dem äußeren Anschein nach ohne den geringsten Biss, in dem Apfelspalten driften. Sie wirft einen Blick in Hillis Richtung, um sich zu vergewissern, ob Hilli wirklich eine alte Tante und nicht das leibhaftige Böse in einer Verkleidung ist. Doch Hilli sieht wie eine alte Tante aus, eine gutgelaunte und freundliche alte Tante mit erwartungsvollen blauen Augen.

»Nein danke, wissen Sie was, Hilli, es tut mir schrecklich leid, aber ich kann einfach nicht mehr«, sagt Viveka.

Hat sie das wirklich gesagt?, fragt sie sich. Sagt sie wirklich nein zu Hillis Apfelkuchen?

Hilli scheint gar nicht enttäuscht zu sein.

»Tja, ihr jungen Mädels«, zwitschert sie fröhlich. »Ihr müsst schließlich auf eure Figur achten. Macht nichts. Ich friere den Kuchen ein.«

Dann sprechen sie über Henry. Sie lachen und weinen. Hilli hat ja in ihrer Jugend in Enskede gewohnt und kennt daher viele Ältere in der Gemeinde.

»Selma und Sie müssten etwa gleich alt sein.«

»Aber sicher. Allerdings haben wir nicht viel gemeinsam.«

»Warum denn nicht?«

»So war es eben.«

Hilli scheint das Thema unangenehm zu sein.

»Meine Mutter mochte Selma nicht besonders, und das hat sich wohl auf mich übertragen. Ja, ich weiß, ihre Meinung hätte eigentlich keine Rolle spielen dürfen, aber … die Leute sagten damals, Selma wäre mit geschmuggeltem Schnaps reich geworden.«

»Geschmuggelter Schnaps?«

»So hieß es. Nun, seltsam war es schon. Sie kam mit zwanzig Jahren nach Enskede und kaufte sich ein eigenes Haus. Mit Bargeld. Noch dazu ein ziemlich großes

Haus. Die Leute fragten sich, ob man wirklich so viel Geld mit Korsetts verdient. Es wurde auch behauptet, sie sei verliebt, in den Schmugglerkönig persönlich. Niska hieß der wohl. Er war in der Zwischenkriegszeit der König der Ostsee. Die Menschen im Schärengarten haben zu ihm aufgeblickt. Dank Niska haben dort viele ihre Schäfchen ins Trockene gebracht. Dass man den Staat damit hinterging, hat im Schärengarten niemanden gejuckt. Hatte der Staat sich denn jemals um sie gekümmert? Nein, Algot Niska war ein Held. Und er sah gut aus. Der ging im Smoking und mit roter Nelke im Knopfloch ins Konzerthaus. Sein Bruder war Opernsänger. Die Frauen lagen Niska zu Füßen. Aber er war schon verheiratet. Außerdem muss er zwanzig, dreißig Jahre älter als Selma gewesen sein. Im Sommer, wenn ich bei meiner Tante auf Möja war, habe ich viele Geschichten über ihn gehört. Er war immer die Höflichkeit selbst, auch wenn der Zoll ihn schnappte. Denn das kam vor. Einmal, als er auf einer Fähre nach Finnland geschnappt wurde, sprang er ins Wasser und schwamm an Land, obwohl es mitten im Winter war. Er kam immer mit einem blauen Auge davon, weil er die schnellsten Boote hatte und den Schärengarten kannte wie seine Westentasche.«

Hilfe, denkt Viveka. Selma verliebt sich in einen Schmugglerkönig. Eine Art Robin Hood des Schärengartens. Ja, eigentlich kann sie sich das gut vorstellen.

»Selma und Viola waren wahrscheinlich nicht so gut befreundet«, sagt Viveka.

Sie nutzt die Gelegenheit, Hilli ein bisschen auszuhorchen, weil diese sich mit den Belangen der Beteiligten so gut auszukennen scheint.

»Haben die beiden nicht regelrecht um Henry konkurriert?«

Hilli schaut Viveka an, als hätte sie alles in den falschen Hals bekommen.

»Na, eigentlich konkurrierten eher die Männer um Viola«, sagte sie. »Viola hat den Männern den Kopf verdreht. Aber um ihr Herz zu erobern, mussten sie auch Thorvald Skott für sich gewinnen, und das war nicht leicht.«

»Nein, vermutlich nicht.«

»Es gab aber jemanden, der es wirklich versucht hat.«

»Henry?«

»Der wohl nicht, aber Åke hat ja jahrelang für Skott gearbeitet und war sozusagen seine rechte Hand.«

»Åke hat für Skott gearbeitet?«

Warum hat Åke gelogen? Er hat doch behauptet, er hätte von Skotts Geschäften die Finger gelassen. Dass er mit Viola befreundet war, hat er auch verschwiegen.

Dann spricht Hilli an, dass Henry an einem Herzinfarkt gestorben ist. Und dass er Lungenkrebs im fortgeschrittenen Stadium hatte.

Viveka starrt Hilli wortlos an.

»Äh … Sie glauben also, dass er … an einem Herzinfarkt gestorben ist?«

»Jaa!«, antwortet Hilli. »Ich habe ihm immer wieder gesagt, er soll zum Arzt gehen, aber er hatte ja was gegen Ärzte.«

»Henry wurde also gar nicht …«

»Ermordet? Nein. Zuerst hatten sie den Verdacht, weil ja kurz zuvor die Sache mit Viola passiert war.«

Henry ist also nicht ermordet worden! Viveka ist geradezu schockiert! Gleichzeitig wird ihr bewusst, wie abartig es ist, schockiert zu sein, weil jemand doch keinem Mord zum Opfer gefallen ist.

Er ist also nicht ermordet worden.

Viveka sagt, sie hätte etwas tun müssen. Sie hätte Henry zwingen sollen, zum Arzt zu gehen.

»Glauben Sie denn, dieser Gedanke wäre mir nicht auch gekommen?«, fragt Hilli. »Aber Henry konnte man zu nichts zwingen.«

Danach kommt das Gespräch nicht wieder in Gang. Viveka fällt nichts mehr ein, worüber sie reden könnten. Und Hilli anscheinend auch nicht. Es ist ohnehin Zeit, sich auf den Weg zu machen. Viveka bedankt sich überschwänglich.

»Nächstes Mal müssen Sie unbedingt den Apfelkuchen probieren«, sagt Hilli, bevor sie die Tür zumacht.

52

Warum hat ihnen die Polizei nicht mitgeteilt, dass Henry in Wahrheit eines natürlichen Todes gestorben ist? Die Polizei hatte zwar andererseits auch nie bekanntgeben, er wäre ermordet worden, aber trotzdem. Alle sind davon ausgegangen. Es wurden ja Vernehmungen und alles durchgeführt. Viveka regt sich furchtbar auf. Ein kleines bisschen Information müsste ihnen doch zustehen. Sie ist so wütend, dass sie auf dem Rückweg die falsche Abzweigung nimmt. Sie landet in einem Wohngebiet, von dessen Existenz sie gar nichts wusste, biegt noch mal falsch ab, fährt in der verkehrten Richtung in eine Einbahnstraße, rauscht beinahe in eine Kindergartengruppe hinein und bleibt zitternd vor Stress und Zorn im Halteverbot stehen. Ein älterer Herr fuchtelt gereizt mit den Armen und zeigt auf das Schild mit der Aufschrift: nur für Anwohner.

»Such dir ein richtiges Problem«, zischt Viveka leise.

Je länger sie an die Polizei denkt, desto wütender wird sie. Schweiß läuft ihr den Rücken hinunter, es müssen fünfundvierzig Grad im Auto sein. Bestimmt hat diese Polentepopilla dafür gesorgt, dass sie nichts erfahren. Sie hat Viveka von Anfang an herablassend behandelt. Sie sucht auf ihrem Handy Polentepopillas Nummer und drückt auf Anruf.

»Ja, hallo, hier ist Viveka, die Pastorin der Freikirche Enskede.«

»Hallo.«

»Ich habe soeben von Hilli Persson erfahren, dass unser Gemeindemitglied Henry Persson an einem Herzinfarkt gestorben ist. Also noch mal, an einem Herzinfarkt! Und wir dachten, er wäre genau wie Viola ermordet worden. Wenn ich mich nicht irre, sind Sie ebenfalls davon ausgegangen, und nun frage ich mich, warum Sie es uns nicht mitgeteilt haben, wenn Sie doch wussten, dass es kein Mord war? Hatten wir etwa kein Recht, über etwas so Wichtiges informiert zu werden? Sie können mir glauben, dass wir Henry wichtig waren. Wichtig. Sie haben überhaupt nicht begriffen, hören Sie? Wir waren seine Familie. Eine Gemeinde ist wie eine Familie. Aber Leute wie Sie kapieren das nicht. Sie wohnen allein in Ihren kleinen Wohnungen, in Ihren Singlehaushalten, und haben panische Angst, auf jemanden angewiesen zu sein, und wissen Sie was? Solche Angsthasen wie Sie haben überhaupt keine Ahnung!«

Dann klickt sie das Gespräch weg.

Minutenlang sitzt sie einfach da und bemüht sich, ruhig zu atmen. Sie schämt sich nicht. Sie schämt sich nicht, sie hat das Richtige getan. Irgendjemand musste Popilla mal die Meinung sagen.

Dennoch beschleicht sie das Gefühl, ein wenig übertrieben zu haben.

53

Nachdem sie eine Weile nachgedacht hat, beschließt Viveka, Selma zu besuchen. Wenn Henry an einem Herzinfarkt gestorben ist, hat Selma ihn nicht umgebracht. Und das mit dem Eisenhut, na ja, den haben hier ja alle im Garten und nicht nur Selma.

Eigentlich ist es doch toll, dass Selma immer allein zurechtgekommen ist, überlegt Viveka, während sie auf ihrem frisch reparierten Fahrrad zu Selma strampelt. Dass Selma Korsetts verkauft und Geld verdient hat, kann man ihr nicht vorhalten. Im Übrigen interessiert sich Viveka neuerdings selbst für Unterwäsche. Mittlerweile ist der sexy Slip mit dem passenden BH, den Viveka bestellt hatte, angekommen, liegt aber vorerst in der Schublade.

Viveka schämt sich ein wenig, weil sie Selma verdächtigt hat. Es bleibt natürlich die Tatsache, dass ihr Garten voller Eisenhut ist. Und nach dem will sie, falls möglich, Selma fragen.

Diesmal sagt Selma nichts von Hausschuhen. Sie

trinken Kaffee aus den Tassen mit dem Goldrand. In Selmas Wohnzimmer riecht es abgestanden und muffig nach alten Polstermöbeln, die mal gelüftet oder gereinigt oder wie auch immer behandelt werden müssten. Vielleicht kann man die gar nicht mehr reinigen, denkt Viveka, während sie über Selmas grünes Samtsofa streicht.

Selma hat auch schon gehört, dass Henry an einem Herzinfarkt gestorben ist.

»Dir wäre es doch am liebsten gewesen, wenn ich es getan hätte«, sagt Selma.

Viveka ist ein wenig überrumpelt von Selmas Direktheit. Sie starren sich an. Selma sieht hinterlistig aus. Dann deutet sie hinter sich.

»Wenn du schon mal hier bist, können wir uns über das unterhalten, was ich beim Aufräumen nach dem Kirchenkaffee in der Mülltonne der Kirche gefunden habe.«

Auf einem Beistelltisch hat sie ein T-Shirt ausgebreitet. Es sieht aus wie das von Viveka. Das sie weggeworfen hat. Auf dem »Sterbehilfe legalisieren« stand.

»Sterbehilfe legalisieren«, liest Selma mit verschränkten Armen vor. »Es ist ein Schild mit deinem Namen drin.«

Es darf nicht wahr sein! Hier liegt zweifellos ihr T-Shirt. Und innen ist tatsächlich ein kleines Namensschild, das weiß sie. Pål hat es eingenäht oder aufgebügelt, als er mal in einem Anfall von Ordnungswut die gesamte Garderobe der Familie beschriftet hat. Viveka hielt das für eine gute Idee und war froh, dass er ausnahmsweise eine nützliche und praktische Idee hatte.

Sie starrt zwischen Selma und dem T-Shirt hin und her.

Das wird böse enden.

»In Anbetracht der Tatsache, dass eins deiner Schäfchen ermordet wurde, macht das ja keinen guten Eindruck«, sagte Selma. »Ich könnte zum Beispiel behaupten, du hättest es getan.«

Es ist Viveka ein Rätsel, wie Selma an das T-Shirt gekommen ist. Natürlich war es schlampig von ihr, es einfach in die Kirchenmülltonne zu schmeißen, aber trotzdem. Sie hat langsam das Gefühl, in Wahrheit sind Selmas Augen gar nicht so schlecht. Die Brille dient wahrscheinlich zur Tarnung.

Dann bemerkt sie, dass Selmas Mundwinkel zucken. Doch, wirklich. Sie zucken verdächtig. Dann beginnt Selma zu lachen. Sie lacht so heftig, dass sie auf ihrem Sessel auf und ab hüpft.

»Etwas so Lustiges habe ich nicht erlebt, seit sich der König im Fernsehen zu seinem Seitensprung geäußert hat. Das war zwar höchst amüsant, aber das hier ist besser.«

Hinter den dicken Brillengläsern laufen Selma die Tränen übers Gesicht.

»Sterbehilfe legalisieren«, liest sie erneut vor. »Du bist ja richtig witzig, Frau Pastor.«

Viveka hat leichte Schwierigkeiten, ihr zu folgen.

Selma zieht ein Taschentuch hervor und tupft sich das Gesicht ab.

»Du bist möglicherweise der Meinung, ich wäre ziemlich grimmig gewesen«, sagt sie. »Im Grunde habe ich unheimlich selten schlechte Laune. Ich finde es nur so wichtig, dass die Wahrheit gesagt wird, verstehst du, und da die Wahrheit meistens nicht so wahnsinnig lustig ist, kann meine Aufrichtigkeit manchen, ja, wie soll ich sagen, etwas zu weit gehen. Das weiß ich.«

»Ach so.«

»Hör mal«, sagt Selma. »Du hast sie nicht umgebracht. Ich habe sie nicht umgebracht. Es steckt etwas anderes dahinter, verstehst du? Ich wünschte nur, ich wüsste ganz genau, was.«

»Nein, nein. Ich meine, ah ja.«

Viveka überkommt eine bleierne Müdigkeit. Mag Selma sie jetzt, oder was? In einem Punkt zumindest hatte Selma recht. Viveka war müde und überarbeitet.

»Ich habe jede Menge Flieder«, sagt Selma nach einer Weile. »Mir tut der Rücken weh, aber wenn du Lust hast, können wir ihn zusammen pflücken. Der Saft wird gut.«

Fliederblüten, denkt Viveka. Warum nicht?

Viveka hilft Selma, ein Paar alte Gummistiefel aus der Flurgarderobe zu kramen und den Rollator die Außentreppe hinunterzuwuchten, denn das fällt Selma mit ihren Rückenschmerzen allmählich schwer. Dann pflücken sie den Flieder und haben es richtig nett zusammen, obwohl Viveka immer wieder zum Eisenhut am anderen Ende des Gartens hinüberstarren muss. Schließlich kann sie sich die Frage nicht länger verkneifen.

»Hast du schon mal vom Eisenhut-Club gehört, Selma?«

Selma schaut sie an.

»Und ob ich das habe.«

»Ach, wirklich?«

»Den Eisenhut-Club habe ich selbst gegründet«, sagt Selma.

54

Entgeistert starrt Viveka Selma an, die auf ihrem Rollator sitzt und Flieder pflückt.

»Du hast den Eisenhut-Club gegründet?«

Das ist ja wirklich sehr, sehr interessant.

»Ja, das habe ich.«

Mit ihrem Baumwollhütchen, der Schürze und den Gummistiefeln sieht Selma wie eine richtige Gartentante aus. Sie scheint eine ganz andere Selma zu sein als die mit der spitzen Zunge. Hier im Garten wirkt sie gar nicht herrisch und steif, es kommt eine entspannte Variante von Selma zum Vorschein.

»Was war das denn eigentlich für ein Verein?«, fragt Viveka.

Selma wischt sich den Schweiß von der Stirn.

»Ein ganz normaler Verein von Leuten, die sich für Eisenhut interessierten. Und das taten viele. Wir pflanzten Eisenhut an und tauschten Tipps aus, wie er am besten gedeiht.«

Viveka fällt es schwer zu glauben, dass der Eisenhut-Club ein ganz gewöhnlicher Verein gewesen sein soll.

»So war es jedenfalls am Anfang«, sagt Selma. »Aber in den Sechzigern entwickelte sich eine Protestbewegung daraus. Wie protestierten gegen die Zerstörung des Kleingartengeländes Dalen. Es war eine Schande, wie man uns Kleingärtner behandelte. Wir leisteten auf jede erdenkliche Weise Widerstand gegen das Großkrankenhaus. Wir demonstrierten, kippten sogar Schubkarren voller Erde vor den Häusern der Politiker aus. Als nichts half, sammelten wir alle Eisenhutpflanzen aus der Kleingartenkolonie ein und brachten sie in unsere eigenen Gärten, jedenfalls diejenigen, die einen Garten hatten. Wir wollten den Eisenhut retten.«

Wow! Davon hat Viveka noch nie gehört.

»Warum ausgerechnet Eisenhut?«

»Weil wir ihn mochten. Er war unser Symbol. Schön und gefährlich. So wollten wir auch sein. Wir fanden, der Name verliehe uns ein wenig Gewicht«, sagte Selma.

Viveka sieht sie die alten Tanten in jungen Jahren vor sich. Schön und gefährlich, ja, das waren sie bestimmt.

»Wer war denn eigentlich dabei?«

»Wir waren viele. Einige leben nicht mehr. Ich war dabei. Und dann Viola Skott. Edna machte mit und Doris Nilsson, die jetzt im Edsätrahem ist, Dagny Lund, Karin Öman, Agnes Dahlin und Svea aus Skarpnäck. Maj und Åke gehörten auch dazu. Åke war der einzige Mann. Wir fanden es gut, jemanden mit etwas mehr Muskelkraft dabeizuhaben, und damals konnte Åke richtig anpacken. Ellen Jonsson, die einen Hirntumor bekam, machte mit und Alice Bengtsson. Sie hat sich auf dem Bürgersteig vor ihrem Haus den Oberschenkelhals gebrochen, und dann war es aus mit ihr. Vega Sandlund bekam ALS, Tyra Forss hatte was am Herzen, Eva Alm wurde erst senil und dann von einem Bus überfahren, Nanna Palmkvist hatte am ganzen Körper trockenen Brand und Olga Brink Zungenkrebs.«

»Das waren ganz schön viele.«

Viveka bereut allmählich, dass sie nachgefragt hat. Am liebsten würde sie Selma bitten, die Todesursachen wegzulassen. Aber Selma macht weiter. Wenn sie einmal angefangen hat, scheint sie nicht mehr aufhören zu können.

»Elin, die den Laden hatte, lag wochenlang tot in ihrer Wohnung, bevor ihr Sohn sie fand, Berta, die mit Schuster Nylund verheiratet war, wurde der gesamte Darm rausoperiert, und dann war da noch Greta Manfredsson, aber die ist auch schon tot. Greta hat wahrhaftig den besten Saft gemacht.«

Selma verstummt und macht ein trauriges Gesicht.

»Sie ist erst vor einem halben Jahr gestorben. Ich hatte sie lange nicht gesehen, aber wir haben jeden Tag telefoniert.«

»Ist das die Greta, die den Kleingarten hatte?«

»Alle hatten einen Kleingarten.«

Viveka denkt darüber nach. All diese Frauen, die so gerne im Garten gearbeitet und protestiert haben, sind jetzt tot. Das ist wirklich traurig. Kein Wunder, dass Selma so finster guckt. Es ist nicht leicht, wenn fast alle, die man kannte, tot sind. Plötzlich möchte sie Selma fragen, wie es sich anfühlt, dem Tod so nah zu sein, zu wissen, dass man nur noch wenig Zeit übrig hat. Fühlt man sich sicher und geborgen, oder hat man Angst? In diesem Punkt sind alle Menschen unterschiedlich, das weiß Viveka. Unheimlich unterschiedlich. Einige sterben friedlich und voller Zuversicht. Andere leiden innere Höllenqualen. Letztendlich geht es darum, die Kontrolle abzugeben.

Dann fängt Selma wieder an.

»Asta Fager ist eines Nachts einfach in ihrem Bett eingeschlafen, Vivvi Erlanders Lungenkrebs hat sich im ganzen Skelett ausgebreitet.«

Selma redet weiter.

Und Viola ist mit Eisenhut vergiftet worden, denkt Viveka. Von all den makabren Todesursachen, an denen die Frauen aus dem Eisenhut-Club gestorben sind, muss eine Eisenhut-Vergiftung doch die unheimlichste sein.

»Viola wurde ja mit Eisenhut vergiftet«, sagt sie.

Selma macht ein nachdenkliches Gesicht.

»Ja, darüber habe ich auch schon nachgedacht. Aber der Eisenhut-Club war, wie gesagt, eine Protestbewegung. Unser Verein hatte nie die Absicht, Leute zu vergiften.«

Dann gehen sie hinein und essen Milchreis von Risifrutti.

»Wer will schon Ochsenaugen, Doppeldecker mit Marmelade, finnische Zuckerplätzchen, Haselnussmakronen und Eierkringel, wenn er etwas so Köstliches und Himmlisches wie Risifrutti haben kann?« Selma zwinkert Viveka zu.

Viveka lächelt unsicher. Sie kommt nicht ganz mit bei Selmas Verwandlung von boshaft zu verbindlich. Heißt das, dass Selma nichts mehr für Gebäck übrig hat? Viveka hätte nichts dagegen.

Selma ist der Ansicht, dass man Risifrutti gut umrühren muss, damit sich die Marmelade gleichmäßig verteilt.

Viveka bemerkt, dass Selma es in der letzten Zeit mit dem Putzen nicht mehr so genau genommen hat. Auf dem Teppich liegen Krümel, und auf der Anrichte aus Mahagoni liegt eine dicke Staubschicht. Aber wenn man nicht gut sieht, ist das Saubermachen wahrscheinlich nicht so einfach. Dass Selma alles allein hinbekommt, ist eigentlich beeindruckend. Im Grunde ist Selma eine ziemlich coole Frau.

Viveka fällt ein, dass Selma angeblich Schnaps geschmuggelt haben soll. Solche Gerüchte könnten auf Neid beruhen. Eine so selbstständige Frau wie Selma muss eine Provokation gewesen sein, und so was gibt häufig Anlass zu Gerüchten.

Als Viveka gegangen ist, bleibt Selma auf dem Sofa sitzen. Sie sitzt und sitzt. Nach Anbruch der Dunkelheit sitzt sie immer noch da. Der Eisenhut-Club hatte nie die Absicht, jemanden zu vergiften. Und deshalb haben, soweit Selma weiß, auch nur zwei gelernt, das Gift herzustellen.

55

Der Waldfriedhof bekommt eine neue Chance als Fitnessrunde. Tagsüber müsste es hier eigentlich ungefährlich sein, hat Viveka sich eingeredet. Einen besseren Ort zum Spazierengehen gibt es nicht. Allerdings ist es hier irgendwie nicht mehr wie vorher. Alles erinnert an den Tod. Dass man auf einem Friedhof an den Tod erinnert wird, ist ja an sich nicht verwunderlich, aber früher fand Viveka den Gedanken an den Tod manchmal richtig erbaulich und hatte das Gefühl, es sei sinnvoll, hin und wieder über den Tod nachzudenken. Heute fällt es ihr schwer, die Sache so zu sehen. Sie kommt an einem Friedhofsabschnitt vorbei, in dem sich die Toten offenbar gegenseitig umgebracht haben. Angeblich gehörten alle, die hier liegen, irgendwelchen Mafiagruppen an. Dann gibt es den unfassbar traurigen Teil des Friedhofs, in dem die Kinder begraben sind. Viveka weiß nicht, warum sie einen Teil des Friedhofs für sich haben. Dadurch wirkt das Ganze noch trauriger. Anhand der Jahreszahlen kann man ausrechnen, wie alt die Kinder geworden sind. Viveka sieht ein Grab, das ganz frisch zu sein scheint. Edwin, steht da. 3. Februar – 15. Mai. Er wurde nur drei Monate alt. Jemand hat einen Teddy auf das Grab gesetzt. Unglaublich traurig. Viveka fragt sich, was Edwin zugestoßen ist. Doch am meisten berühren sie die Gräber von Menschen, die sie kannte. Maria Abbas ist im Alter von nur fünfunddreißig Jahren gestorben und hat zwei kleine Kinder und einen fassungslosen Ehemann zurückgelassen. Da sie übrigens die einzige Christin in ihrer Familie war, waren außer Viveka nur Muslime auf ihrer Beerdigung. Es war ziemlich schwierig, ein Kirchenlied zu finden, das alle kannten. Christer Lind, ein geliebter Vater, hat sich das Leben genommen. Auf seiner Beerdigung sangen seine Kinder unisono den berühmten Schlager »Papa, komm nach Hause« von Evert Taube. Bengt Sommar, der gemeinsam mit seiner tapferen Familie, die bis zum Schluss die Hoffnung nicht aufzugeben schien, jahrelang gegen den Krebs gekämpft hat, war ein guter Freund von Viveka. Ebba Månsson, eine richtige Erweckungstante, die Viveka viel Mut gemacht und für sie gebetet hat, als sie neu in der Gemeinde war, und Manfred, der im Leben nie richtigen Halt fand, aber so gern »Großer Gott, wir loben dich« sang. Alle liegen hier auf dem Waldfriedhof und sind von Viveka beerdigt worden. Und noch mehr. Sie denkt so gerne an Tyra Forss, bei der es jeden Tag Nachtisch gab. Die erwachsenen Kinder wollten unbedingt, dass das erwähnt wird.

Und dann sind da noch die beiden, die sie erst kürzlich beerdigt hat, Viola und Henry.

Viveka kommt an der Waldkapelle vorbei. Heute ich, morgen du. Sie weiß nicht, wie oft sie das schon gelesen hat. Auf dem Dach über dem Eingang ist ein Engel, der weibliche Todesengel von Carl Milles. Das Schlüsselloch in der Tür zur Kapelle ist die Augenhöhle eines Totenschädels. Die ganze Waldkapelle ist mystisch. Es gibt zum Beispiel keinen Strom. Licht dringt nur durch ein rundes Fenster in der Decke. Der Ort hat etwas Okkultes. Wie christlich dieser Asplund, der das alles hier entworfen hat, wohl gewesen sein mag, fragt sich Viveka. Und dann dieser dralle Todesengel. Der Engel des Todes, gibt es den überhaupt? Und wenn ja, sieht er so aus? Wie eine Frau?

Vielleicht ist der Engel des Todes ja eine alte Tante.

56

Lena Falk ruft an. Ohne ihren Namen zu nennen, sagt sie:

»Er ist vergiftet worden. Er wurde ermordet.«

Viveka drückt sich den Hörer ans Ohr. Hat sie sich das nicht gleich gedacht? Hat sie nicht genau das der Polizei gesagt?

»Ich habe solche Angst«, sagt Lena.

Viveka stellt fest, dass sie auch Angst hat. Jetzt ja.

»Ich werde verreisen. Hier ist es mir zu gefährlich«, berichtet Lena. »Ich fahre zu meiner Schwester und wohne bei ihr, bis der Mörder gefasst ist. Die Beerdigung kann so lange warten. Nicht eine Minute länger werde ich hierbleiben. Ich melde mich, wenn ich wieder da bin.«

Viveka bleibt mit dem Telefon in der Hand sitzen, während sie verdaut, was Lena da eben gesagt hat. Benny Falk ist also ermordet worden. Sie spürt, wie die Panik angekrochen kommt. Sie stromert durch die Wohnung, setzt sich ins Schlafzimmer, zieht weiter ins Kinderzimmer, aber es hilft alles nichts. Nichts hilft, und die Tabletten sind alle. Jeder Atemzug ist ein Kampf. Jeder Atemzug, der ihr gelingt, sagt ihr, dass alles okay ist, aber was passiert, wenn sie es nicht mehr schafft, Luft zu holen? Was geschieht, wenn diese andere Stimme die Oberhand gewinnt? Die Stimme, die flüstert, dass ihr Untergang naht, dass es nur noch Gefahr und Bedrohung gibt und außer ihnen nichts mehr real ist. Ihr ganzes Leben, alles, was ihr Leben ausmacht, ihre Familie, ihre Arbeit, ihre Ideale, das ist eigentlich gar nicht ihr Leben. Diese Dinge existieren gar nicht, oder doch, vielleicht irgendwo in weiter Ferne wie ein Traum, den man nicht mehr zu fassen bekommt, aber nicht hier in dieser bedrohlichen Welt. Ihr Leben ist weg. Die Familie ist nicht da. Ihre Arbeit? Sie hat keine Ahnung, was aus der werden soll. Und ihre Ideale – die wirft sie ja der Reihe nach über Bord. Wer ist sie? Sie ist ein Niemand, sie hat keine Substanz mehr, sie besteht nur noch aus dieser Angst.

Sie wandert in der Wohnung auf und ab und versucht zu atmen. Soll sie Ingeborg anrufen? Sie will auf jeden Fall Pål anrufen. Sie will ihm sagen, dass er jetzt nach Hause kommen muss. Mit dieser Sache hier wird sie alleine nicht mehr fertig. Sie braucht ihre Familie. Sie muss das Gefühl haben, dass sie eine Familie sind. Sie ruft Pål an, aber er hat kaum Zeit zu telefonieren, weil Schwiegermutter im Krankenhaus ist. Sie ist von einer Leiter gefallen, hat sich den Kopf angestoßen und ist bewusstlos. Sie wollte ein morsches Vogelhäuschen vom Baum holen, und dabei ist die Leiter umgekippt. Sie lag blutüberströmt im Gras, die Kinder haben einen Riesenschreck bekommen und dachten, sie wäre tot. Pål holte den Nachbarn zu Hilfe, und dann kam irgendwann endlich ein Krankenwagen und hat sie mitgenommen. Pål musste mit den vollkommen verstörten Kindern im eigenen Auto hinterherfahren. Sie lag angeschlossen an lauter Schläuche und Maschinen ganz blass und dünn und, wie gesagt, bewusstlos in einem Raum. Die Ärzte sagen, dass sie bestimmt bald wieder aufwacht und alles okay ist. Pål ist gerade nach Hause gekommen und versucht, die Kinder dazu zu bringen, etwas zu essen, aber danach bringt er sie zu den Nachbarn, weil er zurück ins Krankenhaus will. Pål hat ein wahnsinnig schlechtes Gewissen, weil er seiner Mutter nicht angeboten hat, das Vogelhäuschen selbst abzumontieren.

Als Pål mit dem Bericht über seine Mutter fertig ist, fragt er, wie es ihr geht, und versteht, dass es ihr gar nicht gutgeht. Er würde wirklich gerne nach Hause kommen.

»Komm doch her«, sagt er. »Du kannst heute Nachmittag in den Zug steigen.«

Aber Viveka will nicht. Nein, sie hat es sich anders überlegt. So schrecklich es auch sein mag, aber im Moment ist es am besten, wenn ihre Familie da oben und sie hier ist. Sie will ihre Familie nicht in eine Mordserie mit hineinziehen. Wer weiß, vielleicht schwebten sie auch in Gefahr. Und sie kann hier jetzt nicht einfach verschwinden. Das geht nicht.

57

Und dann wird es Abend. Anscheinend vollkommen unbekümmert von den Ereignissen, wiegt eine laue Brise spielerisch die Kiefern im Svedmyraskog, und die Rosen und Lilien in den Gärten verströmen einen sanften und verführerischen Duft.

Abbe und Viveka sitzen auf einer Bank am Svedmyraplan. Sie haben sich zufällig bei BEA getroffen, kurz bevor der Supermarkt zumachte. Viveka mustert Abbe heimlich von der Seite. Sie hat sich eigentlich vorgenommen, Abbe aus dem Weg zu gehen. Und sie fragt sich, wie es ihm eigentlich geht. Abbe hat sich erkundigt, wie sie sich fühlt, und ihr ein Eis gekauft. Er trägt ein T-Shirt mit der Aufschrift »45 Jahre und ungeküsst. Stellenweise.« Der Text lenkt ihre Gedanken unweigerlich auf den Mittsommerabend und das, was in der Buchhandlung passiert ist.

Viveka isst ein Magnum. In Schweden verkauft Unilever diesen Sommer sieben verschiedene Magnums unter dem Namen »Seven Deadly Sins«. Jedes Eis ist nach einer Todsünde benannt. Viveka hat sich für Wollust entschieden, ein Vanilleeis mit Erdbeeren in einer Umhüllung aus rosa Schokolade. Die anderen heißen Faulheit, Gier, Neid, Völlerei, Hochmut und Zorn. Es ist ziemlich seltsam, dass GB Glass, die schwedische Tochterfirma von Unilever, das Thema »Sle« aufgreift, während die Kirche den Begriff fast gänzlich abgeschafft hat. Von der Sünde will keiner mehr etwas hören. Allerdings hält GB die Sünde wohl auch eher für etwas Verführerisches und hofft, dass die Kunden so ihrem sündhaft guten Eis verfallen.

All das geht Viveka durch den Kopf, während sie mit der Zungenspitze ein Stückchen rosa Schokolade auffängt, das beinahe von dem Vanilleeis geglitten wäre. Vor allem denkt sie an Abbe. Sie wirft ihm verstohlene Seitenblicke zu und fragt sich, ob er noch weiß, was in der Buchhandlung passiert ist. Sie erinnert sich auf jeden Fall daran. Sie weiß noch genau, dass Abbe sie festgehalten und lange geküsst hat. Dazu hätte es niemals kommen dürfen. Das Ganze war ein Irrtum. Ein zwar wunderschöner, aber dennoch schrecklicher Irrtum. Außerdem geht es Abbe nicht gut, das war ja wirklich offensichtlich, als sie sich in der U-Bahn getroffen haben. Und sie ist Pastorin! Sie dürfte hier nicht sitzen und sich fragen, ob sie Abbe küssen soll, wenn er eigentlich Hilfe braucht. Er sitzt unheimlich dicht neben ihr. Es wäre so einfach, sich ein Stück nach rechts zu lehnen, nur einen Zentimeter, sich bei Abbe anzulehnen und seinen Arm an ihrem und seine Stärke zu fühlen. Einen starken Mann könnte sie jetzt gut gebrauchen. Aber es geht nicht. Es geht einfach nicht.

Versuchungen bekämpft man am effektivsten, indem man ihnen nachgibt, hat Viveka mal irgendwo gelesen. Nicht wortwörtlich, aber so in etwa. Derjenige, der das gesagt hat, muss ziemlich dumm sein, denkt Viveka. Ihr ist klar, dass der Spruch vermutlich witzig gemeint ist, aber er ist nicht witzig. In Wahrheit muss man immer eine Wahl treffen. Und es muss einem bewusst sein, dass man eine Wahl trifft. Sie kann nicht eine liebevolle Ehe führen, in der sich beide ihr Leben lang treu sind, *und* sich diesen einen Zentimeter auf Abbe zubewegen. Manchmal ist es eine Frage von Zentimetern.

»Was denkst du eigentlich über das Böse?«, fragt Viveka. »Was ist das Böse überhaupt?«

Das wollte sie ihn immer schon mal fragen.

»Das Böse ist etwas, das wir Menschen konstruiert haben«, sagt Abbe. Er hat sein Eis schon aufgegessen.

»Außerhalb unserer Definition des Bösen gibt es also nichts objektiv Böses«, fährt er fort. »Und diese Definition variiert von Kultur zu Kultur und verändert sich im Lauf der Zeit. Die Azteken schnitten Menschen das Herz raus, hielten sich aber nicht für böse. Auf den Kreuzzügen wurden im Namen Gottes Menschen getötet, trotzdem galten die Kreuzzüge als gut. Heutzutage beuten wir Tiere aus und quälen sie, weil wir sie essen wollen, aber die meisten von uns sehen das nicht als böse an.«

Sie spürt Abbes Atem auf ihrem Haar.

Abbe denkt daran, wie Viveka aussieht, wenn sie an der rosa Schokolade leckt. Er denkt daran, wie hübsch Viveka ist und wie leicht es wäre, ihre Haare zur Seite zu schieben und sie direkt hinter dem Ohrläppchen auf den Hals zu küssen. Und an all die anderen Dinge, die sie tun könnten.

»Gut und böse ist relativ, Vicky«, sagt er.

Er streicht mit dem Zeigefinger ihren Arm hinunter. Langsam und vielversprechend. Einladend. Zärtlich. Die Rosen auf dem Svedmyraplan halten den Atem genauso an wie die Blumenverkäuferin, die Alten vor dem Pflegeheim, die Tauben, die Hunde, die vor dem BEA-Supermarkt angebunden sind, und die Gäste im Hotel Maude.

»Abbe, ich bin verheiratet«, sagt Viveka.

»Das weiß ich doch.«

»Abbe, das geht nicht.«

»Nee.«

»Ich muss gehen.«

Sie geht. Einfach so, ohne sich noch einmal umzusehen.

Viveka geht. Ihre Knie zittern. Sie will sich nicht umdrehen. Schließlich macht sie es trotzdem. Abbe sitzt noch immer mit dem Stiel in der Hand auf der Bank und sieht ganz verloren aus. Wie ein kleiner Junge.

58

Viveka atmet den Duft der Holunderblüten ein, die sie gepflückt hat. Sie hat heute Morgen beschlossen, Holundersaft zu kochen. Irgendwas muss sie tun, um auf andere Gedanken zu kommen. Holundersaft ist was Handfestes, ungefähr so wie Hackbraten. Einem Menschen, der Holundersaft macht, kann doch wohl nichts Böses geschehen. Sie ruft Selma an, die ihr hocherfreut die Zubereitung von Saft erläutert. Saft kann man auf drei verschiedene Arten zubereiten. Wenn man keinen Dampfentsafter hat, kann man ihn entweder kalt ansetzen oder kochen. Der kalt gerührte schmeckt frisch am besten, der heiße Saft hingegen hat den Vorteil, dass man ihn gleich in Flaschen abfüllen kann. Viveka versteht nicht ganz, welche Methode denn nun die optimale ist, aber sie erfährt zumindest, wie es geht.

Nachdem Viveka aufgelegt hat, breitet sie die Blüten auf der Arbeitsplatte aus und schaut sie an. Sie sehen so sommerlich aus, und es ist ein herrliches Gefühl, einen Saft aus Blüten herzustellen. So kann man sie für den Winter aufbewahren, denkt Viveka. Dann hat man das Gefühl, noch ein bisschen Sommer auf Lager zu haben, den man hervorholen kann, wenn es draußen ganz besonders dunkel und deprimierend ist. Sie schneidet Zitronen auf und vermengt sie mit den Blüten in einem Eimer. Dann gibt sie kochendes Wasser, Zucker und Zitronensäure dazu. Das ist alles. Das Ganze muss ein paar Tage so stehen und durchziehen, und dann kann man es durch ein Sieb in Flaschen gießen. Viveka empfindet fast ein bisschen Zufriedenheit. Zumindest ist sie ruhiger als vorher. Sie ruft Pål an und erzählt ihm, dass sie Saft gemacht hat. Er klingt fröhlich und berichtet, dass Schwiegermutter wieder aufgewacht ist. Sie hatte offenbar eine kleine Hirnblutung und, wie gesagt, eine Gehirnerschütterung, aber jetzt geht es ihr ganz gut. Sie kommen bald nach Hause, und er freut sich schon darauf, den Saft zu probieren.

59

Am Montag bekommt Viveka endlich Ingeborg ans Telefon. Sie fragt noch nicht mal, wie Ingeborgs Urlaub war, sie will nur einen Termin vereinbaren, am liebsten gleich heute. Ingeborg sagt, dass es tatsachlich schon heute geht, weil jemand abgesagt hat.

Es ist wunderbar, Ingeborg zu sehen. Sie öffnet die Tür ihres sonnengelben Hauses in Bromma, wo sie Leute empfängt, die jemanden zum Reden brauchen. Ingeborg sieht zart und klein aus, sie hat weiße Haare und wirkt zerbrechlich und gleichzeitig ungeheuer stark. Ihre Augen verraten Güte, aber keine naive, leichtgläubige Güte, sondern die Güte eines Menschen, der viel Schmerz gesehen und erlitten, der mit den schlimmsten Dämonen gerungen hat und trotzdem zu dem Schluss gekommen ist, dass es das Gute gibt. Ingeborg strahlt Mitgefühl aus.

Ingeborg ist einfach von Gott berührt worden, denkt Viveka.

Dann redet Viveka. Sie redet und redet. Über Viola und Benny Falk, die beide ermordet wurden. Über Henry und all die anderen Menschen, die sie beerdigt hat. Über den Eisenhut und über Selma. Über ihre Familie, die verreist ist. Über ihre Schlaflosigkeit und die Alpträume. Sie erzählt, dass sie die Leute beschimpft und zum Gemeindevorstand gesagt hat: »Fahrt zur Hölle!« Ingeborg hört ihr mit großem Ernst zu, aber darüber muss sie grinsen. Viveka berichtet sogar von der alten Dame mit der braunen Tasche. Sie sagt, dass sie Henry schmerzlich vermisst. Ist das nicht eigentlich seltsam? Sie gesteht auch, dass sie ihre Gemeinde und die Menschheit im Allgemeinen nicht mehr ertragen kann, und dass sie keine Lust mehr hat, freundlich zu sein, und dass sie wahnsinnige Angst hat.

Ingeborg hört zu.

Und hört weiter zu.

Vivekas Angst lässt nach, während sie redet und Ingeborg sie mit ihren klugen Augen ansieht. Ingeborg sagt, dass all das auf einmal, all diese Aufgaben, um die Viveka sich gleichzeitig kümmern musste, jedem Angst machen würden.

Sie fragt, ob Viveka wirklich um ihren Vater getrauert hat. Falls nicht, ist sie vielleicht deshalb so traurig über Henrys Tod. Ja, stimmt. Als ihr Vater starb, war sie mit anderen wichtigen Angelegenheiten beschäftigt.

Ingeborg hört zu.

Und kocht Tee.

Und sie fragt Viveka, was sie von ihrer ständigen Freundlichkeit hat.

»Ehrlich gesagt, nichts. Ich werde nur müde davon.«

Aber das glaubt ihr Ingeborg nicht. Sie rührt in ihrer Teetasse und wartet. Wartet darauf, dass Viveka sich ihre Fragen selbst beantwortet.

Über Menschen im Allgemeinen sagt Ingeborg:

»Schau nicht tiefer in die Menschen hinein, als es dir guttut. Das entscheidest du.«

Viveka stellt fest, dass Ingeborg genau so ist, wie sie gerne wäre. Sie verkörpert die Person, die sie eigentlich werden will, wenn sie alt ist. Mit dem Gerede von der fiesen fetten Schlampe hat sie eigentlich nur angefangen, weil sie nicht zu glauben wagt, dass sie wie Ingeborg werden kann. Da Viveka auch Seelsorgerin ist, weiß sie, dass es nicht leicht ist, so zu werden wie Ingeborg. Man muss es sich unheimlich hart erarbeiten. Das schafft man nur, wenn man unerschütterlich an seinen Überzeugungen festhält, Jahr für Jahr, und auch an den Tagen, an denen man überhaupt nicht stark und toll und mitfühlend ist, und so ist es ja an den meisten Tagen.

Als sie genug geredet haben, begrüßt Viveka Ingeborgs Mann Svante, der noch zarter und gebrechlicher als Ingeborg ist. Er trägt einen Bart und sieht aus wie ein kleines Wichtelmännchen. Die beiden sind unheimlich lieb miteinander. Viveka weiß, dass Svante ein schwaches Herz hat und praktisch jeden Augenblick sterben könnte.

»Leben wir, so leben wir dem Herrn. Sterben wir, so sterben wir dem Herrn.« Svante lächelt sein mildes und tröstliches Lächeln.

Svante zitiert Paulus. Und er meint, was er sagt.

»Aber ich freue mich, solange er noch da ist«, sagt Ingeborg. »Und deshalb verwöhne ich ihn noch ein bisschen mehr als sonst.«

Zärtlich tätschelt sie Viveka die Wange.

So eine Ehe möchte ich auch führen, wenn ich alt bin, denkt Viveka.

Auf der Rückfahrt fragt sie sich, ob sie Ingeborg idealisiert. Genau wie andere manchmal sie idealisieren. Und manchmal muss man großmütig genug sein, ihnen die Illusion nicht zu rauben, weil Menschen mitunter jemanden brauchen, den sie idealisieren können. Man darf aber nicht vergessen, dass das Bild, das diese Menschen von einem haben, nur eine Seite der eigenen Persönlichkeit spiegelt.

Sie denkt so intensiv darüber nach, dass sie vergisst abzubiegen. Plötzlich befindet sie sich in einem Kreisverkehr und weiß nicht, welche Ausfahrt sie nehmen soll. Doch das Gute an diesen Rondellen ist ja, dass man ein paar Runden fahren kann, während man nachdenkt. Rondelle sind spitze, nicht nur für Menschen wie sie, die keinen guten Orientierungssinn haben. Hier bekommt man immer wieder eine Chance, denkt Viveka. Ein Kreisverkehr ist wie die Gnade Gottes. Man bekommt noch eine Chance. Wenn man etwas falsch macht, sich verfährt oder einfach zweifelt, ist das okay. Darüber werde ich irgendwann mal predigen.

60 Herzlich willkommen beim Guerilla-Gardening in Bagis!!!

> Donnerstag, 7. Juli
>
> Alles wächst und gedeiht – wir feiern!
> Es gibt was zu essen – Wildkräuter und regionales Gemüse.
> Es gibt Musik – bringt eure Instrumente mit, vom Kochtopf bis zur Gitarre ist alles erlaubt.
> Es gibt eine Tauschbörse – bringt den Kram mit, den ihr nicht mehr braucht.
> Es gibt eine Bibliothek, eine Hängematte, eine Spielecke, einen Insektenhotel-Workshop und einen Bio-Kohlenmeiler.

Viveka liest das Plakat, das bei Daphine im Fenster hängt. Sie wollte im Café vorbeischauen, um hallo zu sagen. Daphine spendiert ihr ein Croissant. Sie unterhalten sich ein bisschen über ihren Chor für alle Altersstufen und vereinbaren, dass Viveka das Ganze nach ihrem Urlaub mit dem Gemeindevorstand bespricht.

»Was ist das da eigentlich?« Viveka zeigt auf das Plakat.

»Guerilla-Gardening, total super«, sagt Daphine. »Habe ich gerade erst entdeckt. Guck mal.«

Daphine reicht ihr ein Faltblatt. »Guerilla-Gardening: eine gewaltfreie und direkte politische Aktion, bei der Aktivisten ein Stück Land in Besitz nehmen, um darauf Gemüse, Beeren und Ähnliches anzupflanzen. Dabei kann es sich um ungenutztes oder falsch genutztes Brachland handeln, das auf diese Weise mit neuem Sinn gefüllt wird.«

»Interessant. Machst du auch bei solchen Aktionen mit?«

»Na klar«, sagt Daphine. »Man muss doch versuchen, sein kleines Eckchen der Welt zu verbessern.«

Ein ungenutztes oder falsch genutztes Stück Land mit neuem Sinn erfüllen. Das hat was Existentielles an sich, denkt Viveka. Etwas Spirituelles. Wobei Gartenbau natürlich eine höchst konkrete Tätigkeit ist. Man hat Erde unter den Fingernägeln, erzeugt Lebensmittel und protestiert gegen das, was falsch läuft. Das würde Selma gefallen, denkt Viveka.

»Du kannst mich ja begleiten«, sagt Daphine. »Komm doch mit zu dem Fest. Wusstest du, dass Biokohle den Boden verbessert? Wenn man anfangen würde, in großem Ausmaß Biokohle zu verwenden, könnte man die globale Erwärmung bremsen. Biokohle belastet Gewässer nicht so wie Überdüngung, aber man erzielt trotzdem höhere Erträge. Weltweit würden sich das Klima und die Bodenqualität verbessern, und die Energie, die bei der Herstellung von Biokohle entsteht, kann man nutzen. Das ist großartig, verstehst du? Weißt du eigentlich, wo man Muffinförmchen aus Silikon bekommt? Die will ich unbedingt haben, weil man sie immer wieder benutzen kann. Das ist viel umweltfreundlicher.«

»Keine Ahnung, muss ich zugeben, aber schau doch mal bei ICA am Svedmyraplan. Da haben sie alles.«

»Gut, das mache ich. Aber komm doch mit auf das Fest, Viveka. Wirklich.«

»Ich werde eine alte Tante namens Selma fragen, ob sie mich begleiten möchte«, sagt Viveka. »Sie ist leidenschaftliche Gärtnerin.«

Der Tag endet unter Urbans und Östens Pergola. Obwohl sich eigentlich nichts verändert hat – da draußen läuft ein Mörder frei herum –, ist alles etwas heller geworden. Vielleicht hat sie das dem Gespräch mit Ingeborg zu verdanken oder der baldigen Rückkehr ihrer Familie oder der Protestbewegung, der sich Daphine angeschlossen hat. Oder es liegt einfach an diesem phantastischen Abendlicht, das dem Garten einen märchenhaften Schimmer verleiht.

Dann äußert Östen eine neue These Viveka betreffend.

»Weißt du, was du im Grunde sein möchtest, Viveka?«, fragt Östen.

»Nein.«

»Eine alte Tante.«

»Sehr witzig, hör bloß auf.«

»Nein, ich meine es ernst. Du hast eine alte Tante in dir. Bei der fiesen fetten Schlampe geht es eigentlich darum, eine alte Tante zu sein. Mit fies ist doch dieser Mut gemeint, der sich mit den Jahren entwickelt. Der Mut, zu tun, was man will, und sich nicht mehr anzupassen. Genau das machen alte Tanten. Sie sind ganz einfach große Mädchen geworden. Genau davon träumst du. Fett bedeutet im Prinzip, dass man sich keine Gedanken mehr darüber macht, ob man anderen gefällt. Trends lassen einen kalt, und man zieht ganz entspannt das große Geblümte und den Popelinemantel an und geht mit Lockenwicklern auf die Straße.«

»Hör auf.«

»Aber es stimmt doch, und, nicht zu vergessen – du liebst Hackbraten!«

»Genau«, sagt Urban. »Der Hackbraten ist der entscheidende Punkt. Die Frage ist nur, wann du dein Coming-out als alte Tante hast.«

»Es kann ein langwieriger Prozess sein, bis man sich traut«, sagt Östen.

»Ihr seid wirklich verrückt. Und außerdem habt ihr eins vergessen.«

»Was denn?«

»Ich mag keine Plätzchen.«

»Ein zu vernachlässigendes Detail. Schließlich magst du Kaffee.«

»Und Holundersaft.«

»Ist eine alte Tante in euren Augen denn etwas Positives?«, fragt Viveka.

»Absolut«, sagen Urban und Östen im Chor. »Wir lieben alte Tanten. Alte Tanten haben echte Girlpower. Außerdem lieben wir Margareth.«

»Margareth?«

»Ja, Thatcher.«

»Ach, deswegen heißt Margareth Margareth.«

»Thatcher, Thatcher«, sagt Margareth.

»Ihr müsstet mal Selma kennenlernen«, sagt Viveka.

61

Eine alte Dame mit großer brauner Handtasche und Regenschirm geht in wadenlangem Rock, Mantel und adretten Pumps den Margaretaväg entlang. Ihr Haar scheint frisch frisiert zu sein, es ist in hübsche Wellen gelegt, auf denen ein beigefarbener Hut thront. Die Haut dieser Dame ist dünn wie Pergament, aber ihre Wangen schimmern rosig, und wenn man zweimal hinschaut, erkennt man, dass sie mal eine schöne Frau gewesen ist. Eigentlich ist sie das immer noch. Sie wirkt alt, und ihr Blick ist ein wenig verschleiert, aber sie hat etwas sehr Zielstrebiges an sich. An ihrem Unterarm baumelt ihre Handtasche. Sie ist der Inbegriff der alten Tante. Wer sie sieht, denkt: Da geht eine alte Tante. Sie erregt weder Verwunderung noch Besorgnis. Dabei gibt es so vieles, was man über alte Tanten und ihre Handtaschen nicht weiß. Man ahnt ja gar nicht, was in scheinbar ganz normalen alten Tanten alles steckt. Diese Tante, die dem Neonazi ihre Handtasche auf den Kopf gedroschen hat, war vielleicht keine hundertprozentig normale alte Tante, aber bevor sie ihn vermöbelte, hätte man sie mit Sicherheit dafür gehalten. Und dann stellte sich heraus, wie viel Mumm sie in den Knochen hatte. Um sich ein vollständiges Bild von ihr zu machen, muss man allerdings wissen, dass sie aus Polen stammte und Teile ihrer Familie im Konzentrationslager verloren hatte. Ein paar Jahre später beging sie Selbstmord.

Wer weiß schon, was sich hinter der Fassade der alten Tante alles verbirgt?

Und vielleicht ist uns im Grunde bewusst, dass man nie wissen kann, was eine alte Tante so in ihrer Handtasche hat und was sie im Schilde führt.

Die Geschichte von dem Autofahrer, der die trampende alte Dame mitnahm, spricht Bände. Die Dame hat eine große Handtasche dabei, die sie auf den Fußboden stellt. Nach einer gewissen Zeit fällt dem Fahrer auf, dass die Dame an Armen und Beinen extrem behaart ist. Da ihm Böses schwant, behauptet er, er höre seltsame Geräusche aus dem Auspuff. Er bittet die Dame, mal nachzuschauen. Als sie ausgestiegen ist, fährt er mit Vollgas zur nächsten Polizeidienststelle. Dort wird festgestellt, dass die Dame eine große Axt in der Handtasche hatte. Zudem war die Dame gar keine Dame, sondern ein einschlägig bekannter Mörder, der kurz darauf festgenommen wurde.

Dass diese Geschichte so bekannt geworden ist, zeigt, dass alte Tanten uns nicht kaltlassen. Möglicherweise sollten wir uns jedoch noch intensiver mit dem Inhalt ihrer Handtaschen beschäftigen.

62

»Nein!«

Viveka steht gleich hinter der Eingangstür der Buchhandlung, Abbe befindet sich direkt vor ihr. Er hat sie nicht hereingebeten, und es gibt keinen Platz zum Hinsetzen, man kann ja kaum stehen, weil überall Sachen herumliegen. Viveka hat sich Sorgen gemacht. Es ist ihr zwar peinlich und erscheint ihr unpassend, sich mit Abbe zu treffen, aber sie will wissen, wie es ihm geht. Seit drei Tagen geht sie ständig an der Buchhandlung vorbei und hält nach einem Lebenszeichen Ausschau, aber es hat sich nichts gerührt. Gestern hat sie lange angeklopft, aber niemand hat ihr aufgemacht. Abbe hat sich unsichtbar gemacht. Was, wenn es Abbe richtig schlechtgeht, wenn er sich die Hucke vollgesoffen und total abgestürzt ist, was, wenn ein Unglück passiert ist? Der Gedanke, dass er nur noch in seinem Zimmer liegt und Whisky trinkt, ist schrecklich. Viveka sieht sich in dem kompletten Chaos um, das in der Buchhandlung herrscht. Es riecht auch eklig nach saurer Milch, und überall sirren Fluchtfliegen herum. Sie scheinen in der kleinen Küchenzeile zu Hause zu sein, die man unter Geschirrstapeln und Müll kaum noch erkennen kann. Jetzt versucht sie, ihn zu überreden, sie auf das Guerilla-Gardening-Fest in Bagis zu begleiten. Vielleicht tut es ihm gut, hier mal rauszukommen.

»Ich will nicht.«

»Warum denn nicht. Du hast doch sowieso geschlossen.«

»Das geht dich gar nichts an. Mein Leben geht dich nichts an, Vicky.«

»Aber …«

»Hör auf. Du kannst wieder verschwinden.«

Sie sieht Abbe traurig an. Verschwinden soll sie. Viveka möchte Abbe ihre Hand auf den Arm legen, damit er sich beruhigt, aber er macht einen Schritt zur Seite.

»Hau ab! Hast du verstanden? Lass mich in Ruhe.«

Er ist wütend.

Er öffnet die Tür. Viveka geht hinaus. Abbe knallt die Tür hinter ihr zu.

Vor der Buchhandlung bleibt Viveka stehen.

Die Tür ist fest zu. Abbe hat sie rausgeworfen.

Er ist wütend auf sie. Abbe hat sie immer reingebeten und auf einen Kaffee eingeladen, aber jetzt schmeißt er sie raus.

Zitternd holt Viveka ein paarmal Luft und macht sich auf den Heimweg. Er ist wütend, weil sie gegangen ist, weil sie ihn allein auf der Bank vor BEA zurückgelassen hat, als sie zusammen Eis gegessen haben. Er hatte mit dem Zeigefinger über ihren Arm gestrichen, in ihr Haar gepustet und gesagt, Gut und Böse seien relative Begriffe. Und sie hat gesagt, sie sei verheiratet, und ist aufgestanden und gegangen. Sie hat ihn dort sitzen lassen. Allein. Abgewiesen. Sie hat Abbe einen Korb gegeben.

Irgendwas geht gerade verloren. Abbe geht verloren. Sich selbst? Oder ihr? Viveka denkt an die vielen Gespräche, die Abbe und sie führen und die ihr wirklich etwas bedeuten.

Sie fühlt sich auch abgewiesen. Abbe hat sie rausgeworfen. Wenn sie ehrlich sein soll, ist sie auch wütend. Sie hat Lust, an seine Tür zu hämmern, bis er aufmacht, und ihm zu sagen, dass er das nicht mit ihr machen kann. Aber sie geht nach Hause. Abbe ist es wahrscheinlich nicht gewöhnt, einen Korb zu bekommen. Von seinen biologischen Eltern mal abgesehen. Vielleicht liegt da der Hund begraben.

63

Letztendlich machen sich Viveka, Selma, Abbe, der es sich anders überlegt hat, Urban und Östen sowie Åke, der dringend mal rausmuss, auf den Weg zum Guerilla-Gardening in Bagis. Åke hätte sie eigentlich nicht zu fragen brauchen, ob er Lust hat, denn sie ist ja im Urlaub und muss sich momentan nicht um ihre Schäfchen kümmern. Verantwortlich für sie fühlt sie sich trotzdem. Im Reich Gottes hat man nie Ferien. Außerdem möchte sie sich für das reparierte Ventil revanchieren.

Trotz Rollator und Rückenschmerzen geht Selma in raschem Tempo voran. Sie ist in Hochform und freut sich darauf, Gleichgesinnte zu treffen, Menschen, die es verstehen, durch ihre Art des Anbaus Protest zu bekunden. Bei dem Thema ist Selma in ihrem Element. Åke bemüht sich, mit Selma Schritt zu halten. Er scheint zwar nicht genau zu wissen, wo sie hingehen, hat sich aber unheimlich über Vivekas Anruf gefreut. Wahrscheinlich wäre er zu allem bereit gewesen. Östen startet enthusiastische Versuche, Konversation mit Abbe zu betreiben, der doch mitgekommen ist. Blass, schmuddelig und unrasiert, wie er ist. Er hat sie um Verzeihung und um eine zweite Chance gebeten. Was er mit Letzterem meint, ist ihr nicht ganz klar. Im Gleichgewicht scheint er jedenfalls nicht zu sein, so viel steht fest. Er hat eine Fahne, obwohl es erst elf Uhr vormittags ist, und sie vermutet, dass er einen Flachmann dabeihat. Viveka möchte im Moment nicht mit Abbe reden, aber wer weiß, vielleicht freundet er sich ja mit Urban und Östen an. Die beiden fangen ja nachmittags auch schon recht früh mit dem Trinken an. Ansonsten hatte Viveka das Gefühl, Urban und Östen könnten Selma mögen, schließlich lieben sie alte Tanten.

Gemeinsam mit Urban, der ungewöhnlich still neben ihr herspaziert, bildet Viveka das Schlusslicht. Sie hat den Eindruck, dass Urban zornige Blicke in Abbes Richtung wirft.

Beim Guerilla-Gardening tobt das Leben. Menschen gärtnern und pusseln nach Herzenslust herum, ernten Tomaten und Kürbis, schnippeln, kochen und decken den Tisch oder sitzen da und unterhalten sich. Die Hummeln summen, Kinder spielen und schaukeln in Hängematten. Wimpel flattern, und ein Mann im Kleid spielt Ukulele. Von einigen Grillplätzen, an denen offenbar Biokohle hergestellt wird, duftet es verführerisch nach Essen.

Sie werden freundlich empfangen. Daphine hat ihr Kommen angekündigt und stellt sie nun ihren neuen Gärtnerfreunden vor, darunter einem Mann mit Dreadlocks und glühenden Augen namens Jakob. Er führt sie herum und erzählt ihnen, wie sie dieses brachliegende Unkrautland fast ohne Mittel in ein kleines Paradies verwandelt haben. Die Hochbeete sind mit Grasschnitt und Zeitungspapier abgedeckt, damit die Erde nicht austrocknet. Aus alten Fenstern, die ihnen jemand geschenkt hat, haben sie Gewächshäuser gebaut. Im Tauschladen kann man abgeben, was man nicht mehr braucht, und mitnehmen, was man möchte, ohne zu bezahlen. Jakob zeigt ihnen auch die Biokohlenmeiler. Bei der Verbrennung von Holzpellets entsteht bodenverbessernde Kohle, und im Wok schmort containertes Gemüse. Was containern bedeutet, versteht Viveka nicht ganz, aber sie möchte nicht dumm wirken.

Dann bekommen sie etwas zu essen. Der Mann im Kleid gesellt sich zu Viveka. Er heißt Fransson und hat weißes Haar und einen weißen Bart. Viveka hat das Gefühl, ihn schon mal gesehen zu haben, aber ihr fällt nicht ein, wo. Aus irgendeinem Grund kennt er die Kleingartenkolonie Dalen gut.

»Diese Kolonie hat wirklich Geschichte«, stellt Fransson fest.

Viveka kann es sich nicht verkneifen, das Kleid anzustarren.

»Ich trage es nicht täglich«, sagt er.

»Nee.«

»Nur wenn ich mich mit Blumen beschäftige. Es ist das Kleid von Herrn Hemul. Den kennen Sie, oder?«

Jetzt weiß Viveka wieder, wo sie Fransson schon mal begegnet ist. Er war der Weihnachtsmann auf der Fähre nach Vindöga, der die Geschichten aus dem Mumintal gelesen und sie gefragt hat, ob sie mit offenen Augen tauchen kann.

»Der Hemul sammelt Blumen«, erläutert Fransson.

»Ach ja, genau.«

Was macht er hier?, fragt sich Viveka.

»Manchmal trage ich auch einen Hut.« Fransson setzt sich einen spitzen Hut auf.

»Aha.«
»Das ist mein Eisenhut.«
»Tatsächlich.«
»Es ist der Hut des Zauberers aus ›Eine drollige Gesellschaft‹. Haben Sie das Buch gelesen?«
»Ich glaube schon.«
»Das ist sehr, sehr gut.«
Fransson nickt anerkennend.«
»Werner Hermansson ist am Eisenhut gestorben«, fügt er hinzu und sieht Viveka vielsagend an. »Der Witz ist, dass Hermansson den Beschluss gefasst hat, das Großkrankenhaus in Dalen zu bauen, der zur Zerstörung der Kleingartenkolonie Dalen geführt hat.«
Viveka starrt Fransson an.
Wer ist er überhaupt?
»Es bestand kein Mordverdacht«, fährt er fort. »Eine Eisenhutvergiftung kann man sich auch durch Hautkontakt zuziehen. Man ging davon aus, dass es so war. Hermansson litt an Trigeminusneuralgie, einer schrecklichen Krankheit, die Nervenschmerzen im Gesicht mit sich bringt. Aus heiterem Himmel kann einen, zum Beispiel wenn man kaut, ein so heftiger Schmerz überkommen, dass man fast in Ohnmacht fällt. Da Aconitin einen adstringierenden Effekt auf die Nervenenden und den Hirnstamm hat, kann man es äußerlich zur Schmerzlinderung anwenden. Genau das hat Hermansson getan.«
Viveka hat keine Ahnung, wer Fransson ist, dieser seltsame Mann, der am einen Tag den Weihnachtsmann und am anderen Herrn Hemul mit dem Eisenhut darstellt. Ihr Gespräch kommt ihr total verrückt und gleichzeitig seltsamerweise vollkommen normal vor.

»Adieu.« Fransson erhebt sich und lupft seinen Hut. »Ich wollte nur mal vorbeischauen. Wie sagt der Schnupferich so schön? Manche bleiben, manche gehen wieder, so war es immer schon. Das muss jeder für sich selbst entscheiden, Hauptsache, man entscheidet, solange noch Zeit ist, und gibt niemals auf.«

Dann ist Fransson weg.

Viveka sieht sich ein wenig benommen um und hat das Gefühl, für einen Augenblick woanders gewesen zu sein. Sie versucht zu überblicken, was ihre Begleiter aus Enskede so treiben. Ist es ein gelungener Ausflug oder nicht?

»Das ist doch lächerlich!«, hört sie Selma gerade laut zu Jakob sagen.

Selma regt sich offenbar richtig auf und hat schon rote Flecken im Gesicht.

»Militanter Veganer? Nee, Freundchen, da bist du auf dem Holzweg.«

Selma erklärt Jakob, wie sehr er sich irrt. Offenbar tut sie das schon seit einer Weile, denn er sieht ganz matt aus.

Urban und Östen sitzen so weit wie möglich voneinander entfernt auf einer Gartenbank und reden kein Wort miteinander. Urban scheint immer noch sauer zu sein.

Åke unterhält sich mit einem der Gärtner.

»Was haben Sie gesagt?«, brüllt Åke. »Die gegenwärtige Gesellschaft niederreißen?«

Er wirkt vollkommen verwirrt, schließlich hat er sein Leben damit zugebracht, Dinge aufzubauen. Aufbauen, nicht niederreißen.

Abbe, der möglicherweise die Voraussetzung hätte,

um mit den politischen Ansichten dieser Menschen zu sympathisieren, ist noch betrunkener und flirtet hemmungslos mit Jakobs kleiner Schwester, einem viel zu jungen Mädchen. Jakob wirft erzürnte Blicke in ihre Richtung. Gleichzeitig wird Viveka von der Frau links neben ihr erklärt, was Containern bedeutet.

»Man kann auch Mülltauchen dazu sagen, das kommt von dumpster diving. Sie ahnen ja gar nicht, wie viele Lebensmittel die Supermärkte wegwerfen, oft noch vor Ablauf des Mindesthaltbarkeitsdatums. Wenn man die Container aufmacht, findet man unendlich viel Essen«, sagt die Frau stolz.

»Containern«, wiederholt Viveka. »Sie meinen, das Essen wurde in einem Müllcontainer gefunden?«

Viveka versucht gleichzeitig, Selma, Åke, Urban, Östen und nicht zuletzt Abbe im Auge zu behalten, und hört der euphorisierten Frau nur mit halbem Ohr zu.

»Genau«, sagt die Frau voller Stolz. »Am besten sucht man sich einen Müllcontainer in der Nähe eines Supermarkts. Er darf natürlich nicht abgeschlossen sein. Man sollte sich nachts anschleichen und einen Kumpel mitbringen, der Wache hält. Sie brauchen unbedingt eine Taschenlampe. Falls der Container verschlossen ist, muss man einen Bolzenschneider benutzen. Abgepackte Lebensmittel sind optimal, sofern es sich nicht um Obst und Gemüse handelt, das kann man ja waschen.«

Viveka nimmt das geschmorte Gemüse auf ihrem Teller in Augenschein und verspürt eine leichte Übelkeit.

»Wie ekelhaft«, entfährt ihr.

Die Frau wirkt tief verletzt.

»Im Müll zu wühlen, meine ich«, fügt Viveka hinzu, um sich zu erklären. Abbe versucht gerade, das junge Mädchen zu küssen. Jetzt wird Viveka richtig schlecht. Sie weiß nicht, ob es am Essen oder daran liegt, dass Abbe nun völlig den Verstand verliert. Zu allem Überfluss hat sie diesen Mann vor wenigen Tagen selbst geküsst.

Viveka steht auf.

»Entschuldigung«, sagt sie zu der Containerfrau.

Jakob hat sich vor Abbe aufgebaut.

»Ich finde, Sie sollten jetzt gehen.«

Als das Grüppchen aus Enskede die Einweihungsfeier verlässt, wirken viele erleichtert.

Viveka denkt laut. »Daphine hat bestimmt keine Lust mehr, bei uns einen Chor zu gründen.«

»Wir haben uns schon ein wenig danebenbenommen«, konstatiert Urban, der Abbe am Arm festhält und stützt.

Seine schlechte Laune hat sich anscheinend gelegt. Östen geht auf der anderen Seite von Abbe. Er hat auch wieder gute Laune, weil er im Tauschladen einen richtig schicken Bademantel gefunden hat.

Viveka vermisst Abbe. Darüber denkt sie nach. Dass man jemanden vermissen kann, der nur einen Meter entfernt ist.

»Ach, was haltet ihr von einer Tasse Kaffee in der Kolonie?«, fragt Östen.

Viveka will keinen Kaffee. Sie will keine Menschen mehr sehen.

»Come on, Viveka«, sagt Östen. »Jetzt lach doch mal! Okay, wir haben uns danebenbenommen, aber so what? Shit happens. Und der hier kann auf unserm Sofa seinen Rausch ausschlafen.« Er schüttelt Abbes Arm.

Nachdem sie es sich unter der Pergola gemütlich gemacht haben, bessert sich die Stimmung. Abbe schläft auf dem Sofa in der Laube. Selma sitzt zwischen Urban und Östen auf der Hollywoodschaukel und redet und redet. Selma kannte ja Greta, Urbans Tante. Auch Åke fühlt sich sichtlich wohl. Sie reden über Blumen und die Herstellung von Saft, denn Saft haben Greta und Selma oft gekocht. Viola war auch mit dabei. Und Edna und natürlich noch andere.

»Aus allem haben wir Saft gemacht. Holundersaft, Erdbeersaft, Himbeersaft, Apfelsaft, Rhabarbersaft, sogar aus den Blättern von Schwarzen Johannisbeeren, und Greta hatte ein himmlisches Rezept für Stachelbeersaft mit Honig.«

»Das Rezept habe ich«, sagt Urban.

»Was sagst du da? Wie ich diesen Saft vermisst habe!«, ruft Selma.

Åke nimmt sich behaglich summend noch eine Zimtschnecke. Zum Thema »Saft« scheint er nicht viel beitragen zu können, aber er hat ein paar Verbesserungsvorschläge für Urbans und Östens Gartenlaube. Und Margareth mag ihn. Sie sitzt auf seiner Schulter.

»Sie haben also den Eisenhut-Club gegründet?«, fragt Urban Selma.

»In der Tat«, sagt Selma. »Und daher stammt auch die Begeisterung für Saft. Wir wollten alles nutzen, was in der Kleingartenkolonie wuchs, bevor sie zerstört wurde.«

»Ist es nicht merkwürdig, dass die Ermordeten mit Aconitin vergiftet wurden?« Viveka kann sich die Frage nicht verkneifen. Man muss ja auf den Gedanken kommen, dass die Morde was mit dem Eisenhut zu tun haben.

Die seltsame Information, die sie kürzlich von Fransson bekommen hat, erwähnt sie nicht.

»Ich habe jedenfalls ein Gegengift hergestellt«, sagt Östen.

»Was?«

Alle schauen ihn verwundert an.

»Ich dachte mir, angesichts der vielen Vergiftungen hier wäre es einen Versuch wert. Leider bin ich noch nicht dazu gekommen, das Mittel auszuprobieren. Es stellt sich niemand als Versuchsperson zur Verfügung, aber ich verwette meinen alten Bademantel darauf, dass es funktioniert. It works.«

Östen sieht äußerst stolz und zufrieden aus. Alle anderen am Tisch wirken etwas skeptisch.

»Es ist ja verständlich, dass man nicht leicht jemanden findet, der das testet«, sagt Viveka.

Urban scheint verärgert zu sein.

»Du treibst ja ziemlich geheimnisvolle Dinge«, sagt er.

Offensichtlich ist er von Östens Faszination für Gifte und Gegengifte nicht angetan.

»Ich habe einfach ein bisschen rumprobiert«, sagt Östen. »Mit Pflanzen und den Wirkstoffen darin kenne ich mich ziemlich gut aus. Außerdem bin ich zufällig Apotheker. War ich nicht derjenige, der neulich den Fußpilz zwischen deinen Zehen mit Breitwegerich weggekriegt hat, Urban?«

Urban wirkt peinlich berührt.

»Das ist doch was anderes.«

Niemand scheint große Lust zu haben, näher auf Urbans Fußpilz einzugehen.

Doch Selma interessiert sich für das Thema.

»Gegen Aconitin gibt es kein Gegengift«, sagt sie.

»Jetzt schon«, erwidert Östen.

»Und was, wenn es nicht funktioniert?«, fragt Urban. »Dieses Gegengift würde man wirklich nur im Notfall ausprobieren.«

»Wenn du Aconitin zu dir genommen hast, ist das ein Notfall«, sagt Östen.

Alle schweigen.

Åke knibbelt abgeblätterte Farbe vom Gartentisch.

Urban kratzt sich am Fuß und vergewissert sich, dass der Kaffee noch heiß ist.

»Eisenhut-Club«, sagt Margareth. »Eisenhut-Club. Hoffen wir's. Hoffen wir's. Halleluja.«

Alle lachen.

»Halleluja hat sie noch nie gesagt«, sagt Viveka. »Wo hat sie das her?«

»Das sagt sie manchmal, wenn Leute zusammensitzen und reden. Sie denkt, dies wäre ein Gebetstreffen. Das kennt sie von Greta«, sagt Östen.

»Und wir dachten, der Eisenhut-Club wäre eine Genossenschaft in Bagis«, sagt Östen.

»Das ist er ja auch«, sagt Viveka.

»Ja, aber das hat ja nichts mit dieser Sache zu tun.«

»Ich habe wirklich Recherchen angestellt«, berichtet Viveka. »Der Vereinssitz wurde von Hansson & Bard gebaut. Und Skott war Vorsitzender. Das ist trotz allem ein äußerst merkwürdiges Zusammenspiel. Drei

Häuser gehören zu der Genossenschaft. Viola, also Veilchen, Eisenhut und Rose heißen sie.«

»Das ist doch nicht verwunderlich«, sagt Åke.

Das mit dem Hörgerät muss er mittlerweile wirklich im Griff haben, denn er scheint plötzlich jedes Wort zu verstehen.

»Skott hat auch Häuser in Bagarmossen gebaut, und da er den Eisenhut-Club noch in so frischer Erinnerung hatte, hat er die Genossenschaft und auch eins der Häuser danach benannt. Haus Veilchen wurde nach Viola benannt und das dritte nach Rosa«, sagt Åke.

Rund um den Tisch wird es still.

»Rosa? Wer war das denn?«, fragt Viveka.

Ganz nebenbei bekommt sie mit, dass Åke trotz gegenteiliger Behauptung doch so einiges über Skotts Geschäfte weiß, und das muss er ja auch, da die beiden laut Hilli sogar zusammengearbeitet haben sollen. Sie versteht nicht, warum Åke in diesem Punkt gelogen hat. Möglicherweise war es ein heikles Thema für ihn, weil er sich für Viola interessierte, aber offensichtlich nichts daraus geworden ist.

»Rosa«, sagen Åke und Selma wie aus einem Mund. »Seine zweite Tochter.«

Eine zweite Tochter, denkt Viveka. Das Foto, na klar, Åkes Foto aus der Sonntagsschule! Genau das hatte sie gedacht, als sie das Bild sah, oder vielleicht nicht gedacht, aber mehr oder weniger bewusst wahrgenommen. Das Mädchen neben Viola, das genau die gleichen straff geflochtenen Zöpfe trug, sah exakt aus wie Viola, die beiden waren identisch.

»Skott hatte also noch eine Tochter«, sagt Viveka.

»Ja, natürlich«, sagt Selma. »Sie waren Zwillinge

und waren sich unheimlich ähnlich. Aber Rosa ist mit der Mutter nach Amerika gezogen.«

Rosa, denkt Viveka. In ihrem Kopf rattert es wie verrückt. Sie merkt, dass Urban und Östen dasselbe denken wie sie. Wenn es eine Zwillingsschwester gibt, wenn es eine Rosa gibt, die Viola zudem unheimlich ähnlich sieht, dann ist die Dame mit der braunen Handtasche vielleicht keine Einbildung. Dann gibt es sie vielleicht wirklich.

64

Die Familie ist auf dem Weg nach Stockholm und kommt gegen Abend an, hat Pål erzählt. Und dann essen sie Tacos, sagt er. Viveka freut sich fast auf die Tacos, Hauptsache, sie ist wieder mit ihrer Familie zusammen.

Sie ist extra früh aufgestanden, um den Holundersaft in Flaschen zu füllen. Dann fährt sie zur Kirche. Sie war schon ziemlich lange nicht mehr dort und will nach dem Rechten sehen. Der Saft rinnt frisch, verführerisch und supersommerlich in die Flaschen. Viveka würde ihn gern probieren, beschließt aber zu warten, bis er eiskalt ist. In letzter Minute packt sie doch noch eine Flasche ein. Sie wird wunderbar zum Mittagessen schmecken.

In der Kirche ist es still und so staubig, als wäre hier schon seit einer Weile nicmand gewesen. Vielleicht stimmt das auch, denn im Sommer feiern sie normalerweise keine Gottesdienste. Viveka hat keine Ahnung, ob und was hier in letzter Zeit stattgefunden hat. Der Vorstand hat sie zum Urlaub verdonnert und soll sich gefälligst selbst um alles kümmern. Einen Stich versetzt es ihr trotzdem. Sie hat das Gefühl, dass sie eigentlich hier sein und für eine lebendige Gemeinschaft sorgen sollte. Außerdem gibt es Menschen, die auch im Sommer gerne einen Gottesdienst besuchen würden, denn viele sind gerade dann besonders einsam.

Durch die großen gewölbten Fenster scheint die Sonne in den Kirchenraum.

Sie setzt sich in die erste Bankreihe und lauscht der Stille. »Silence is the language of God«, hat jemand gesagt. »All else ist poor translation.« Sie glaubt, es war der persische Dichter und Mystiker Rumi. Sie mag den Kirchenraum, wenn niemand hier ist. Es ist, als wäre Gott noch ein bisschen geblieben, um auf jemanden zu warten, der nach ihm sucht. Neben ihr auf der Bank hat jemand einen Zettel liegen lassen. Darauf steht immer wieder: »Du sollst deinen Vater und deine Mutter ehren.« Das ganze Blatt ist mit zittriger Handschrift vollgekrakelt.

Abgesehen davon, dass die Pflanzen nun mausetot sind und es aus dem Mülleimer stinkt, hat sich in ihrem Büro nichts verändert. Viveka räumt auf und beschließt, neue Pflanzen zu kaufen, wenn sie wieder anfängt zu arbeiten. Eine anspruchslose Sorte. Plötzlich entdeckt sie etwas im Bücherregal. Ungläubig starrt sie darauf. Das Kirchenbuch ist wieder da! Es steht ganz links, an derselben Stelle wie immer. Doch, tatsächlich. Das Buch steht sogar einen Tick vor, so als wollte jemand, dass es ihr auffällt. Merkwürdig! Eigentlich hat Viveka sich noch nie intensiver mit dem Kirchenbuch beschäftigt. Sie trägt die neuen Mitglieder ein, was an und für sich natürlich Spaß macht, und sie hält pflichtbewusst jede Taufe, jeden Todesfall und jeden Austritt aus der Gemeinde fest, aber mehr auch nicht. Jetzt blättert sie in dem dicken Buch, in dem seit etwa hundert Jahren – so lange gibt es die Gemeinde schon – alle Gemeindemitglieder und ihre Kinder eingetragen sind. Sie sieht, dass Thorvald Skott und seine Frau Erna 1919 in die Gemeinde eingetreten sind. Sie waren also von Anfang an dabei. Die Buchstaben sind kaum zu entziffern. Pastor Harald Månsson, der damals für die Eintragungen zuständig war, hatte keine besonders schöne Handschrift. Im Jahr 1930 wurden Thorvald und Erna Eltern. Sie bekamen zwei Kinder, die Zwillinge Viola und Rosa, das stimmt. Von Rosa hatte Viveka bislang wirklich noch nie gehört. Ein wenig seltsam ist das schon, aber vermutlich war es Thorvald peinlich, dass sich seine Frau nach Amerika abgesetzt hat und noch dazu die eine Tochter mitnahm. Wahrscheinlich wurde über die Angelegenheit Stillschweigen bewahrt. Aus dem Kirchenbuch geht hervor, dass Erna und Rosa die Gemeinde 1938 verließen. Dann steht da noch etwas über Viola. Sie wurde Mitglied der Gemeinde und bekam ein Kind. Das war im Jahr 1968. Die Eintragung ist etwas unleserlich, aber es sieht so aus, als hieße das Kind Albert.

65

Viola hat einen Sohn namens Albert bekommen. Das muss Abbe sein. Er ist schließlich 1968 geboren. 1968 war Viola schon ziemlich alt, sie war 38, aber es könnte trotzdem stimmen. Albert ist ein ungewöhnlicher Name, zumindest in Vivekas Generation. Viveka kennt nur eine Person ihres Alters, die Albert heißt. Und Abbe hat ja gesagt, dass seine Mutter unverheiratet war und aus Enskede kam. Abbe muss davon erfahren. Viveka begreift, wie wichtig es für ihn ist. Sie ahnt, dass es entscheidend ist, auch wenn ihr nicht ganz klar ist, in welcher Hinsicht. Sie hat das Gefühl, es ihm sofort sagen zu müssen, weil es so wichtig ist. Er hatte recht, denkt sie. Mit seiner Vermutung, dass das Kirchenbuch von Bedeutung sei, lag er von Anfang an richtig. Kann Abbes Behauptung, das Kirchenbuch wäre aus der Buchhandlung gestohlen worden, stimmen? Sie weiß es nicht, aber auf jeden Fall war das Kirchenbuch weg, und nun steht es wieder da. Vielleicht war es jemand, der verhindern wollte, dass Abbe es erfährt. Jemand, der wusste, dass Abbe angefangen hatte, in der Vergangenheit zu wühlen.

Mit dem Kirchenbuch unterm Arm radelt sie zur Buchhandlung. Warum hat Viola Abbe nicht behalten? Unverheiratete Mütter waren zwar nicht gut angesehen, nicht zuletzt in der Freikirche, aber es war immerhin das Jahr 1968. Thorvald Skott muss dahinterstecken, denkt Viveka. Es hatte bestimmt mit ihm zu tun. Gelebt hat er damals jedenfalls noch, er ist erst 1975 gestorben, erinnert sie sich. Skott war unheimlich konservativ.

Viola hat sich einfach für ihren Vater und gegen ihren Sohn entschieden. Viveka denkt an Abbe, der so verloren ist. So etwas wie Viola hätte ich nie gemacht. Ich habe meinen Vater zwar auch geliebt, aber ich hätte ihn niemals meinen Kindern vorgezogen.

Vor der Buchhandlung tritt sie auf die Bremse. Den ganzen Vormittag war es unerträglich heiß, aber nun spürt sie Regentropfen auf der Haut. Regen! Es hat seit Wochen nicht geregnet. Es donnert auch schon, und hinter dem Ericsson Globe türmen sich dunkle Wolken auf.

Die Tür zur Buchhandlung ist nicht abgeschlossen, aber Abbe ist nicht da. Es herrscht ein heilloseres Durcheinander als je zuvor. Es riecht nach dreckigen Socken und Müll. Leere Flaschen und alte Pizzakartons zwischen den Bücherstapeln. Mitten in dem Tohuwabohu entdeckt sie Blixten. Oder besser gesagt seine Überreste. Er scheint nicht einfach kaputtgegangen, sondern in Stücke gehackt worden zu sein. Abbe hat Blixten zerstört. Plötzlich begreift Viveka, dass Abbe kurz davor ist, etwas Schreckliches zu tun. Sie muss ihn finden. Aber wo? Vor der Buchhandlung stößt sie mit Flaschen-Frasse, Berta und einer ganzen Fuhre Flaschen zusammen. Mittlerweile schüttet es, und Frasse versucht, die vielen Flaschen in seinem Wägelchen notdürftig abzudecken.

»Hast du Abbe gesehen, Frasse? Den Buchhändler?«

»Ja.«

»Du weißt nicht zufällig, wo er hinwollte?«

»Zu BEA, glaube ich.«

»Hat er das gesagt?«

»Ja. BEA.«

Frasse kratzt sich am Kopf.

»Irgendwie war er nicht ganz er selbst. Er hat gesagt, dass alles Scheiße wäre, und dass er selbst und auch alle anderen hier in Enskede nur Scheiße wären. Entschuldige bitte meine Ausdrucksweise, Viveka, aber es war so. Er hat gesagt, ich wäre der einzige Idealist hier. Ein wahrer Umweltschützer. Dann hat er gesagt, dass Hunde nicht ewig leben. Das sollte ich im Hinterkopf behalten. Ich fand es nicht nett von ihm, so was zu sagen. Natürlich weiß ich, dass Hunde nicht ewig leben, aber mir das einfach ins Gesicht zu schleudern? Für mein Empfinden tut man das nicht. Ich war übrigens auch gerade auf dem Weg zu BEA, die haben das Hundefutter reduziert.«

»Er ist nicht im Gleichgewicht, verstehst du? Deshalb muss ich ihn ja finden.«

Viveka dreht ihr Fahrrad um und rast in Richtung BEA. Es blitzt, donnert und gießt wie aus Eimern.

Im strömenden Regen tritt eine alte Dame mit brauner Handtasche und Regenschirm aus dem Park und folgt Viveka zu Fuß.

Viveka tritt wie eine Wahnsinnige in die Pedale, obwohl das mit dem Kirchenbuch nicht so einfach ist. Sie hat es unter ihr T-Shirt gesteckt, damit es nicht nass wird. Es besteht die Gefahr, dass das Buch Schaden nimmt und die Schrift verwischt. Sintflutartig fällt der Regen und rauscht durch die Rinnsteine. Sie muss Abbe finden. Sie weiß nicht, was er vorhat, aber sie weiß, dass sie ihn davon abhalten muss. Im Kreisverkehr muss sie eine Vollbremsung machen, aber die Bremsen verweigern ihren Dienst. Viveka kracht seitlich in ein Auto und wird wie ein Geschoss über die

Motorhaube geschleudert. Sie sieht noch den Asphalt auf sich zukommen, dann wird alles schwarz.

66

Selma hat mörderische Rückenschmerzen. Trotzdem hat sie es geschafft, ihren Holundersaft in Flaschen zu füllen und einige davon in den Kühlschrank zu stellen. Jetzt wird sie den Saft mal probieren. Sie will gerade einen Schluck trinken, als ihr die Worte wieder in den Sinn kommen, an die sie in letzter Zeit öfter gedacht hat, diese Worte, die damals eins der beiden Clubmitglieder geäußert hatte, die das Gift herstellen konnten. »Wenn ich jemanden mit Eisenhut vergiften würde, dann nur in Kombination mit Holundersaft.« Die Worte klingen ihr noch im Ohr. Selma hört sie so deutlich, als stünde die Person, die sie gesagt hat, noch im Raum. Plötzlich bekommt sie Angst vor ihrem eigenen Holundersaft. Sie hat überhaupt keine Lust mehr, ihn zu trinken. Selma denkt nach und zählt eins und eins zusammen. Sie hat ein langes Leben gehabt. Sie ahnt und weiß, wozu Menschen fähig sind. Manches, das sie nur vermutet hat, ergibt nun einen Sinn. Bedächtig gießt sie den Saft in den Ausguss. Sie denkt an die Pastorin und ihren Holundersaft. Sie denkt nach über Vergiftungen und die vergangenen Ereignisse. Vielleicht stimmt mit dem Saft der Pastorin etwas nicht. Vielleicht muss sich die Pastorin in Acht nehmen. Selma hat kein gutes Gefühl. Sie sollte zur Pastorin nach Hause gehen. Wenn doch nur ihr Rücken nicht so schrecklich weh tun würde. Außerdem scheint sich ein richtiges Unwetter zusammengebraut zu haben. Es donnert so kräftig, dass die Fensterscheiben scheppern. Andererseits hat sich Selma von Gewittern noch nie aufhalten lassen. Der Rücken hingegen ... Selma versucht, den Rollator die Außentreppe hinunterzurollen, aber da wird sie vor Schmerzen fast ohnmächtig. Nein, es geht nicht. Heute nicht. Sie sitzt auf dem Hocker im Flur und betrachtet verärgert den Rollator, als wäre alles seine Schuld. Sie muss die Pastorin erreichen. Je länger sie darüber nachdenkt, desto sicherer ist sie sich, dass es wichtig ist. Was die Pastorin wohl gerade macht? Vielleicht ist sie bei dem Wetter zu Hause geblieben. Vielleicht bekommt sie in diesem Augenblick Lust, ihren Holundersaft zu probieren. Zu telefonieren wagt Selma bei Gewitter nicht. Da kommt ihr eine Idee. Sie tippelt auf wackligen Beinen in den begehbaren Kleiderschrank und kramt darin herum. Ganz hinten entdeckt sie einen alten Koffer und zerrt ihn hervor. Darin sind lauter alte Sachen von früher, ein grünes Abendkleid, das sie auf einer ganz besonderen Hochzeit getragen hat, schöne Unterwäsche, ein Wintermantel und – Selma holt es heraus – ein Spirellakorsett. Sie hat es nur aus nostalgischen Gründen aufbewahrt, denn Selma ist eine Nostalgikerin. Es handelt sich um ein Spirella 305, das hinten geschnürt wird, dieses Modell hat sich am besten verkauft. Als Spirella die Produktion des 305 einstellte, weil Korsetts aus der Mode und moderne Nylonstrümpfe auf den Markt kamen, vergossen einige Frauen Tränen. Spirella 305 war ihr treuester Freund im Leben gewesen. Selma streicht zärtlich über den pfirsichfarbenen Stoff. Das Korsett ist so gut wie nie getragen worden. Selma persönlich hielt nicht viel von Korsetts, aber dieses hier hat sie aufbewahrt. Und jetzt kann sie es gut gebrauchen. Selma streift sich das Korsett über den Kopf, schließt den Reißverschluss und zieht an den richtigen Stellen die Schnüre straff. Der Rücken fühlt sich jetzt besser an. Sie schnürt sich noch ein bisschen fester ein und zieht an den Bändchen, bis ihr fast die Luft wegbleibt. Doch, jetzt geht es ihr eindeutig besser. Dass sie nicht früher darauf gekommen ist. Doch genau wie so viele andere Dinge aus der Vergangenheit war das Korsett in der hintersten Ecke des Kleiderschranks versteckt.

Jetzt gelingt es ihr, den Rollator über die Türschwelle und die Stufen hinunterzuruckeln, sie schiebt ihn über den Gartenweg und nimmt Kurs auf den Stockholmsväg. Wassermassen rauschen durch den Margaretaväg, aber an Regen und Sturmböen ist Selma gewöhnt. War sie denn nicht die Frau, die mit ihrem Boot auch bei steifer Brise im mittleren und südlichen Schärengarten unterwegs war? Wozu sie mit siebzehn in der Lage war, wird sie mit neunzig auch noch schaffen.

Bei der Pastorin macht niemand auf, aber vor dem Haus trifft sie einen Jungen auf einem Fahrrad.

»Suchen Sie Viveka? Die ist nicht zu Hause. In der Kirche ist sie auch nicht. Sie wollte zu BEA. Ich habe gehört, wie sie das zu Flaschen-Frasse gesagt hat.«

BEA, ach so, warum nicht, denkt Selma. Ich brauche sowieso wieder Risifrutti.

67

Als Viveka die Augen aufschlägt, sieht sie die Gesichter.

»Sie wacht auf«, sagt jemand.

»Der Krankenwagen ist unterwegs.«

»Viveka«, schreit eine Stimme. »Viveka!«

Die Gesichter verschwimmen.

»Ich habe gesehen, wie es passiert ist«, sagt eine andere Stimme. »Zuerst ist sie mit dem Kopf in Richtung Asphalt geflogen, aber kurz vor der Landung hat sie eine Art Salto gemacht und ist auf den Rücken und nicht auf den Kopf geknallt.«

Viveka kann die Gesichter jetzt erkennen. Sie sieht Julius.

»Hallo, Julius!«

»Bist du mit einem Auto zusammengestoßen, Viveka?«

»Scheint so.«

Viveka versucht sich aufzusetzen. Irgendjemand hat sie mit einer Jacke zugedeckt.

»Immer mit der Ruhe!«, brüllen die Leute.

Mehrere Hände drücken sie wieder auf den Boden.

Der Krankenwagen kommt gleich.

Da muss Viveka an Abbe denken. Abbe ist kurz davor, etwas Schreckliches zu tun. Und das Kirchenbuch! Wo ist es? Sie sieht es neben einer riesigen Pfütze liegen. Zum Glück ist es nicht in der Lache gelandet. Sie schiebt die Hände weg, rappelt sich auf und stellt sich hin. Das verbogene Fahrrad liegt auf der anderen Seite des Rondells. Viveka wankt hinüber.

»Mein Fahrrad. Ich muss zu BEA.«

»Der Bremszug ist gerissen«, sagt jemand.

»Ganz ruhig«, sagt ein großer Mann neben Viveka.

Er sieht aus wie einer, der den Umgang mit hysterischen Personen gewohnt ist.

»Sie bleiben am besten hier, bis der Krankenwagen eintrifft.«

Er kommt auf sie zu.

»Hier, nimm mein Fahrrad. Es hat vierundzwanzig Gänge.«

»Julius, du bist mein Held«, ruft Viveka.

Sie angelt sich das Kirchenbuch, wirft sich auf Julius' Rad und radelt schwankend los. Das Fahrrad eiert, und ihr ist schwindelig, aber sie fährt in Richtung BEA, zumindest ein Stück, und entfernt sich von dem Menschenauflauf und dem Mann, der sie auffordert, den Krankenwagen abzuwarten. Sie kann kaum die Augen offen halten, die Lichter blenden, aber wenn sie sich auf ihre strampelnden Füße und die Sturzbäche auf der Straße konzentriert, geht es. Sie will sich beeilen, aber sie kommt so langsam voran, als führe sie bergauf. Vielleicht ist sie im falschen Gang. Bei vierundzwanzig Gängen ist das nicht leicht zu erkennen.

Sie muss Abbe helfen. Es fühlt sich an, als kämpfe sie sich durch Sand, aber sie sieht ja, dass sich unter den Reifen Asphalt befindet. Dann kippt das Fahrrad um. Das Rad liegt auf ihrem Bein und ihr Oberkörper in einer Pfütze. Es gießt in Strömen, und ihr Bein tut weh. In der Pfütze schwimmt ein Kaugummi. Daneben ein Plastikbeutel voll Hundekacke. Und das Kirchenbuch. Sie muss weiterradeln, hat aber das Gefühl, gleich einzuschlafen. Am Ende schafft sie es wenigstens aufzustehen. Ein Auto fährt an ihr vorbei und duscht sie mit der Dreckbrühe aus der Pfütze. Sie denkt an Julius, der jetzt vielleicht ganz traurig wird, weil sein Fahrrad schmutzig ist. Dann schiebt sie das Rad ein Stück. Es ist gut, dass sie sich daran festhalten kann, denn jetzt ist ihr richtig schwindlig. Sie fragt sich, was Abbe vorhat. Sie will ihm unbedingt sagen, dass sie seine Mutter gefunden hat, bevor er in die Tat umsetzt, was immer er im Sinn hat. Dann wird alles gut, glaubt sie.

Bei BEA taumelt sie in die Petunien, die vorm Blumenstand aufgereiht sind. Einige Pflanzen machen einen vollkommen matschigen Eindruck, aber sie kann jetzt nicht stehen bleiben. Sie muss schnell Julius' Fahrrad abschließen, kapiert aber nicht, wie das Schloss funktioniert. Es klappt einfach nicht, und sie muss ja rein zu Abbe. Schließlich lässt sie das Fahrrad einfach zwischen den Einkaufswagen fallen.

Viveka eilt in den Supermarkt.

68

Selma ist auch auf dem Weg zu BEA. Sie hat es mit ihrem Rollator auf ein beachtliches Tempo gebracht, Schotter und Wasser spritzen nur so, aber es geht ihr trotzdem nicht schnell genug. Ständig bleibt das Ding an Steinen und Bordsteinkanten hängen. Selma bekommt Angst. Was, wenn sie es nicht rechtzeitig schafft? Was, wenn die Pastorin den Saft trinkt? Die Pastorin hat oft eine Flasche dabei und trinkt daraus. Dauernd erklärt sie, wie wichtig es sei, viel Wasser zu trinken und Obst zu essen. Doch jetzt ist Viveka in Gefahr, das hat Selma im Urin. Östens Gegengift fällt ihr ein. Am liebsten würde sie Östen bitten, mit dem

Gegengift hierherzukommen. Sicherheitshalber. Jetzt könnte man ein Mobiltelefon gebrauchen, denkt Selma.

Eine redselige kleine Gestalt gesellt sich zu ihr. Es scheint der Junge zu sein, den sie bei der Pastorin vorm Haus getroffen hat. Er quasselt in einem fort.

»Aber dann habe ich ihr mein Fahrrad geliehen, das hat vierundzwanzig Gänge. Und sie ist damit wahnsinnig schnell gefahren, denn mein Fahrrad ist super-, superschnell. Sie konnte auch noch Fahrrad fahren, obwohl sie gerade einen VERKEHRSUNFALL hinter sich hatte. Die anderen haben gesagt, sie ist in ein Auto gerast und durch die Luft geflogen. Sie hätte sterben können.«

Was für ein lästiger Kerl. Von wem redet er eigentlich, denkt Selma. Dann fällt ihr ein, dass er vielleicht ein Handy hat. Er ist zwar noch ein Kind, aber wer weiß.

»Hast du eventuell ein Mobiltelefon, das ich mir mal borgen könnte?«, fragt sie.

»Geht auch ein iPhone?«, fragt Julius.

»Ich glaube, ja«, erwidert Selma.

Dann hilft Julius ihr, die Nummer von Östen zu finden. Östen geht dran und schaltet sofort. Er und Urban würden sich sofort mit dem Gegengift auf den Weg machen, sagt er. Sie nehmen das Auto. Wohin noch mal, zu BEA?

Julius hat auch verstanden, worum es geht, und hilft Selma, den Rollator das letzte Stück zu schieben. Vollkommen durchweicht erreichen sie BEA. Ihr Haar klebt klitschnass am Kopf, in den Schuhen schwappt das Wasser. Wie ertränkte Katzen sehen sie aus. Selma ist irgendwo an der Kreuzung zwischen Stockholms- und Svampväg der Hut weggeflogen. Jetzt liegt er da und treibt auf den überschwemmten Kellereingang von Hanssons zu und wird nie wieder er selbst sein. Selma hingegen bewahrt dank ihrem Spirellakorsett eine tadellose Haltung.

69

Auf der Rolltreppe in den Keller stellt Viveka fest, dass tatsächlich etwas ganz und gar nicht stimmt. Sie sieht Abbe sofort. Unten riecht es seltsam nach nasser Kleidung und Terpentin oder Verdünner. Der Boden ist von den nassen Schuhen der Kunden rutschig. Abbe steht ein Stück entfernt von ihr bei den Schuhen.

»... sich einfach einen Haufen Schuhe kaufen, obwohl ein Paar auch reicht«, ruft er.

Alle starren Abbe an.

»Aber nein, uns reicht das nicht. Menschen verhungern. Die Erde wird zerstört, und wir kaufen und kaufen. Es wäre besser, wenn es die Menschheit nicht gäbe. Unser Leben ist vollkommen sinnlos«, fährt er fort.

Abbe ist sturzbetrunken. Als Viveka näher kommt, merkt sie, dass er den starken Geruch verströmt. Abbe hat sich mit irgendeiner Flüssigkeit überschüttet und hält ein Feuerzeug in der Hand.

Niemand scheint sich an ihn heranzutrauen.

»MEIN LEBEN IST VOLLKOMMEN SINNLOS!«

Abbe fummelt an dem Feuerzeug herum und versucht, es anzukriegen.

Aus ihrem Blickwinkel kann Viveka die Regale links

von Abbe sehen, in denen man flüssigen Grillanzünder und Lampenöl in Flaschen sowie Universalgas in Dosen findet. Es sind die Regale mit den feuergefährlichen Produkten. Will Abbe sich selbst anzünden? Wenn er das tut, steckt er hier alles in Brand. Und es wird schnell brennen. Der Laden wird explodieren. Sie sieht sich um. Den Leuten scheint der Ernst der Lage nicht bewusst zu sein. Sie betrachten Abbe beinahe neugierig. Ihnen ist nicht klar, was passieren wird, wenn es Abbe gelingt, das Feuerzeug anzuzünden. Das Untergeschoss ist voller Menschen. Wir werden es nicht nach draußen schaffen, denkt Viveka. Alle, die sich hier unten im Keller befinden, werden es nicht hinausschaffen. Die Leute werden in Panik verfallen. Sie will laut schreien, dass alle rausrennen sollen, aber dann bricht Chaos aus. Wie sollen es auf dieser schmalen Rolltreppe alle nach draußen schaffen? Die Kinder werden niedergetrampelt werden. Viveka wird schlecht, und ihr Kopf scheint zu platzen.

Plötzlich taucht Åke neben ihr auf. Åke ist kreidebleich, und seine Knöchel treten weiß hervor, weil er sich krampfhaft an einen leeren Einkaufswagen klammert. Er sieht aus, als würde er gleich eine Art von Anfall bekommen.

»Åke«, sagt Viveka.

Aber Åke antwortet nicht. Er starrt Abbe an und hält den Einkaufswagen fest. Viveka hat jetzt keine Zeit, sich Sorgen um ihn zu machen. Sie will mit Abbe reden, aber ihr ist so furchtbar schwindlig, dass sie sich an einem Wachstuchständer festhalten muss, um nicht das Gleichgewicht zu verlieren. Kann denn niemand hier eingreifen? Sie schaut sich um. Da sieht sie Selma den Infoschalter umrunden. Doch, das muss Selma sein, obwohl sie anscheinend eine neue Frisur hat. Julius ist auch dabei, und weiter hinten kommen Urban und Östen. Selma eilt mit ihrem Rollator auf die Schuhe zu. Ist ihr bewusst, was hier los ist? Sie sieht doch nichts. Viveka will ihr zurufen, dass sie stehen bleiben soll, aber sie bekommt kein Wort heraus. Als Selma an den Spielsachen vorbeirast, erblickt Viveka Pål. Pål und die Kinder. Sie sind wieder da! Und jetzt sind sie hier, um Tacos zu kaufen. Ihre Kinder sind hier, und Abbe hat sich mit Flüssiganzünder getränkt und will sich in Brand stecken.

»Kommt mir nicht zu nahe«, ruft Abbe. »Bleibt alle, wo ihr seid.«

Sie muss mit Abbe reden. Sie stolpert auf ihn zu und ruft:

»Ich bin es, Abbe. Viveka!«

Abbe dreht sich zu ihr um. Er zuckt zusammen, als er sie erblickt, und über sein Gesicht zieht ein trauriger Schatten.

»Vicky«, sagte er.

»Abbe, ich weiß jetzt, wer deine Mutter war. Viola Skott. Es stand im Kirchenbuch, genau wie du vermutet hast.«

Viveka hält das durchnässte Kirchenbuch hoch, das beinahe auseinanderfällt.

Abbe steht reglos da und schaut sie an.

Viveka denkt, dass sie noch nie einen so traurigen Menschen wie Abbe gesehen hat.

Tränen laufen ihm übers Gesicht.

»Viola Skott«, sagt er.

»Sie war deine Mutter, Abbe.«

Alles steht still.

»Das spielt keine Rolle«, brüllt er plötzlich und richtet sich stocksteif auf. »Es spielt keine Rolle. Sie ist ja tot, verfluchte Scheiße. Sie ist tot. Mein ganzes Leben besteht nur aus dieser beschissenen Sehnsucht nach etwas, das es gar nicht gibt.«

»Hör auf, Abbe«, sagt Viveka. »Wir gehen nach Hause.«

»Ich sehe jetzt klar«, ruft Abbe. »Meine ganze Person ist ein einziger großer Irrtum. Wir alle sind das. Viola Skott war meine Mutter, haha. Mein Leben wird sich trotzdem niemals richtig anfühlen. Ich werde sie niemals kennenlernen. Und du, Vicky, du hast mich im Stich gelassen.«

Zielstrebig geht Selma an den Hula-Hoop-Reifen vorbei. Sie scheint die Handtaschen hinter Abbe anzusteuern. Oder Abbe.

Keiner rührt sich. Abbe spricht laut und schnell und fummelt nervös an dem Feuerzeug herum. Viveka hört ihm nicht mehr zu, aber sie registriert, dass seine Stimme höher geworden ist. So klingt eine Stimme, kurz bevor sie bricht. Das ist das Ende, denkt Viveka. Wir werden verbrennen. Sie sieht die anderen an, alle stehen sie da, sie sieht Åke direkt neben ihr, sie sieht Sten aus dem Heimatverein, Flaschen-Frasse und die Dicke Berta. Und Daphine. Ach ja, die wollte sich ja Muffinförmchen aus Silikon besorgen. Sie schaut in die Richtung von Urban und Östen, die irgendwas von ihr zu wollen scheinen. Sie sieht ihren Mann und ihre Kinder. Julius. Und all die anderen. So soll es also zu Ende gehen, denkt sie, mit uns, die wir in Enskede wohnen und leben, uns, die wir bei BEA einkaufen. Und sie denkt: Ich liebe diese Menschen. Ich liebe diese Menschen wirklich.

Hinter Selma kommt noch eine alte Tante, und auch sie geht auf Abbe zu. Und ach, das kann doch nicht wahr sein, es ist die Tante mit der braunen Handtasche. Sie sieht wirklich wie Viola aus, aber Viola ist ja tot. Viveka hat sie selbst beerdigt. Sie hat den Namen auf dem Sarg, einem hellbraunen Sarg aus Edelholz, extra noch mal gelesen. Das tut sie immer, um ganz sicherzugehen, dass sie die richtige Person beerdigt. Åke, der neben ihr steht, klammert sich jetzt noch fester an den Einkaufswagen und murmelt etwas in der Art von: »Hat sich nicht an das Versprechen gehalten«, vor sich hin.

Könnte das die alte Tante Rosa sein?

Als Abbe die alte Dame entdeckt, die Viola so ähnlich sieht, kommt er aus dem Konzept. Gleichzeitig nähert sich Selma.

Åke hat ein neues Mantra: »Mutter und Sohn.«

»Nein, Selma!«, schreit Viveka.

Doch Selma hört nicht. Sie nimmt anscheinend Anlauf und schubst Abbe von hinten. Er fällt vornüber in die Hausschuhe. Die alte Tante, die Viola so ähnlich sieht, ist jetzt bei Abbe angekommen und ruft laut:

»Tu es nicht, Albert, tu es nicht! Ich bin deine Mutter. Ich habe ihm versprochen, kein Wort darüber zu verlieren, verstehst du, aber jetzt tue ich es doch. Ich bin deine Mutter, Albert.«

Viveka kommt nicht mit, sie begreift überhaupt nichts.

Sie hat nur einen Gedanken im Kopf: Ich habe die Falsche begraben.

70

Die Polizei kommt, um Abbe abzuholen. Viveka fühlt sich verpflichtet, ihn zu begleiten.

Pål steht mit den Einkaufstüten und den Kindern da und scheint auch ein wenig Unterstützung gebrauchen zu können. Dies ist vermutlich eine der Situationen, in der Familien zusammenhalten sollten. Schließlich wäre man beinahe gestorben. Andererseits will sie unbedingt Abbe zur Seite stehen. Abbe ist doch eigentlich ein guter Mensch und will niemandem etwas Böses. Er ist nur so unglücklich.

Und dann ist da noch Viola. Sie wiederholt unentwegt, dass sie Abbes Mutter ist. Viveka kapiert noch immer nichts. Dann fällt sie in Ohnmacht.

Sie wacht in einem Krankenhausbett auf, als eine Person im weißen Kittel ihr sagt, sie habe Besuch. Polentepopilla ist da. Polentepopilla sieht netter aus als sonst, findet Viveka. Sie hat etwas Mildes, fast Mütterliches an sich, aber vielleicht liegt das nur daran, dass Viveka ein wenig durcheinander ist. Popilla stellt Viveka alle möglichen Fragen. Dann erzählt sie:

»Viola wird der Morde verdächtigt. Die Person, die Sie begraben haben, war ihre Schwester Rosa. Wir glauben, dass Viola diejenige war, die sie vergiftet hat. Mit Eisenhut. Rosa kam offenbar im Zuge des Verkaufs des Hauses nach Schweden, denn das Haus gehörte auch ihr. Anschließend hat Viola auch Benny Falk vergiftet.«

»Aber warum?«

Popilla will jetzt nicht ins Detail gehen, aber Viveka glaubt, dass es mit dem Radon zusammenhängt. Vielleicht war Rosa der Meinung, man müsse die Käufer darüber informieren, und dazu war Viola ja offenbar nicht bereit. Zumindest laut Benny Falk.

»Sie war ein wenig besessen davon, den guten Namen ihres Vaters zu schützen«, sagt Popilla.

Stimmt, ja, der gute Ruf von Thorvald Skott durfte auf keinen Fall beschädigt werden. Und Benny Falk wusste alles und war kurz davor, Viveka einzuweihen. Deshalb hat ihn Viola auch umgebracht.

»Und was ist mit Henry?«, fragt sie. »Den hat sie mit Sicherheit nicht umgebracht.«

»Das stimmt. Henry befand sich mitten in der Gefahrenzone. Sein Haus war auch mit Radon belastet. Wahrscheinlich hat er deshalb Lungenkrebs bekommen. Und all das drohte ans Licht zu kommen, als er überlegte, ebenfalls sein Haus zu verkaufen. Entweder war Henry für Viola ein ganz spezieller Fall, oder er ist zufällig an einem Herzinfarkt gestorben, bevor sie Gelegenheit hatte, ihn zu ermorden.«

Viveka kann nicht richtig denken, ihr ist übel, und sie hat grausame Kopfschmerzen. Vom angestrengten Grübeln wird es nur noch schlimmer.

»Was sagt sie denn selbst?«

»Sie bestreitet, irgendjemanden ermordet zu haben.«

»Sie hat also kein Geständnis abgelegt?«

»Nein, hat sie nicht. Sie sagt nichts. Sie streitet alles ab, aber sie macht auch keine Aussage. Man kann von ihr halten, was man will, aber die Kunst des Schweigens beherrscht sie.«

»Und Abbe?«, will Viveka wissen. »Was ist jetzt mit Abbe?«

»Viola behauptet, seine Mutter zu sein, und das scheint zu stimmen. Zum Glück ist es ihm nicht gelungen, sich anzuzünden. Sich das Leben zu nehmen ist kein Verbrechen. Aber der Kerl hat offensichtlich Probleme«, sagt Polentepopilla. »Nicht zuletzt mit Alkohol. Andererseits haben wir es ihm zu verdanken, dass wir Viola gefunden haben. Sie gab sich zu erkennen, weil sie glaubte, ihm auf diese Weise das Leben zu retten. Anscheinend hatte sie ihn aus der Entfernung immer im Auge.«

»Und der Vater? Wer ist Abbes Vater?«

Pernilla Kron lächelt. Sie lächelt wahrhaftig.

»Das zu ermitteln, ist wohl nicht direkt unsere Aufgabe, aber Sie finden es sicher heraus.«

Das Ganze wird ihr zu kompliziert. Viveka kotzt in einen Eimer, den ihr jemand ans Bett gestellt hat. Eine Schwester kommt herein und sagt, dass Viveka eine Gehirnerschütterung hat und Popilla jetzt gehen muss.

Als sie weg ist, versucht Viveka angestrengt zu verarbeiten, was sie von Popilla erfahren hat. Die furchtbaren Kopfschmerzen erschweren ihre Konzentration erheblich. Viola ist eine Mörderin, sie hat zwei Menschen ermordet, um ihren Vater zu schützen. Viveka fragt sich, ob sie selbst in Gefahr war. Ja, vielleicht. Sie hätte sich gerne länger mit Selma unterhalten, aber in all dem Chaos war das nicht möglich. Kurz bevor Viveka ohnmächtig wurde, hatte sich Selma jedoch noch einmal bis zu ihr vorgedrängelt: »Trink nichts von dem Holundersaft, er könnte vergiftet sein.« Viveka versteht das nicht. Wie sollte Viola ihren Holundersaft vergiften, der doch die ganze Zeit in ihrer Küche stand? Alles dreht sich. Sie hat ja auch einen Verkehrsunfall gehabt. Sie hat sogar eine Gehirnerschütterung. Diverse Erinnerungsfetzen schwirren ihr durch den Kopf. »Der Bremszug ist gerissen«, rief jemand. Also muss jemand einen Sabotageakt an ihrem Fahrzeug begangen haben. Und Åke. »Versprechen nicht gehalten.« Irgendwas stimmt nicht mit Åke. Warum war Åke bei BEA so seltsam? Was meinte er mit dem nicht eingehaltenen Versprechen? Das hat er doch vor sich hin gemurmelt. Und »Mutter und Sohn«. Jedenfalls klang es so, als ob er das gesagt hätte. Woher wusste Åke das? Wie konnte Åke wissen, dass Viola Abbes Mutter ist, bevor sie es ausgesprochen hatte? Viveka kann es sich nicht anders erklären, als dass Åke es im Kirchenbuch gelesen haben muss (das nicht eingeschlossen war, wie es den Vorschriften entsprochen hätte, und ja, das ist ihre Schuld). Wäre es denkbar, dass Åke das Kirchenbuch gestohlen hat? Åke muss es aus Abbes Buchhandlung geklaut haben. Und Viola hat es wieder zurückgestellt. Sie muss gewollt haben, dass Abbe die Wahrheit erfährt. Sonst hätte sie sich ja nicht offenbart. Plötzlich fällt der Groschen. Was, wenn … Könnte nicht … »Ich habe ihm versprochen, kein Wort darüber zu verlieren …«, hatte Viola gerufen. Mit »ihm« muss Åke gemeint sein. Nicht Thorvald Skott, wie man hätte annehmen können. Das heißt … das heißt … dass Åke der Vater von Abbe ist. Viveka setzt sich im Bett auf. Åke war derjenige, der nicht wollte, dass es ans Licht kommt. Also hat Åke … Und der Holundersaft. Åke hat doch einen Schlüssel für ihre Wohnung.

Ich muss mit Åke reden, denkt Viveka. Ich muss ihn

ausfragen. Oder ich rufe Popilla an. Oder lieber nicht. Nein, sie wird denken, ich wäre geistig verwirrt. Ihrer Ansicht nach ist ja Viola die Mörderin, aber das stimmt nicht. Es stimmt nicht. Es ist viel stimmiger, dass es Åke war. Ich muss mit Åke reden, bevor was passiert. Ich bin schließlich seine Pastorin.

Viveka möchte sich anziehen. Sie ist nur mit einem geblümten Flügelhemd bekleidet. Ihre eigenen Klamotten kann sie nicht finden, und sie hat jetzt auch keine Zeit, danach zu suchen. Neben dem Bett stehen zumindest ihre Schuhe.

Solange sie durch die Klinikflure eilt, fällt sie nicht weiter auf, und sogar unten im Eingangsbereich tummeln sich Patienten in geblümten Krankenhausnachthemden, aber sobald sie das Krankenhaus verlassen hat, erregt sie Aufsehen. Wie soll sie sich nach Enskede durchschlagen? Wenn sie im geblümten Flügelhemd vor dem Söderkrankenhaus in den Bus steigt, müssen die Leute ja denken, sie wäre auf der Flucht. Sie versucht, Pål zu erreichen, aber der geht nicht ans Telefon. Viveka geht den Ringväg in Richtung Skanstull. Die Leute starren sie an. Sie fühlt sich wirklich anders und nicht nur anders, sie ist plötzlich eine Außenseiterin. Die anderen, die sie anstarren, haben das Leben im Griff, sie haben recht. Sie hingegen hat die Kontrolle verloren und eine Schraube locker. So kommt es ihr vor. Ein Auto hupt sie sogar an. Das ist äußerst unangenehm. Wieso kümmern sich die Leute nicht um ihren eigenen Kram.

»Hallo, Viveka«, hört sie jemanden aus dem Auto rufen.

Es ist ein mintgrüner Aufreißerschlitten mit offenem Verdeck, Südstaatenflagge und allem Drum und Dran.

»Bist du das, Viveka?«

Das ist ja Lennart mit den Koteletten. Der Kerl von Jeppes Campingplatz.

»Lennart, was machst du denn hier?«

»Na, ich dreh noch eine Runde, bevor es wieder nach Mariehamn geht. Der Urlaub geht zu Ende. Hübsches Kleid übrigens, sieht aus wie ein Krankenhausnachthemd.«

»Das ist ein Krankenhausnachthemd.«

Viveka bringt Lennart auf den neuesten Stand. Sie begnügt sich mit den allerwichtigsten Punkten, doch er begreift zumindest, dass sie zwar nicht so richtig fit ist, aber dringend nach Enskede muss.

»Du fährst natürlich mit mir«, sagt er gentlemanlike. »Pass auf, der Sitz ist heiß.«

Dankbar lässt sich Viveka auf der mintgrünen Polsterbank nieder, die ihr fast den Hintern verbrennt, aber das erscheint ihr unter den gegebenen Umständen nebensächlich. Lennart tritt aufs Gas, dreht die schweinischen Lieder von Eddie Meduza voll auf und rast mit wehenden Plüschwürfeln am Rückspiegel über die Skanstullsbro.

Bei Åke im Krokväg herrscht Stille. Hier ist kein Mensch. Das Haus, die Gästehütte und der Tischlerschuppen sehen grün und fröhlich aus, aber Viveka hat zunehmend das Gefühl, dass das friedliche Bild täuscht. Wo steckt Åke?

»Wir schauen in der Kirche nach«, sagt sie zu Lennart.

Åke ist tatsächlich in der Kirche. Schwankend steigt er auf den Dachfirst. Die unheilverkündenden Krähen flattern krächzend um ihn herum. Es sieht lebensgefährlich aus.

»Jetzt zeige ich dir mein Geheimnis«, ruft er, als er Viveka bemerkt. »Es ist hier, seit ich zum letzten Mal das Dach repariert habe.«

Åke hat viele der Dachpfannen entfernt. Direkt auf der Dachpappe steht in roter Schrift:

15. 10. 1968.

Ich habe einen Sohn bekommen.

Er heißt Albert.

»Ich habe einen Sohn. Ich habe tatsächlich einen Sohn«, ruft Åke.

Viveka starrt die Buchstaben an. Der Text befindet sich seit vierzig Jahren unter diesen Dachpfannen. Irgendwie musste Åke ausdrücken, wozu er nicht stehen konnte. Unter den Dachziegeln, wo es niemand sah. So ähnlich wie ich mit meinen T-Shirts, wird Viveka schlagartig bewusst.

»Ja, ich habe es getan«, brüllt Åke. »Ich habe die beiden umgebracht. Ich habe es für alles getan, was Maj und mich verbunden hat. Aber es hat die Falsche getroffen. Rosa war unschuldig. Ich hätte es nicht tun dürfen. Ich hätte es nicht tun dürfen.«

Åke rutscht ab und verliert beinahe das Gleichgewicht.

»Komm runter, Åke«, ruft Viveka ihm zu. »Es gibt für alles eine Lösung. Komm runter, damit wir in Ruhe reden können.«

Dann stolpert Åke. Er rudert mit den Armen, findet mit dem Fuß keinen Halt, gleitet auf dem Hintern das steile Dach hinunter, kippt auf die Seite, rollt über die Kante und landet mit einem dumpfen Schlag auf dem Rasen.

Viveka und Lennart stürzen hinzu. Åke liegt mit ausgestreckten Armen auf dem Rücken, wie ein Engel sieht er aus. Ein Todesengel. Viveka beugt sich über ihn.

»Hörst du mich, Åke?«

Åke spricht sehr leise.

»Jetzt gibt es wenigstens keine Geheimnisse mehr zwischen uns, Viveka.«

Dann stirbt er.

ZWEI WOCHEN SPÄTER

»Warum bin ich deiner Meinung nach Pastorin geworden?« Viveka reicht Pål eine Tasse Kaffee.

Sie sitzen an einem Sommerabend an der Rückwand der Kleingartenlaube. Lena Falk passt auf die Kinder auf. Alles hat sich beruhigt. Die Morde sind aufgeklärt, Violas Unschuld ist bewiesen, und Åke ist beerdigt worden (allerdings nicht von Viveka). Abbe ist in einer Entzugsklinik. Weit weg. Es ist gut, denkt Viveka, dass Abbe und seine Probleme und der Kuss weit weg sind. Sie versucht, nicht zu viel an ihn zu denken. Sie muss sich jetzt auf Pål konzentrieren.

»Warum du Pastorin geworden bist?«, echot Pål. »Wahrscheinlich wegen deines Vaters.«

»Glaubst du?«

Sie betrachtet den Lavendel. Wehmut und Liebe, hat Östen nicht so den Duft beschrieben? Wehmut und Liebe gehören zusammen.

»Aus Liebe zum Vater tun manche so einiges«, sagt Pål.

»Hm, auf Viola trifft das zu. Und auf Benny Falk auch.«

»Und auf dich.«

»Aber Viola war ja gar nicht die große Schurkin. Sie

hat sich nur versteckt, weil ihr klar war, dass Åke es eigentlich auf sie abgesehen hatte.«

»Du hast recht.« Pål trinkt einen Schluck Kaffee. »Aus Liebe zu einer Frau tut man auch so manches.«

»Habe ich da einen Unterton herausgehört?«

»Kann sein.« Pål macht eine ausladende Geste.

Alles blüht so schön. Stockrosen, Löwenmäulchen, Duftwicken und Rittersporn wachsen um die Wette. Pål hat sich als richtig begabter Gärtner erwiesen. Und Östen und Urban haben ihm Tipps gegeben.

Viveka denkt über die Begegnung mit Fransson alias dem Hemul nach. Im Nachhinein erscheint sie ihr vollkommen unwirklich. Fast so, als hätte sie alles nur geträumt. Ihr geht durch den Kopf, dass Fransson erzählt hat, wie Werner Hermansson mit Eisenhut vergiftet wurde. Sie muss nachschauen, ob das wirklich stimmt und ob es diesen Werner Hermansson überhaupt gab. Und dann waren da ja noch die mysteriösen Mr und Mrs Sandstrom. Sie muss endlich herausfinden, wer sie sind.

»Vielleicht musst du das auch nicht«, sagt Pål.

Er überlegt weiter: »Du, Viveka, das mit den russischen Filmen. Ich glaube wirklich, dass ›Stalker‹ dir gefallen könnte.«

»Ist der nicht zufällig von Tarkowski?«

»Doch, aber du würdest ihn bestimmt mögen. Er handelt von einem Raum, in dem unsere geheimsten Wünsche in Erfüllung gehen. Ich glaube, du würdest diesen Raum mit Gott in Verbindung bringen. Mich würde echt interessieren, was du von dem Film hältst. Können wir ihn uns nicht mal zusammen anschauen? Bitte!«

»Ist er in Schwarzweiß?«

»Nein, er ist nicht schwarzweiß, nur ein paar Stellen.«

»Na gut.«

Pål lächelt glücklich.

»Übrigens, deine neue Unterwäsche in der Schublade.«

»Ja?«

»Die sieht hübsch aus.«

Auf dem Heimweg treffen sie Flaschen-Frasse und die Dicke Berta. Frasse winkt aufgeregt.

»Habt ihr schon gehört?«, fragt er. »Berta hat zu kurze Beine.«

Was meint er damit?

»Ihr Bauch schleift doch immer über den Boden«, fährt Flaschen-Frasse fort. »Das liegt aber nicht am Bauch. Ihre Beine sind zu kurz. Tatsächlich. Das haben sie in der Tierklinik in Bagarmossen gesagt. Ihre Beine sind nie ausgewachsen. Versteht ihr? Eigentlich hat sie keinen dicken Bauch. Sie hat nur zu kurze Beine.«

»Aber …«

»Ich weiß. Sie hat umsonst gehungert. Es ist schrecklich. Arme kleine Berta. Ja, Bertachen, schrecklich ist das. Du tust mir so leid. Armes kleines Bertachen.«

Flaschen-Frasse und Berta gehen die Straße hinunter. Sie scheinen die Bäckerei anzusteuern.

Und dann geht das Leben in Gamla Enskede weiter.

DANKE

Ich möchte mich bei allen im Albert Bonniers Förlag bedanken, die mir Mut gemacht und an meinem Buch mitgearbeitet haben, vor allem bei meiner Lektorin Lotta Aquilonius, meiner Redakteurin Ulrika Åkerlund und meiner Agentin Amanda Bértolo Alderin.

Außerdem möchte ich denen danken, die mich privat angefeuert und mich davon überzeugt haben, dass es tatsächlich möglich ist, ein Buch zu schreiben. Ich danke meinen Freundinnen Caroline Waidelich und Ninna Lindqvist und Per, dem besten Ehemann der Welt, der mir zuhört, wenn ich meine Ideen entwickle, und mit Feingefühl liest und seine Meinung äußert.

Ich danke all den tollen Schülern und Lehrern der Schreibakademie für die Inspiration und den Spaß, den wir zusammen hatten.

Als Letztes möchte ich mich bei meiner wunderbaren und liebevollen Gemeinde bedanken, der Triangelkyrka in Enskede, die zum Glück nur entfernte Ähnlichkeit mit der Gemeinde in diesem Buch hat.